16	3	2	13
5	10	11	8
9	6	7	12
4	15	14	1

Coleção LESTE

Aleksandr Púchkin

A DAMA DE ESPADAS
Prosa e poemas

Tradução
Boris Schnaiderman e Nelson Ascher

editora 34

EDITORA 34

Editora 34 Ltda.
Rua Hungria, 592 Jardim Europa CEP 01455-000
São Paulo - SP Brasil Tel/Fax (11) 3811-6777 www.editora34.com.br

Copyright © Editora 34 Ltda. (edição brasileira), 1999
A dama de espadas: prosa e poemas (prosa) © Boris Schnaiderman, 1999
A dama de espadas: prosa e poemas (poemas)
© Nelson Ascher e Boris Schnaiderman, 1999

A FOTOCÓPIA DE QUALQUER FOLHA DESTE LIVRO É ILEGAL E CONFIGURA UMA APROPRIAÇÃO INDEVIDA DOS DIREITOS INTELECTUAIS E PATRIMONIAIS DO AUTOR.

Edição conforme o Acordo Ortográfico da Língua Portuguesa.

Imagem da capa:
Desenhos a bico de pena de Aleksandr Púchkin (1799-1837) aquarelados por Cynthia Cruttenden

Capa, projeto gráfico e editoração eletrônica:
Bracher & Malta Produção Gráfica

Revisão:
Alexandre Barbosa de Souza

1ª Edição - 1999, 2ª Edição - 2006 (1 Reimpressão),
3ª Edição - 2013, 4ª Edição - 2018

Catalogação na Fonte do Departamento Nacional do Livro
(Fundação Biblioteca Nacional, RJ, Brasil)

        Púchkin, Aleksandr, 1799-1837
P977d   A dama de espadas: prosa e poemas / Aleksandr
        Púchkin; tradução de Boris Schnaiderman e Nelson
        Ascher — São Paulo: Editora 34, 2018 (4ª Edição).
        264 p.

        ISBN 978-85-7326-133-2

            1. Ficção russa. 2. Poesia russa. I. Schnaiderman,
        Boris. II. Ascher, Nelson. III. Título. IV. Série.

                        CDD - 891.78

A DAMA DE ESPADAS
Prosa e poemas

Prefácio 7

Prosa
O negro de Pedro, o Grande 19
Dubróvski 61
A dama de espadas 151
O chefe da estação 183
O tiro 197
O fazedor de caixões 213
Kirdjali 221

Poemas
O demônio 231
O semeador 232
A uva 233
O prosador e o poeta 234
Para *** 235
Alexandre I 237
Nicolau I 238
Para Viázemski 239
O profeta 240
Árion 242
Mensagem à Sibéria 243
"Dom inútil..." 244
Corvos 245
O antchar 246
O cavaleiro pobre 248
"Amei-te..." 251

Notas aos poemas 253

PREFÁCIO[1]

Boris Schnaiderman

Aleksandr Serguêievitch Púchkin (1799-1837) foi um verdadeiro turbilhão que passou pela vida literária russa, com a clareza e fulgor de sua obra, suas guerras e duelos, um turbilhão que viveu tão pouco, mas imprimiu sua marca em tudo o que se faria depois na Rússia em poesia e literatura. O presente volume pretende apresentar uma amostra disso ao leitor brasileiro.

Aparecem aí alguns contos e novelas em minha tradução, que é reelaboração de edições anteriores: São Paulo, Difusão Europeia do Livro, 1962, com o nome de *O negro de Pedro, o Grande*, e São Paulo, Editora Max Limonad, 1982, com o título *A dama de espadas*. Outra obra importante de Púchkin em prosa, o seu romance *A filha do capitão*, existe numa tradução muito boa, igualmente do russo, de Helena Sprindys Nazario: São Paulo, Editora Perspectiva, 1981.

Se Púchkin se expressou genialmente em poesia, a sua prosa, apesar do período reduzido em que a ela se dedicou com mais afinco, isto é, nos últimos anos de vida, marca também o início da grande literatura russa moderna. Nela expressou a riqueza interior do mundo russo, a ambiência social e psicológica, na mesma época em que estavam em início de desenvolvimento as obras romanescas de um Balzac e

---

[1] Foram retomadas aqui algumas formulações de meu artigo "O iniciador da literatura russa moderna", publicado em *O Estado de S. Paulo*, 5/4/1981.

um Stendhal. Sua obra representou uma grande renovação, ele foi sua figura de proa.

Qualquer leitor russo percebe facilmente o sopro renovador da época, confrontando a obra de Púchkin e de seus companheiros de geração com o que se escrevia no país em meados do século XVIII.

"O negro de Pedro, o Grande", escrita em 1827, é uma novela inacabada em que o autor pretendia narrar a vida de Aníbal, seu trisavô pela linha materna, que fora comprado no serralho do sultão em Constantinopla e dado de presente a Pedro, o Grande. Quem seria na verdade este seu trisavô? No texto da novela, ele aparece como negro, e em mais de uma ocasião, Púchkin se referiu com orgulho às suas raízes africanas. Era o mesmo orgulho com que se referia à linhagem paterna, os seus "seiscentos anos de nobreza", e que está presente em muitas páginas da história russa.

No seu romance em versos *Ievguêni Oniéguin*, onde há frequentes digressões do autor com referências autobiográficas, ele sonha com a liberdade de viajar ("Chegará a hora de minha liberdade?", cap. I, estrofe L) e, um dia, "sob o céu de minha África/ Suspirar pela Rússia penumbrosa" (politicamente suspeito, Púchkin não podia deixar o país).

Segundo D. S. Mirsky, autor nascido na Rússia e que escreveu sobretudo em inglês, ele era filho de um rei insignificante ("petty king") de uma tribo etíope do norte da Abissínia.[2] Aliás, é uma versão muito difundida, essa de que Púchkin não seria descendente de negros. O próprio Mirsky traduz o título da novela inacabada como "The Moor of Peter the Great". Numa tradução inglesa desse texto, o título é "The Arab of Peter the Great". Ora, no caso, a tendência de atribuir a Púchkin origem que não fosse negra, ligou-se evidentemente a uma "condensação linguística": o título em russo é "Aráp Pietrá Vielíkovo", sendo "aráp" o nome que designava

---

[2] D. S. Mirsky, *Pushkin*, Nova York, Haskell House, 1974.

os negros criados na Rússia (considerava-se o suprassumo do chique, para uma família da nobreza, ter em casa um negro; isto aparece, por exemplo, na iconografia do século XVIII); e "aráb", que significa árabe, pronuncia-se como "aráp".

O menino foi admitido ao islamismo, com o nome de Ibraim (Ibraguim para os russos) e, depois, batizado por Pedro como grego-ortodoxo. Passaram a chamá-lo de Abram (isto é, Abraão), e ele assumiria depois o sobrenome de Ganíbal (Aníbal). Segundo se constatou por pesquisas recentes, Pedro chegou a registrá-lo como Piotr Pietróvitch Pietróv, nome absolutamente inviável para um negro na Rússia.

Um pesquisador do Benin, Dieudonné Gnammankou,[3] conseguiu dados completamente novos, que desmentem a versão da origem abissínia de Púchkin e permitem dar maior crédito ao poeta, quando este se orgulha de seu sangue negro. Aliás, seus retratos sugerem isto igualmente. Dieudonné pesquisou em arquivos russos e descobriu um documento do próprio punho de Abraão Aníbal, que afirma a sua origem no antigo Sudão Central, ao sul do lago Tchad e ao norte de Camarões.

O certo é que este africano teve um destino glorioso. Corresponde à realidade biográfica o que Púchkin nos diz sobre seus estudos na França e a participação na Guerra da Sucessão Espanhola, nas fileiras do exército francês. Já outros fatos narrados são pura realidade ficcional.

Sua carreira foi muito acidentada, inclusive com um período de ostracismo, quando foi enviado para um cargo na Sibéria, mas, com a ascensão de Ana Pietrovna ao trono, voltou às boas graças da corte, tornando-se o principal engenheiro militar do exército russo. Homem de grande cultura, foi também autor de importantes obras técnicas.

---

[3] Dieudonné Gnammankou, *Abraham Hanibal: l'aïeul noir de Pouchkine*, Paris/Dakar, Présence Africaine, 1996.

Prefácio

No entanto, estas suas realizações não chegaram a ser narradas por Púchkin, que publicou em vida apenas trechos da novela, deixando-a inacabada e sem título, que foi dado pelos seus primeiros editores, em 1837, pouco após a morte do poeta.

Michel Niqueux, que resenhou o livro de Dieudonné Gnammankou,[4] atribui a versão consagrada sobre a origem abissínia de Púchkin ao antropólogo D. N. Anútchin, que, imbuído de preconceitos racistas, não podia conceber que um negro desempenhasse papel tão importante e fosse um antecessor direto do poeta nacional dos russos.

A novela "Dubróvski" foi encontrada entre os papéis de Púchkin e, ao que parece, não chegou a ser concluída.

Ela é bem característica da relação do poeta com o romantismo. Se por um lado ele sofreu inegavelmente o seu impacto, por outro lado certa desconfiança e um espírito crítico exacerbado impediam uma identificação completa.

Tem-se nessa novela um argumento bem romântico, aquele Robin Hood russo está bem no espírito do que se escrevia na época sobre os bandoleiros sentimentais e generosos, mas, ao mesmo tempo, os pormenores satíricos e bem terra a terra rompem a identificação com um clima romântico. E como em outras obras de Púchkin, o elemento cômico frequentemente irrompe em meio a uma tragédia. Assim, num dos momentos culminantes, aparece um médico que aplica sangria, sanguessugas e cantáridas (um afrodisíaco!) para curar um estado de depressão, e o narrador comenta: "[...] ainda bem que não era de todo um ignorante".

Na mesma novela, o episódio do incêndio em casa de Dubróvski é bem significativo: o ferreiro Arkhip trancou a porta da casa incendiada, a fim de não escaparem dela os funcionários ali instalados e, no entanto, arrisca a vida para sal-

---

[4] Michel Niqueux, em *La Revue Russe*, Paris, nº 11, 1997.

var um gato sobre o telhado em chamas. Deste modo, aparece em Púchkin uma compreensão da complexidade dos caracteres humanos que já prenuncia Dostoiévski.

Há passagens que revelam uma ousadia no escrever completamente inusitada na época. O segundo capítulo contém uma cópia do protocolo autêntico de um processo judicial no interior da Rússia. Púchkin simplesmente colou uma cópia no seu texto, modificando apenas os nomes dos protagonistas. Escrita em péssimo estilo, com muitas repetições e erros de sintaxe, e ao mesmo tempo um tom elevado, solene, burocrático e cartorial, foi substituída na minha primeira tradução por um simples resumo. Em lugar deste, já na segunda edição, procurei recriar esta verdadeira colagem de Púchkin, realizada na década de 1830. Houve, portanto, um intervalo de quase vinte anos, antes que o tradutor se identificasse plenamente com esta ousadia do poeta (para compreendê-la melhor, foi necessária uma aproximação com as obras de vanguarda deste século).

"A dama de espadas" lembra muito os contos de E. T. A. Hoffmann, mas, ao mesmo tempo, como é forte ali a marca do autor! Tem-se deste modo um dos momentos em que se realiza melhor esta sua capacidade de unir os grandes temas humanos a um tom galhofeiro.

Aliás, o poeta parece indicar intencionalmente a sua ligação com o universo alemão do século XVIII e início do século XIX. Mas o tema do dinheiro, do capitalismo em ascensão, que se tornaria tão forte em Balzac, já aparece aí com intensidade. A própria ideia central de *Crime e castigo* está certamente esboçada nessa novela (apesar da diferença essencial entre o Hermann de Púchkin e Raskólnikov), inclusive com as alusões a Napoleão.

A tradução da epígrafe foi substituída, na segunda edição, por uma de Haroldo de Campos, publicada primeiramente com o meu artigo *"Hybris* da tradução, *hybris* da análise", aparecido no número 57 da revista *Colóquio/Letras*,

Prefácio 11

Lisboa, setembro de 1980, no qual procedi a uma análise minuciosa dessa epígrafe.

"O chefe da estação", "O tiro" e "O fazedor de caixões" fazem parte de um livro chamado *Novelas do falecido Ivan Pietróvitch Biélkin*, onde aparecem três heterônimos de Púchkin: o suposto editor dos textos, designado pelas iniciais A. P., um amigo de Biélkin, que dá informações por escrito sobre sua biografia, e este último, o suposto autor. Cada um deles tem um tom peculiar. O editor revela preocupação informativa e um desejo de objetividade, sem maior pretensão a brilho literário. Além de uma curta introdução à carta do informante e de uma rápida conclusão do prefácio, escreve duas notas sucintas, precisando pormenores do manuscrito. O informante, cuja assinatura se omite, escreve de um jeito algo solene, utilizando com frequência termos burocráticos, e isso contrasta com a narração de alguns fatos do cotidiano completamente ridículos. Já o próprio Biélkin é um homem muito sensível e, ao mesmo tempo, irônico, e cujo tom mais se aproxima da escrita de Púchkin.

"O chefe da estação" é apontado frequentemente como um dos pontos de partida da assim chamada escola natural russa, que se caracterizou por uma penetração na problemática do homem do povo. Se Gógol é considerado geralmente como o seu iniciador, sobretudo com "O capote", é inegável que alguns de seus elementos já aparecem nesse conto de Púchkin. Aliás, o grande ensaísta V. V. Rózanov afirmou que este seria o seu verdadeiro ponto de partida, e que, na realidade, seria mais correto afirmar o seguinte: o que se inicia com Gógol é a perda do senso de realidade na sociedade russa.[5]

Em "O tiro" temos uma construção impecável da narrativa, onde as personagens se articulam em torno de um episódio que reproduz uma passagem da biografia do próprio

---

[5] V. V. Rózanov, *O Gógole* (Sobre Gógol), publicado na Rússia em 1906. Edição em fac-símile: Herts, Inglaterra, I. Etchworth, 1970.

Púchkin: em 1822, ele participou de um duelo em que o primeiro tiro coube a seu opositor; enquanto este se posicionava para atirar, o poeta ficou comendo calmamente cerejas; depois do fracasso do inimigo e chegada sua vez, recusou-se a atirar e deixou o campo sem fazer as pazes.

"Kirdjali" resultou de sua vivência na Bessarábia, onde esteve em residência forçada no início da década de 1820. O contato com o mundo meridional acrescentou à obra de Púchkin um colorido e vivacidade que aparecem em muitos poemas e também nesse conto.

Na realidade, o poeta era o espírito agudo por excelência, que penetrava no discurso das épocas e dos países mais diversos. Isto foi sublinhado particularmente por Dostoiévski no famoso discurso por ocasião da inauguração do monumento a Púchkin numa das praças principais de Moscou. Segundo o romancista, ele representaria a missão específica da Rússia: assimilar tudo o que os demais povos produziram e devolvê-lo ao mundo sob uma luz autêntica. (Dostoiévski considerava Tatiana, do romance em versos *Ievguêni Oniéguin*, a personagem feminina mais realizada da literatura russa, e também não foi por acaso que um poema curto de Púchkin, "O cavaleiro pobre", constituiu um elemento importante na construção do personagem central de *O idiota*.)

Menos messiânico na concepção geral, pelo menos neste caso específico, isto é, em relação a Púchkin, Gógol em seu malsinado livro *Trechos escolhidos de correspondência com amigos*, que hoje pouca gente lê, e que está marcado por acentuado reacionarismo e certa retórica inflada, mas que igualmente contém verdadeiros lampejos de genialidade, já percebia em Púchkin esta capacidade extraordinária de nos dar o máximo da cultura e da tradição tanto da Rússia como dos povos cuja literatura conheceu. Segundo Gógol, cada poeta nos transmite na obra sua própria personalidade, somente Púchkin é aquele em que tudo ecoa e que só nos dá, depois disso, o eco de si mesmo.

Prefácio

Eis como Gógol explica a transição de Púchkin do verso para a prosa e o fato de que esta seja tão diferente de muita prosa de poeta: ela é o oposto do verso, em lugar de estar contaminada por este. Para comprovar a exatidão desta opinião expressa por Gógol, basta comparar a prosa de Púchkin e a de outro poeta russo, M. I. Liérmontov,[6] cuja obra estava em desenvolvimento quando o primeiro foi morto em duelo. Na verdade, a prosa é que contamina os versos de Púchkin nos últimos anos, e o autor de *Ievguêni Oniéguin* estava bem cônscio disso. Eis, por exemplo, como Ievguêni se refere à jovem por quem o seu amigo Lênski estava começando a apaixonar-se: "Nos traços de Olga não há vida,/ Igualzinha à Madona de Van Dyck,/ É redonda, de cara vermelha,/ Como esta lua estúpida/ Sobre este estúpido firmamento". E no poema narrativo "O conde Núlin", encontram-se os famosos versos: "Nos últimos dias de setembro,/ Falando em desprezível prosa [...]". Está claro que, em ambos os casos, a tradução fez predominar ainda mais as características de prosa.

Gógol acrescenta ainda: "Ele abandonou os versos unicamente para que nada o desviasse do caminho, a fim de ser mais simples nas descrições, e mesmo a prosa ele simplificou a tal ponto que o público até não achou nenhum mérito em suas primeiras novelas. Púchkin ficou contente com isso e escreveu *A filha do capitão*, decididamente a melhor obra russa do gênero narrativo. Em comparação com *A filha do capitão*, todos os nossos romances e novelas parecem diluídos e melosos. A limpidez e naturalidade atingiram nela um nível tão elevado que a própria realidade parece diante dela artificial e caricaturada".

A presente coletânea contém, ainda, várias traduções da poesia de Púchkin, realizadas por Nelson Ascher, em colabo-

---

[6] Seu único romance já foi publicado no Brasil: Mikhail Liérmontov, *O herói do nosso tempo*, Rio de Janeiro, Guanabara, 1988, tradução de Paulo Bezerra (reedição: São Paulo, Martins Fontes, 1999).

ração comigo. No entanto, cabe-lhe todo o mérito da elaboração poética em português.

A tradução baseou-se na edição das *Obras completas de Púchkin*, em dez volumes, realizada pela Academia de Ciências da U.R.S.S. em 1956-58, que foi também de grande ajuda na elaboração das notas.

Considero um privilégio, e que muito me alegra, a possibilidade de reformular uma tradução, pois temos sempre algo a descobrir numa grande obra (mesmo que não tenha sido concluída), como nos contos e novelas deste livro.

PROSA

*Tradução e notas de
Boris Schnaiderman*

O NEGRO DE PEDRO, O GRANDE

*A Rússia reformada,
Graças a Pedro, à sua vontade férrea.*

N. Iazikov[1]

Capítulo I

*Estou em Paris.
Eu vivo já, e não respiro apenas.*

Dmítriev, *Diário de um viajante*[2]

Entre os jovens que Pedro, o Grande, enviou a terras estranhas, a fim de obterem informações indispensáveis à reforma do Estado, figurava o negro Ibraim, afilhado do tsar. O jovem estudou na escola militar de Paris, foi promovido a capitão de artilharia, destacou-se na guerra da Espanha[3] e, depois de gravemente ferido, voltou a Paris. Pedro, o Grande, apesar de assoberbado pelos seus grandes trabalhos, não cessava de informar-se sobre o seu predileto e recebia sempre muitas referências elogiosas quanto ao seu comportamento e aos êxitos alcançados. O imperador estava muito satisfeito com ele, e fazia-lhe insistentes convites para regressar à Rússia; mas Ibraim não se apressava. Alegava diferentes pretextos: ora o seu ferimento, ora o desejo de aperfeiçoar os conhecimentos, ora a escassez de dinheiro, e Pedro acedia aos seus

---

[1] O poeta N. M. Iazikov (1803-1846).

[2] Poema humorístico de I. I. Dmítriev (1760-1837), sobre uma viagem de V. L. Púchkin, tio do autor.

[3] A guerra da Sucessão Espanhola (1701-1713).

pedidos, recomendava-lhe que cuidasse da saúde, agradecia-
-lhe o fervor nos estudos, e, embora usasse de muita poupan-
ça em suas próprias despesas, não regateava para ele os fundos do tesouro, fazendo acompanhar os rublos de conselhos
paternais e recomendações acauteladoras.

Segundo todas as memórias históricas, nada se poderia
comparar à leviandade, à demência e ao luxo dos franceses
daquele tempo. Não sobrava já nenhum vestígio dos últimos
anos do reinado de Luís XIV, que se caracterizaram por uma
religiosidade severa e pela gravidade e decência da corte. O
duque de Orléans,[4] que aliava brilhantes qualidades a vícios
de toda espécie, não possuía infelizmente nem sombra de hi-
pocrisia. As orgias do Palais Royal não constituíam segredo
para Paris, e o exemplo era contagioso. Por aquela época
surgiu Law;[5] a ganância aliou-se à sede de prazeres, à ânsia
de dissipação; as propriedades se dissolviam, desaparecia a
moral; os franceses riam e faziam cálculos, e o Estado se de-
compunha, ao som dos estribilhos buliçosos dos *vaudevilles*
satíricos.

No entanto, a sociedade apresentava um quadro muito
interessante. A cultura e a necessidade de divertir-se aproximaram todas as camadas sociais. A riqueza, a amabilidade,
a glória, os talentos, a própria esquisitice, tudo o que alimen-
tava a curiosidade ou prometia prazer, era aceito com a mesma condescendência. A literatura, a ciência e a filosofia abandonavam o gabinete silencioso e apareciam em meio a esta
sociedade, para servir à moda e, ao mesmo tempo, orientar
as preferências. As mulheres reinavam, mas já não exigiam
adoração. O profundo respeito por elas fora substituído por

[4] Regente que exerceu o poder durante a menoridade de Luís XV.

[5] John Law (1678-1729), financista escocês, que empreendeu grandes negócios sob a Regência francesa e ocupou o cargo de superintenden-
te das Finanças. Chegou então a ativar consideravelmente a economia, mas
suas operações resultaram num fracasso completo.

uma polidez superficial. As diabruras do duque de Richelieu, Alcebíades da novíssima Atenas, pertencem à história e dão uma noção sobre os costumes da época.

Temps fortuné, marqué par la licence,
Où la folie, agitant son grelot,
D'un pied léger parcourt toute la France,
Où nul mortel ne daigne être dévot,
Où l'on fait tout excepté pénitence.[6]

O aparecimento de Ibraim, a sua boa apresentação, a cultura e a inteligência inata despertaram em Paris a atenção geral. Todas as senhoras queriam ver em sua casa *le nègre du tzar* e disputavam-no furiosamente. O regente convidava-o muitas vezes para as suas alegres noitadas: ele tomava parte em jantares animados pela mocidade de Arouet[7] e pela velhice de Chaulieu, pela prosa de Montesquieu e Fontenelle; não perdia um baile, uma festa, uma estreia, e entregava-se ao turbilhão geral com todo o ardor da sua idade e da sua raça. Mas o que assustava Ibraim não era apenas a ideia de trocar esta dissipação e tão brilhantes divertimentos pela simplicidade da corte de Petersburgo. Outros laços, mais fortes, prendiam-no a Paris: o jovem africano estava amando.

A condessa de D., que já passara da primeira flor da idade, era ainda famosa, todavia, por sua beleza. Ao deixar o mosteiro aos dezessete anos, fora casada com um homem por quem não tivera tempo de se apaixonar, e que não se deu depois ao trabalho de atraí-la. Atribuíam-lhe amantes, mas, por uma condescendente convenção mundana, tinha ela bom

---

[6] "Tempo feliz, marcado pela licenciosidade,/ Quando a loucura, agitando o seu guizo,/ Percorre toda a França com pé ligeiro,/ Quando nenhum mortal se digna ser devoto,/ Quando se faz tudo, exceto penitência" (Voltaire, *La Pucelle d'Orléans*).

[7] Sobrenome de Voltaire.

nome, pois não se podia censurá-la por alguma aventura sedutora ou ridícula. Sua casa era a mais em moda. Nela se reunia a melhor sociedade de Paris. Ibraim lhe foi apresentado pelo jovem Merville, considerado geralmente como o seu amante mais recente, o que ele procurava fazer sentir por todos os meios.

A condessa recebeu Ibraim de modo cortês, mas sem nenhuma atenção especial, e isto o lisonjeou. Geralmente, olhava-se para o jovem negro como para um fenômeno. Rodeavam-no, bombardeavam-no com saudações e perguntas, e embora essa curiosidade viesse encoberta de condescendência, assim mesmo ofendia o seu amor-próprio. A doce atenção das mulheres, que é quase o único fito dos nossos esforços, não somente não lhe alegrava o coração, mas fazia-o até vibrar de indignação e amargura. Sentia que era para elas uma espécie de bicho raro, uma criatura diferente, estranha ao mundo, para o qual fora transportada casualmente e com o qual nada tinha em comum. Chegava até a invejar as pessoas que passavam despercebidas e considerava a insignificância delas uma felicidade.

A noção de que a natureza não o criara para ser correspondido nas suas paixões fizera com que se libertasse da presunção e de quaisquer pretensões de amor-próprio, e isso acrescia de raro encanto as suas relações com as mulheres. A sua prosa era simples e solene: ele agradou à condessa de D., que estava cansada das eternas pilhérias e das alusões sutis do humor francês. Ibraim frequentava muito a sua casa. Aos poucos, ela se habituou à aparência do jovem negro e até começou a ver algo agradável naquela cabeça crespa, que negrejava entre as perucas empoadas do seu salão de recepções (Ibraim fora ferido na cabeça e usava uma atadura em lugar da peruca). Tinha ele então vinte e sete anos, e era alto e esbelto: mais de uma beldade o encarava com um sentimento mais lisonjeiro que a simples curiosidade, mas o desconfiado Ibraim ora não notava nada, ora via apenas faceirice. Mas, quando os seus olhares encontravam os da condessa, a sua desconfiança desaparecia. Os olhos dela expressavam tanta bondade e gentileza, a maneira pela qual o tratava era tão simples e natural, que se tornava impossível desconfiar nela algo que se assemelhasse sequer a faceirice ou zombaria. Ainda não lhe passava pela cabeça que aquilo fosse amor, mas já lhe era indispensável ver a condessa diariamente. Procurava encontrá-la em toda parte, e tal encontro lhe parecia cada vez uma dádiva celeste inesperada. A condessa adivinhou os seus sentimentos antes dele mesmo. Diga-se o que quiser, mas o amor sem esperanças nem exigências toca o coração feminino com mais força que quaisquer seduções calculadas. Em presença de Ibraim, a condessa seguia todos os seus movimentos e prestava atenção a tudo o que dissesse; na ausência dele, ficava pensativa e caía na sua habitual distração. Merville foi o primeiro a notar esta predisposição recíproca, e deu os parabéns a Ibraim. Nada inflama tanto o amor como a observação aprobatória de um estranho. O amor é cego e, não confiando em si mesmo, agarra-se pressuroso a todo ponto de apoio. As palavras de Merville despertaram Ibraim. Até então, a possibilidade de possuir a mulher amada nem se tinha apresentado à sua imaginação, num átimo, a esperança iluminou-lhe a alma, e ele se apaixonou perdidamente. Em vão a condessa, assustada com os extremos da paixão dele, queria contrapor-lhe conselhos de amizade e moderação, ela própria enfraquecia. As recompensas imprudentes sucediam-se com rapidez. E finalmente, levada pela força da paixão que ela mesma inspirara, exaurindo-se sob a sua pressão, a condessa entregou-se ao extasiado Ibraim...

Não se pode esconder nada dos olhares perscrutadores do mundo. A nova ligação da condessa logo se tornou conhecida por todos. Algumas senhoras se admiravam da sua escolha; para muitos, todavia, ela parecia bem natural. Alguns riam, outros viam uma imprudência indesculpável da sua parte. Nos primeiros transportes da paixão, Ibraim e a condessa nada percebiam, mas pouco foi preciso para que começassem a chegar até eles as pilhérias ambíguas dos homens e as observações ferinas das mulheres. O trato solene e frio de Ibraim protegera-o até então de quaisquer ataques dessa natureza; ele os suportava com impaciência e sabia repeli-los.

Por outro lado, a condessa, que se habituara à consideração do mundo, não podia suportar calmamente ver-se transformada em objeto de mexericos e zombarias. Queixava-se chorando a Ibraim, e ora o censurava amargamente, ora pedia que não intercedesse por ela, para não causar, com um barulho desnecessário, a sua perdição completa.

Uma nova circunstância tornou a situação dela ainda mais confusa: surgiram consequências daquele amor imprudente. Conselhos, consolações, oferecimentos — tudo foi tentado e tudo recusado. A condessa via aproximar-se a desgraça inelutável e esperava-a desesperada.

Logo que o estado da condessa se tornou conhecido, os comentários redobraram de intensidade. As senhoras sensíveis soltavam exclamações horrorizadas; os homens discutiam e brigavam sobre o seguinte: a condessa ia dar à luz uma criança branca ou uma criança preta? Choviam os epigramas sobre o seu marido, que era o único em toda Paris a não saber e não suspeitar coisa alguma.

Aproximava-se o momento fatal. Era horrível o estado da condessa. Ibraim visitava-a diariamente e via como as forças físicas e morais a abandonavam pouco a pouco. As suas lágrimas, os seus temores, renovavam-se a cada instante. Finalmente, ela sentiu as primeiras dores. Tomaram-se às pressas as medidas indispensáveis. Encontrou-se um meio de afastar o conde. Chegou o médico. Dois dias antes, convenceram a pobre mulher a confiar o seu filhinho a outrem. Ibraim permanecia num gabinete, próximo ao quarto em que estava a infeliz condessa. Não se atrevia a respirar sequer, e ouvia os gemidos abafados que ela soltava, o murmúrio da criada e as ordens do médico.

A condessa sofreu muito tempo. Cada gemido seu dilacerava a alma de Ibraim; cada silêncio enchia-o de pavor... De repente, ouviu um grito fraco de criança e, não podendo conter a alegria, correu para o quarto... O pequerrucho negro estava junto aos pés da parturiente. Ibraim aproximou-se dele. O coração batia-lhe com força. Abençoou o filho com mão trêmula. A condessa sorriu debilmente e estendeu-lhe a mão enfraquecida... mas o médico, temendo para a doente emoções muito fortes, puxou Ibraim para longe do leito. O recém-nascido foi colocado num cesto coberto e levado para fora da casa, por uma escada secreta. Trouxeram outra criança e colocaram o seu berço no quarto da parturiente. Ibraim saiu, um pouco mais calmo. Esperava-se o conde. Ele voltou tarde, soube do feliz parto da esposa e ficou muito contente. Deste modo, a sociedade, que esperava um escândalo interessante, foi enganada em sua esperança e obrigada a consolar-se apenas com a maledicência.

Tudo voltou à ordem habitual, mas Ibraim sentia que o seu destino deveria sofrer uma grande transformação, e que a sua ligação chegaria, cedo ou tarde, ao conhecimento do conde de D. Neste caso, a desgraça da condessa seria, de qualquer modo, inevitável. Ibraim amava ardentemente, sendo amado de igual maneira; mas a condessa era caprichosa e leviana. Amava, porém não pela primeira vez. A repugnância e o ódio podiam substituir em seu coração os sentimentos mais ternos. Ibraim já previa o momento em que ela se tornaria fria; até então, nunca sentira ciúmes, mas passou a pressenti-lo com verdadeiro horror, imaginava que os sofrimentos da separação deveriam ser menos torturantes, e tencionava já romper aquela ligação infeliz, deixar Paris e partir para a Rússia, para onde havia muito chamava-o Pedro e atraía-o um vago sentimento do dever.

Capítulo II

> Não me acarinha mais o belo,
> Não me entusiasma a alegria,
> Não tenho mais cabeça leve,
> Não sinto mais o bem-estar...
> Tortura-me um desejo de honrarias.
> Atrai-me a glória com seu rebuliço!
>
> Dierjávin[8]

Passavam os dias e os meses, e o apaixonado Ibraim não podia decidir-se a abandonar a mulher que seduzira. A condessa afeiçoava-se a ele cada vez mais. O filho era educado numa província longínqua. Começaram a sossegar os murmúrios da sociedade, e os amantes desfrutaram uma tranquilidade maior, recordando em silêncio a tempestade passada e procurando não pensar no futuro.

De uma feita, Ibraim presenciava a saída do duque de Orléans do palácio. Passando por ele, o duque parou e entregou-lhe uma carta, ordenando-lhe que a lesse em casa. Era de Pedro I. Adivinhando a verdadeira causa da ausência dele, o tsar escrevia ao duque afirmando que não pretendia forçar em nada a vontade de Ibraim, que deveria decidir sozinho se pretendia voltar à Rússia ou não, e acrescentava que, em qualquer hipótese, não abandonaria o seu antigo pupilo. Esta carta comoveu Ibraim até o fundo do coração. A partir daquele momento, o seu destino estava traçado. E, no dia seguinte, declarou ao regente a sua intenção de partir imediatamente para a Rússia. "Pense no que vai fazer — disse-lhe o duque —, a Rússia não é sua pátria; não creio que possa algum dia tornar a ver a sua terra de sol. Mas a longa permanência em França tornou-o igualmente estranho ao clima e ao modo de vida da Rússia semisselvagem. O senhor não nasceu

---

[8] Trecho de uma ode de G. R. Dierjávin (1743-1816).

súdito de Pedro. Creia-me: aproveite o magnânimo oferecimento que ele lhe faz. Fique em França, pela qual já derramou o seu sangue, e esteja certo de que também aqui os seus dons e merecimentos não ficarão sem digna recompensa." Ibraim agradeceu sinceramente ao duque, mas permaneceu firme em sua intenção. "Sinto muito — disse-lhe o regente —, mas reconheço que tem razão." Prometeu conceder-lhe reforma e escreveu a respeito de tudo isso ao tsar.

Ibraim preparou-se rapidamente para a viagem. Na véspera da partida, como de costume, foi de noite à casa da condessa de D. Ela não sabia de nada, pois Ibraim não tivera coragem de revelar-lhe a sua decisão. A condessa estava calma e alegre. Chamou-o várias vezes para perto de si, fazendo gracejos sobre o seu ar pensativo. Depois da ceia, as visitas se despediram. No salão, ficaram a condessa com o marido e Ibraim. O infeliz daria tudo para ficar com ela a sós; mas, parecia, o conde de D. se refestelara com tanta calma junto à lareira, que não se encontraria um meio de mandá-lo para fora do salão. Os três permaneciam em silêncio.

"*Bonne nuit*" — disse finalmente a condessa.

O coração de Ibraim se confrangeu e sentiu num repente todos os horrores da separação. Ele permanecia imóvel. "*Bonne nuit, messieurs*" — repetiu a condessa. Ibraim não se movia... finalmente, os seus olhos se obscureceram, a cabeça pôs-se-lhe a girar, e ele mal conseguiu deixar o salão. Ao chegar em casa, quase perdeu a razão e escreveu a seguinte carta:

"*Eu parto, querida Leonor, deixo-te para sempre. Escrevo-te porque não tenho forças para outra explicação.*

A minha felicidade não se podia prolongar. Eu a estava gozando contra o destino e a natureza. Um dia, deixarias de amar-me; o encantamento deveria cessar. Este pensamento me perseguia sempre, mes-

mo naqueles instantes em que eu parecia esquecer tudo e, aos teus pés, inebriava-me com a tua apaixonada abnegação, a tua infinita ternura... O mundo fútil, na realidade, persegue implacavelmente aquilo que permite em teoria: a sua ironia gélida cedo ou tarde haveria de vencer-te e dominar a tua alma ardente, e tu, por fim, haverias de envergonhar-te da tua paixão... o que seria então de mim? Não! É melhor morrer, é melhor deixar-te antes desse momento terrível... A tua tranquilidade está acima de tudo para mim, e tu não podias gozá-la, enquanto os olhares do mundo estavam dirigidos para nós. Lembra-te de tudo o que suportaste, de todas as ofensas do amor-próprio, de todas as torturas do medo; lembra-te do nascimento terrível de nosso filho. Pensa: deverei fazer com que continues sofrendo os mesmos cuidados e perigos? Para que esforçar-me a unir o destino de uma criatura tão terna e encantadora com o destino sombrio de um negro, de um ser lastimável que mal merece o nome de homem?
 Adeus, Leonor, adeus, minha querida e única amiga. Deixo-te e, contigo, as primeiras e últimas alegrias de minha vida. Não tenho pátria, parentes, amigos. Vou para a triste Rússia, onde a absoluta solidão será o meu maior prazer. Mesmo que os afazeres penosos, a que me entrego doravante, não consigam abafar as lembranças torturantes dos dias de júbilo, hão de trazer alguma distração... Adeus, Leonor! Desprendo-me desta carta como se me desprendesse dos teus braços; adeus, sê feliz e pensa de vez em quando neste pobre negro, o teu fiel Ibraim."

Partiu para a Rússia na mesma noite. A viagem não lhe pareceu tão terrível como esperava. A sua imaginação triunfou sobre a realidade. Quanto mais se afastava de Paris, mais vivos e próximos lhe apareciam os objetos que deixava para sempre. Insensivelmente, chegou à fronteira russa. O outono se aproximava. Mas, apesar da má estrada, os cocheiros o levavam com a velocidade do vento, e, após dezesseis dias de viagem, chegou de manhã a Krásnoie Sieló, que era atravessada pelo que se considerava então uma larga estrada. Faltavam vinte e oito verstas[9] até Petersburgo. Enquanto se atrelavam os cavalos, Ibraim entrou na isbá[10] dos cocheiros. Num canto, um homem alto, de cafetã verde, um cachimbo de barro na boca, estava debruçado sobre a mesa, lendo jornais de Hamburgo. Ouvindo que alguém entrara, levantou a cabeça. "Viva! Ibraim? — gritou ele, erguendo-se do banco. — Viva o meu afilhado!" Ibraim reconheceu Pedro. Num alvoroço de alegria, atirou-se na sua direção, mas, de repente, parou respeitoso. O tsar aproximou-se, abraçou-o e beijou-lhe a cabeça. "Fui avisado da tua chegada — disse Pedro — e vim ao teu encontro. Estou aqui à tua espera desde ontem." Ibraim não encontrava palavras para expressar a sua gratidão. "Agora — prosseguiu o tsar — vem comigo e manda o teu carro seguir-nos." Veio a caleça do tsar, e ele sentou-se com Ibraim. Uma hora e meia mais tarde, chegavam a Petersburgo. Ibraim olhava curioso para a capital recém-nascida, que se erguia do pântano por um capricho da autocracia. Diques nus, canais recentemente cavados e pontes de madeira atestavam por toda parte a vitória recente da vontade humana sobre as forças adversas da natureza. As casas pareciam construídas às pressas. Em toda a cidade, na-

---

[9] Medida de comprimento equivalente a pouco mais de 1 km.

[10] Habitação de madeira dos camponeses russos.

da havia de magnificente, com exceção do rio Nievá, que ainda não fora enfeitado com moldura de granito, mas já estava coberto de navios de guerra e de comércio. A caleça do tsar parou diante do assim chamado Palácio do Jardim da Tsarina. No patamar da escada, Pedro foi recebido por uma mulher de uns trinta e cinco anos, muito bonita e vestida segundo a moda mais recente de Paris. Pedro beijou-a nos lábios e, tomando Ibraim pelo braço, disse: "Reconheceste o meu afilhado, Kátienka?[11] Peço-te que o trates tão bem como outrora". Iecatierina fixou nele os olhos negros, penetrantes, e estendeu-lhe afavelmente a mãozinha. Duas lindas jovens altas, esbeltas, frescas como rosas, que estavam atrás dela, aproximaram-se respeitosas de Pedro. "Lisa[12] — disse o tsar a uma delas —, estás lembrada daquele negrinho que me roubava maçãs em Oranienbaum, para te levá-las? Aqui está, quero que o conheças." A grã-princesa riu e ficou corada. Passaram à sala de jantar. A mesa estava posta, à espera do tsar. Pedro sentou-se com toda a família para jantar, e convidou Ibraim. Durante o repasto, o tsar conversou com ele sobre diversos assuntos e lhe fez perguntas sobre a guerra da Espanha, sobre os negócios internos da França e sobre o regente, de quem ele gostava, embora o censurasse frequentemente. Ibraim fazia-se notar pelo espírito exato e observador, e Pedro ficou muito satisfeito com as suas respostas; lembrou alguns episódios da primeira infância de Ibraim, contando-os com tanta bonomia e tal humor que ninguém poderia suspeitar, naquele anfitrião carinhoso e hospitaleiro, o herói de Poltava, o poderoso e severo reformador da Rússia.

Depois do jantar, seguindo o costume russo, o tsar foi descansar. Ibraim ficou com a imperatriz e as grã-princesas. Procurou satisfazer-lhes a curiosidade, descrevendo a vida

---

[11] Diminutivo de Iecatierina (Catarina).

[12] Diminutivo de Ielisavieta (Isabel).

parisiense, as festas e as modas caprichosas. Entretanto, reuniram-se no palácio algumas das personalidades mais chegadas ao tsar. Ibraim reconheceu o magnífico príncipe Mênchikov,[13] que, vendo o negro conversar com Iecatierina, o olhou altivamente de viés; o príncipe Iakov Dolgorúki,[14] irascível conselheiro de Pedro; o sábio Brius,[15] que o povo considerava uma espécie de Fausto russo; o jovem Ragúzinski, que fora amigo de Ibraim; e outros mais, que tinham vindo trazer relatórios ao tsar e receber ordens. O tsar apareceu umas duas horas depois. "Vejamos — disse ele a Ibraim — se não esqueceste a tua antiga função. Apanha uma lousa e acompanha-me." Pedro se trancou na oficina de torneiro e passou a ocupar-se dos negócios de Estado. Trabalhou alternadamente com Brius, com o príncipe Dolgorúki, com o general chefe da polícia Deviers e ditou para Ibraim alguns ucases[16] e resoluções. Este não cessava de admirar a sua rápida e sólida inteligência, a força e flexibilidade da sua atenção, bem como as suas variadas atividades. Terminados os trabalhos, Pedro tirou um livrinho de notas, para verificar se já estava feito tudo o que prescrevera para aquele dia. Depois, saindo da oficina de torneiro, disse a Ibraim: "Já é tarde e deves estar cansado: dorme aqui, como fazias antigamente. Vou acordar-te amanhã".

Ficando sozinho, Ibraim mal pôde vir a si. Estava em Petersburgo. Via novamente o grande homem, junto a quem, desconhecendo ainda o seu valor, passara a primeira infân-

---

[13] Aleksandr Danílovitch Mênchikov (1673-1729), homem de origem humilde, amigo de infância de Pedro, o Grande, que o elevou a príncipe. Desempenhou um papel muito importante na história de seu tempo.

[14] O príncipe I. F. Dolgorúki (1659-1720), um dos principais colaboradores de Pedro, o Grande.

[15] I. V. Brius (1670-1735).

[16] Decretos do tsar.

cia. Quase com remorso, reconheceu no fundo da alma que a condessa de D., pela primeira vez após a separação, não fora, durante o dia todo, o seu único pensamento. Compreendeu que o novo modo de vida que o aguardava, as atividades e os quefazeres constantes, poderiam vivificar-lhe a alma, extenuada pelas paixões, pela ociosidade e por um tédio oculto. A ideia de ser companheiro de trabalho de um grande homem e, ao seu lado, influir no destino de um grande povo, despertou nele, pela primeira vez, uma nobre ambição. Nesse estado de ânimo, deitou-se no leito de campanha que lhe fora preparado, e o sonho habitual transportou-o a Paris, para os braços da sua querida condessa.

Capítulo III

*Como as nuvens no céu,
Mudam de imagem nossos pensamentos,
O que hoje se ama, odeia-se amanhã.*

V. Küchelbecker[17]

Cumprindo a promessa, Pedro despertou Ibraim no dia seguinte e cumprimentou-o como capitão-tenente da companhia de bombardeiros do regimento Preobrajênski, da qual ele mesmo era capitão. Os cortesãos rodearam Ibraim, cada qual procurando fazer agrados ao novo favorito. O orgulhoso príncipe Mênchikov apertou-lhe amistosamente a mão; Cheremiétiev[18] pediu-lhe notícias dos seus conhecidos parisienses, e Golovin[19] convidou-o para jantar. Os demais se-

---

[17] Segundo uma nota à edição da Academia de Ciências da U.R.S.S., trata-se da citação incorreta de um trecho da tragédia *Os argonautas*, do poeta russo V. K. Küchelbecker (1797-1846).

[18] B. P. Cheremiétiev (1652-1719), marechal e diplomata.

[19] I. M. Golovin (falecido em 1738), comandante da esquadra de galeras, antepassado de Púchkin pela linha paterna.

guiram este último exemplo, de modo que Ibraim recebeu convites para um mês pelo menos.

Os seus dias eram uniformes, mas repletos de atividade e, por conseguinte, não conheceu o tédio. Dia a dia, mais se afeiçoava ao tsar e melhor compreendia a sua nobre alma. Seguir os pensamentos de um grande homem é a mais fascinante das ciências. Ibraim via Pedro no Senado, discutindo com Buturlin[20] e Dolgorúki importantes questões de Direito; no conselho do Almirantado, afirmando a grandeza naval da Rússia; via-o com Feofan,[21] Gavriil Bujínski[22] e Kopiévitch,[23] examinando, nas horas de descanso, traduções de obras estrangeiras, ou visitando a fábrica do industrial, a oficina do artesão, a biblioteca do sábio. A Rússia aparecia a Ibraim como uma imensa oficina, onde tudo se reduz ao movimento das máquinas e onde cada trabalhador, submisso à ordem estabelecida, está ocupado com a sua tarefa. Ele se considerava igualmente obrigado a trabalhar diante da sua máquina, e procurava lamentar o menos possível a falta dos divertimentos parisienses. Mais difícil, porém, era afastar outra imagem querida — lembrava frequentemente a condessa de D. e imaginava a sua justa indignação, as suas lágrimas e tristezas... mas, às vezes, um pensamento acabrunhador comprimia-lhe o peito: as distrações da alta sociedade, uma nova ligação, outro felizardo... Estremecia; o ciúme fervia-lhe no sangue africano, e as lágrimas estavam prontas a escorrer pelo seu rosto negro.

Certa manhã, estava em seu escritório, rodeado de papéis, quando ouviu de repente uma estrondosa saudação em

[20] A. B. Buturlin (1694-1767), marechal.

[21] O escritor e teólogo russo-ucraniano Feofan (Teófanes) Prokopóvitch (1681-1736).

[22] Monge, erudito e tradutor (1680-1731), que dirigiu tipografias a partir de 1721.

[23] I. F. Kopiévitch, tradutor (falecido em 1706).

francês: voltou-se rapidamente, e o jovem Kórsakov,[24] que ele deixara em Paris, no turbilhão da vida social, abraçou-o com exclamações de júbilo. "Acabo de chegar — disse Kórsakov — e vim correndo falar contigo. Todos os nossos conhecidos de Paris te mandam lembranças e lamentam a tua ausência, a condessa de D. mandou chamar-te sem falta, e aqui tens uma carta dela." Ibraim apoderou-se ansiosamente do envelope e olhava para a letra conhecida do sobrescrito, sem ousar acreditar nos seus olhos. "Como estou satisfeito — prosseguiu Kórsakov — por não teres ainda morrido de tédio nesta bárbara Petersburgo! O que se faz aqui? Do que se ocupam as pessoas? Quem é o teu alfaiate? Existe pelo menos um teatro de ópera?" Ibraim respondeu-lhe, distraído, que o tsar devia estar trabalhando no dique do porto. Kórsakov soltou uma gargalhada. "Vejo — disse ele — que estás pouco disposto a me aturar agora; em outra ocasião, vamos conversar à vontade; e agora, vou apresentar-me ao tsar." Dito isso, deu meia-volta num só pé e saiu correndo do quarto.

Ficando só, Ibraim abriu apressadamente o envelope. A condessa queixava-se dele com ternura, censurando-o por seu fingimento e pela falta de confiança. "Dizes — escrevia ela — que prezas a minha tranquilidade acima de tudo no mundo. Ibraim! Fosse isso verdade, e poderias deixar-me no estado a que fui reduzida pela notícia casual da tua partida? Temias que eu te retivesse. Podes ficar certo, no entanto, que, apesar do meu amor, eu saberia sacrificá-lo ao teu bem-estar e àquilo que consideras o teu dever." A condessa terminava a carta com apaixonadas juras de amor e conjurava-o a escrever-lhe de quando em vez ao menos, se era verdade que estava de todo perdida para eles a esperança de se encontrarem um dia.

Ibraim releu a carta vinte vezes, beijando em êxtase aquelas linhas preciosas. Estava ardendo em impaciência de ouvir

---

[24] V. I. Rímski-Kórsakov (1702-1757), um dos jovens enviados por Pedro, o Grande, para estudar no Ocidente.

algo sobre a condessa e, por isso, preparou-se para ir ao Almirantado, esperando encontrar lá Kórsakov, mas a porta se abriu, e o próprio Kórsakov entrou novamente na sala. Já se apresentara ao tsar e, segundo o seu costume, estava muito satisfeito consigo mesmo. "*Entre nous* — disse ele a Ibraim — o tsar é um homem muito esquisito. Imagina que eu o encontrei de camiseta muito grosseira, sobre o mastro de um navio, para onde também fui forçado a trepar com os meus papéis oficiais. Fiquei sobre a escadinha de cordas e nem tive espaço para uma reverência decente. Isso me deixou completamente confuso, o que nunca me acontecera. Depois de ler os documentos, o tsar me examinou da cabeça aos pés e, ao que parece, ficou agradavelmente surpreendido com o bom gosto e a elegância do meu traje; pelo menos, sorriu e me convidou para a assembleia de hoje. Mas eu sou completamente estrangeiro em Petersburgo. Em seis anos de ausência, esqueci por completo os costumes locais. Por favor, sê o meu mentor, vem buscar-me e apresenta-me a todos." Ibraim concordou e apressou-se a desviar a conversa para um assunto mais interessante. "Bem. Como está a condessa de D.?" — "A condessa? Naturalmente, nos primeiros tempos, ficou muito triste com a tua partida. Depois, é claro, consolou-se pouco a pouco e arranjou um novo amante, sabes quem é? Estás lembrado daquele comprido marquês de R.? Por que arregalas assim o branco dos teus olhos africanos? Ou isso te parece esquisito? Não sabes acaso que a tristeza continuada não condiz com a natureza humana, principalmente a feminina? Pensa bem no caso, enquanto eu vou descansar um pouco da viagem; e não esqueças de passar por minha casa para me acompanhar."

    De que sentimentos estava repleta a alma de Ibraim? Ciúme? Raiva? Desespero? Não; apenas uma profunda, dolorida tristeza. Refletia de si para si: "Eu previa, isso tinha de acontecer". Depois, abriu a carta da condessa, releu-a mais uma vez, deixou pender a cabeça e chorou amargamente. Passou muito tempo chorando. As lágrimas aliviaram-lhe o coração. Olhando para o relógio, viu que estava na hora de sair.

Ibraim gostaria muito de faltar, mas a assembleia era algo muito importante, e o tsar exigia terminantemente a presença de todos os colaboradores próximos. Vestiu-se e foi à casa de Kórsakov.

Encontrou-o de roupão, lendo um livro francês. "Tão cedo?" — disse ele, ao ver Ibraim. "Nada disso! — respondeu este. — Já são cinco e meia, e vamos chegar atrasados; veste-te depressa e vamos." Kórsakov ficou nervoso e pôs-se a tocar furiosamente a campainha. Os criados acorreram, e ele começou a vestir-se apressadamente. O criado francês deu-lhe os sapatos de saltos vermelhos, as calças de veludo azul-celeste e o cafetã cor-de-rosa, bordado a miçangas; empoaram-lhe às pressas a peruca na antessala, trouxeram-na, Kórsakov enfiou nela a cabeça raspada, pediu a espada e as luvas, deu umas dez voltas diante do espelho e declarou a Ibraim que estava pronto. Os lacaios deram-lhes as pelicas de urso e eles se dirigiram ao Palácio de Inverno.

Kórsakov cobriu Ibraim de perguntas: quem era a primeira beldade em Petersburgo? Quem era considerado o primeiro dançarino? Que dança estava em moda? Ibraim satisfazia-lhe a curiosidade muito contrafeito. No entretanto, chegaram ao palácio. Um sem-número de trenós compridos, velhas carruagens e caleças douradas já estavam agrupados no campo contíguo. Junto ao patamar apinhavam-se bigodudos cocheiros de libré; estafetas brilhantes de ouropéis, com penas e bastões; hussardos, pajens, lacaios desajeitados, vergados ao peso de pelicas e regalos de seus senhores — toda a corte julgada indispensável pelos boiardos[25] da época. Quando Ibraim apareceu, começou entre eles um murmúrio geral: "O negro, o negro, o negro do tsar!". Ele conduziu Kórsakov apressadamente por entre a criadagem vistosa. O lacaio do

[25] Antiga nobreza russa.

palácio abriu-lhes as portas de par em par, e eles entraram no salão. Kórsakov parou estupefato... No grande salão, iluminado com velas de sebo, que ardiam com luz fraca entre as nuvens de fumaça dos cachimbos, nobres com fitas azuis por cima do ombro, embaixadores, comerciantes estrangeiros, oficiais da guarda em uniformes verdes, mestres de construção naval, de japona e calças listadas, moviam-se em multidão ao som de instrumentos de sopro. As senhoras estavam sentadas junto às paredes; as mais moças trajavam-se com toda a magnificência da moda. O ouro e a prata brilhavam-lhes sobre os vestidos; as cinturinhas esbeltas erguiam-se sobre as saias tufadas, como talos de planta. Brilhantes faiscavam-lhes sobre as orelhas, entre os cachos compridos e sobre o pescoço. Elas voltavam-se alegremente para ambos os lados, esperando os cavalheiros e o início das danças. As senhoras de idade procuravam astutamente aliar o vestuário moderno às velhas modas perseguidas: as toucas lembravam os chapeuzinhos de marta da tsarina Natália Kirílovna, as saias-balão e as mantilhas pouco se diferençavam do *sarafã*[26] e da *duchegréika.*[27] Tinha a impressão de que elas presenciavam com um sentimento de estranheza mais que de prazer aqueles divertimentos recém-introduzidos, e que olhavam com despeito e de viés para as mulheres e filhas dos marinheiros holandeses, as quais, de saia de fustão e blusinha vermelha, faziam tricô, riam e conversavam entre si como se estivessem em casa. Kórsakov não conseguia vir a si. Vendo entrar os novos visitantes, um criado se aproximou deles, trazendo uma bandeja com cerveja e copos. "*Que diable est que tout cela?*" — perguntava Kórsakov a meia-voz a Ibraim. Este não podia deixar de sorrir. A imperatriz e as grã-princesas, brilhando com a sua beleza e os trajes vistosos, perpassavam entre as fileiras de convidados e conversavam com eles afavelmente. O

[26] Vestido comprido, que se usava com uma blusa de mangas largas.
[27] Casaco forrado de algodão.

tsar estava em outra sala. Kórsakov, que desejava ser visto por ele, conseguiu chegar à força até lá, por entre a multidão que circulava sem cessar. Lá estavam sentados na maioria estrangeiros, fumando com imponência os seus cachimbos de barro e esvaziando as canecas igualmente de barro. Sobre as mesas, havia garrafas de vinho e cerveja, sacos de couro com fumo, copos de ponche e tabuleiros de xadrez. Diante de uma dessas mesas, Pedro jogava damas com um marinheiro inglês de ombros largos. Eles bombardeavam-se mutuamente com salvas de fumaça de cachimbo, e o tsar estava tão preocupado com um passo precipitado do seu antagonista que nem notou Kórsakov, que girava perto deles sem cessar. Um senhor gordo, com um grande ramalhete no peito, entrou apressado, declarou com voz tonitruante que as danças já começaram, e deixou precipitadamente a sala; seguiram-no muitos convidados, entre os quais Kórsakov.

O espetáculo inesperado surpreendeu-o deveras. Por todo o comprimento do salão de danças, ao som da mais chorosa das músicas, damas e cavalheiros permaneciam frente a frente, em duas fileiras; os cavalheiros inclinavam muito o corpo para frente, as damas abaixavam-se ainda mais sobre os calcanhares, a princípio com o corpo para frente, depois voltando-se para a direita, em seguida para a esquerda, de novo para frente, de novo para a direita, e assim por diante. Vendo tão complicado divertimento, Kórsakov arregalava os olhos e mordia os lábios. Os gestos de reverência para frente e sobre os calcanhares duraram perto de meia hora; finalmente cessaram, e o senhor gordo do ramalhete no peito declarou terminadas as danças cerimoniais, e ordenou aos músicos que tocassem um minueto.

Kórsakov ficou contente e preparou-se para brilhar. Entre as jovens convidadas, havia uma particularmente do seu agrado. Tinha uns dezesseis anos, trajava-se ricamente, mas com gosto, e estava sentada junto a um homem de meia-idade, de ar severo e sobranceiro. Kórsakov dirigiu-se desembaraçadamente para o seu lado e pediu-lhe a honra de uma dança. A jovem beldade olhou-o confusa e parecia não saber o que responder. O homem que estava ao lado franziu ainda mais o sobrecenho. Kórsakov esperou que ela lhe respondesse. Mas o senhor do ramalhete no peito aproximou-se dele, conduziu-o para o centro do salão e lhe disse com importância:

— Acabas de cometer uma falta, meu senhor: em primeiro lugar, chegaste até essa jovem sem fazer as três mesuras que lhe eram devidas; em segundo, fizeste a escolha, quando, no minueto, esse direito cabe à dama e não ao cavalheiro; por isso mesmo, tens que receber o merecido castigo, e estás condenado a beber um *copo de vinho marca Águia*.

Kórsakov estava cada vez mais surpreendido. Num átimo, os convidados rodearam-no, exigindo ruidosamente o cumprimento imediato da lei. Ouvindo os gritos e as gargalhadas, Pedro saiu da sala contígua, pois gostava muito de presenciar tais castigos. A multidão deu-lhe passagem e ele entrou na roda, onde estava o condenado e, diante dele, o "marechal da assembleia", com um enorme copo repleto de malvasia. Estava convencendo com muita perseverança o réu a submeter-se voluntariamente à lei. "Aí! — exclamou Pedro. — Caíste, irmão. Agora, *monsieur*, tens que beber tudo, sem fazer careta." Não havia remédio: o pobre janota virou o copo, esvaziou-o até o fundo, sem parar ao menos para respirar, e devolveu-o ao "marechal". "Escuta, Kórsakov — disse-lhe Pedro —, estás aí com umas calças de veludo tais como nem eu uso, embora seja muito mais rico. É um desperdício; olha lá, sou capaz de brigar contigo." Depois de ouvir a censura, Kórsakov quis sair da roda, mas cambaleou e quase caiu, para gáudio indescritível do tsar e dos alegres convidados. Este episódio não somente não prejudicou a unidade da ação central ou o interesse por ela, mas, pelo contrário, infundiu-lhe nova animação. Os cavalheiros voltaram a arrastar os pés e inclinar o corpo, e as damas a se abaixar sobre os calcanhares e bater com os saltos no soalho, com pertinácia crescente, e agora não respeitando mais a cadência. Kórsakov não podia tomar parte na alegria geral. A dama por ele escolhida dirigiu-se a Ibraim, por ordem de seu pai, Gavrila Afanássievitch, e, baixando os olhos azuis-celestes, deu-lhe timidamente a mão. Ibraim dançou com ela o minueto, e acompanhou-a até o lugar; depois, procurou Kórsakov, levou-o para fora do salão, fê-lo sentar-se na carruagem e levou-o para casa. Pelo caminho, Kórsakov a princípio ficou murmurando imperceptivelmente: "Maldita assembleia!... Maldito vinho marca Águia!...", mas, dentro em pouco, caiu num sono profundo. Não sentiu sequer como, ao chegar em casa, foi levado para o quarto de dormir e despido pelos criados; no dia seguinte, acordou com dor de cabeça, lembrando-se confusamente do arrastar dos pés, das mesuras das damas, da fumaça dos cachimbos, do senhor do ramalhete no peito e do copo de vinho marca Águia.

Capítulo IV

Eram tão lentos no comer nossos ancestres.
E lentamente, mão em mão,
Jarros, taças de prata iam em roda,
Com vinhos e cerveja espumante.

Ruslan e Liudmila[28]

Agora, devo apresentar Gavrila Afanássievitch Rjévski ao meu complacente leitor. Ele pertencia a uma antiga e nobre linhagem, possuía vastíssima propriedade, era hospitaleiro e gostava de caçadas com falcões; tinha criadagem numerosa. Em suma, era um legítimo grão-senhor russo, segundo sua própria expressão não suportava o espírito alemão,[29]

[28] Poema épico de Púchkin.

[29] Os usos e costumes ocidentais chegavam à Rússia através da Alemanha. Por isso chamava-se de alemão tudo o que viesse do Ocidente.

e procurava conservar, em seu ambiente caseiro, os usos e costumes dos tempos de antanho, que lhe eram tão caros. Sua filha tinha dezessete anos. Perdera a mãe quando criança. Fora educada à moda antiga, isto é, rodeada de amas de toda espécie, desde as amas de leite até moças e meninas servas da sua idade. Bordava a ouro e não sabia ler nem escrever; mas o pai, apesar da sua repugnância por tudo o que fosse estrangeiro, não pôde opor-se ao seu desejo de aprender danças alemãs com um oficial sueco prisioneiro, que residia em casa deles. Este competente professor de danças tinha uns cinquenta anos, sua perna direita fora baleada na batalha de Narva e, por isso, não era muito adequada para o minueto e outras danças, mas, em compensação, a esquerda executava os passos mais difíceis com surpreendente ligeireza e arte. A aluna fazia honra aos seus esforços. Natália Gavrílovna era conhecida nas assembleias como a melhor dançarina, o que em parte determinou a conduta de Kórsakov, que, no dia seguinte, foi pedir desculpas a Gavrila Afanássievitch, mas a agilidade e o janotismo do elegante jovem não agradaram ao orgulhoso boiardo, que o apelidou espirituosamente de macaco francês.

Era feriado. Gavrila Afanássievitch esperava alguns parentes e amigos. Na antiga sala de jantar, os criados preparavam a mesa comprida. Os convidados foram chegando com as esposas e filhas, libertadas finalmente do encarceramento caseiro pelos ucases do tsar e pelo seu próprio exemplo. Natália Gavrílovna passou por entre os hóspedes, com uma bandeja de prata cheia de copinhos de ouro. Cada um emborcou o seu, lamentando que o beijo que se recebia outrora em tais ocasiões já tivesse caído em desuso. Foram à mesa. No primeiro lugar junto ao dono da casa, sentou-se o seu sogro, o septuagenário boiardo príncipe Boris Aleksiéievitch Likov; os demais convidados dispuseram-se à mesa, os homens de um lado, as mulheres do outro, de acordo com a antiguidade das suas estirpes, lembrando assim os bons tempos do *miéstni-*

tchestvo.³⁰ Nos últimos lugares, sentaram-se, como de costume, a dona da casa, de vestido antigo e diadema, a anã, uma pequerrucha de trinta anos, afetada e de rosto enrugado, e o professor de danças prisioneiro, em seu uniforme azul muito usado. A mesa estava coberta com uma infinidade de pratos e rodeada de numerosa e atarantada criadagem, no meio da qual o mordomo se fazia notar pelo seu olhar severo, pela enorme barriga e pela impassibilidade majestosa. Os primeiros momentos do jantar foram dedicados exclusivamente ao gozo das realizações da antiga cozinha russa; somente o tinir dos pratos e das ativas colheres perturbava o silêncio geral. Finalmente, o dono da casa viu que chegara a hora de distrair os convidados com uma palestra agradável, voltou-se e perguntou: "Onde está Iekímovna? Vão chamá-la!". Alguns criados correram em diversas direções, mas naquele mesmo instante uma velha de rosto coberto de pó de arroz e carmim, enfeitada com flores e miçangas, de saia-balão de damasco e colo descoberto, entrou cantarolando e ensaiando passos de dança. O seu aparecimento foi recebido com alegria geral.

— Boa tarde, Iekímovna — disse o príncipe Likov. — Como vais?

— Vou bem, compadre. Vivo dançando, cantando e esperando os noivinhos.

— Onde estiveste, boba? — perguntou o dono da casa.

— Estava me vestindo, compadre, para a festa de Deus e para os caros convidados, segundo o ucase do tsar e as ordens do boiardo, à maneira alemã, para zombaria do mundo inteiro.

Ergueu-se uma sonora gargalhada, e a boba ocupou o seu lugar de sempre, atrás da cadeira do amo.

---

³⁰ Palavra derivada de *miesto* (lugar) e que designa a praxe pela qual os boiardos se agrupavam em relação ao tsar, na ordem de antiguidade das suas linhagens.

— Bobagens, bobagens, mas no meio sempre escapam algumas verdades — disse Tatiana Afanássievna, irmã mais velha do patrão e muito considerada por ele. — Realmente, os trajes atuais são para zombaria do mundo inteiro. Se até vocês, paizinhos, rasparam as barbas e usam agora cafetã curto, das nossas modas femininas nem se sabe mais o que dizer: ah, que saudades do *sarafã*, da fita que as donzelas usavam e da cabeça coberta! Olhando para as beldades de hoje, tem-se vontade de rir e chorar ao mesmo tempo! Os cabelos encachoados como algodão, engordurados e cobertos de farinha francesa; a barriguinha apertada, que mal se pode mexer; as saias de baixo pregadas com arco metálico; na carruagem, sentam-se de lado; ao passar pela porta, inclinam a cabeça. Enfim, um verdadeiro martírio, minhas filhas.

— Ai, querida Tatiana Afanássievna! — disse Kirila Pietróvitch T., ex-comandante da guarnição de Riazan, onde conseguira, por meios não muito lícitos, tornar-se proprietário de 3 mil almas[31] e arranjar uma esposa jovem. — Quanto a mim, a minha mulher pode vestir-se como quiser: com roupa de camponesa ou com paramentos de igreja, contanto que não encomende cada mês vestidos novos e não jogue fora, quase sem usar, todos os outros. Antigamente, a neta recebia como dote o *sarafã* da avó, mas as atuais saias-balão hoje a patroa as usa e amanhã já estão com a criadagem. Que fazer? É a ruína de todos os fidalgos russos! Uma verdadeira catástrofe!

Dito isso, soltou um suspiro e olhou para a sua Mária Ilínitchna, a quem, pelo visto, não agradavam nem os elogios aos tempos de outrora, nem as censuras aos costumes novíssimos. As demais beldades partilhavam seu desprazer, mas permaneciam caladas, pois a modéstia era considerada naquele tempo um atributo indispensável da mulher moça.

---

[31] Assim se designavam os servos.

— Quem é o culpado? — perguntou Gavrila Afanássievitch, fazendo espumar o *schi*[32] azedo da sua caneca. — Não seremos nós mesmos? O mulherio novo faz tolices, e nós as apoiamos.

— Mas, o que podemos fazer, se não somos senhores da nossa vontade? — retrucou Kirila Pietróvitch. — Muitos maridos gostariam de trancar as mulheres em casa, mas chamam-nas, a toque de caixa, às assembleias; não adianta apanhar a chibata: a mulher se veste e lá vai. Oh, essas assembleias! O Senhor castigou-nos com elas pelos nossos pecados.

Mária Ilínitchna parecia sentada sobre alfinetes; a língua comichava-lhe na boca; finalmente, não se conteve e, dirigindo-se ao marido, perguntou-lhe com um sorriso azedo o que achava de tão ruim nas assembleias.

— O que há nelas de ruim — respondeu o esposo excitado — é que, desde que elas existem, os maridos não conseguem entender-se com as esposas. As mulheres esqueceram as palavras do Apóstolo: *mulher, teme o teu marido*; cuidam de vestidos e não da casa; procuram agradar não ao marido, mas a não sei que oficiais estouvados. E será decente, minha senhora, que uma *boiárina* ou *boiárichnia*[33] russa permaneça ao lado de alemães-tabaquistas e das suas operárias? Onde se viu dançar até altas horas da noite e conversar com homens moços? E ainda se fossem parentes, vá lá, mas todos estranhos, desconhecidos!

— Eu também diria uma palavrinha, se não houvesse perigo — começou Gavrila Afanássievitch, franzindo o sobrecenho. — Mas confesso que as assembleias não são igualmente do meu agrado: a qualquer momento, pode-se tropeçar num bêbado, ou ainda ser embriagado para divertimento de todos. É preciso tomar muito cuidado para que um peralta não faça qualquer travessura com a nossa filha; e a mocida-

---

[32] Sopa de verduras.

[33] Esposa ou filha de boiardo.

de hoje em dia está muito mimada, é um verdadeiro despropósito. Assim, por exemplo, na última assembleia, o filho do falecido Ievgráfi Serguêievitch Kórsakov cometeu tais despropósitos com a Natacha,[34] que até me deixou ruborizado. No dia seguinte, vi uma carruagem entrando diretamente no pátio de minha casa; pensei: quem será este hóspede que Deus me envia? Não será o príncipe Aleksandr Danílovitch? Mas qual! Era Ivan Ievgráfovitch. Realmente, o homem não podia fazer parar o carro junto ao portão e caminhar a pé até a porta. Não! Entrou como um furacão, fez não sei quantas mesuras e tagarelou, tagarelou, que Deus nos livre e guarde!... A boba Iekímovna o imita muito engraçado; a propósito, vem cá, boba, vem representar o macaco de além-mar.

A boba Iekímovna apanhou a tampa de uma travessa, pô-la debaixo do braço e começou a fazer caretas, arrastando o pé e fazendo mesuras para todos os lados, dizendo: "Mussiê... mamzel... assembleia... pardon". Uma gargalhada geral e prolongada exprimiu a alegria dos convidados.

— É Kórsakov, sem tirar nem pôr — disse o velho príncipe Likov, depois que a calma se restabeleceu um pouco e enxugando lágrimas de tanto rir. — Para que esconder o pecado? Ele não é o primeiro e não será o último a voltar daquelas Alemanhas para a Santa Rússia feito um verdadeiro histrião. O que aprendem lá os nossos filhos? A arrastar o pé, a falar Deus sabe que dialeto, a não respeitar os mais velhos e a cortejar esposas alheias. De todos os jovens educados no estrangeiro (que Deus me perdoe!), o negro do tsar é quem tem mais jeito de gente.

— Realmente — observou Gavrila Afanássievitch — ele é um homem sério e comedido, muito diferente daquele ventoinha... Mas quem é que está agora atravessando o meu portão numa carruagem? Não seria de novo aquele macaco de além-mar? Por que vocês ficam aí bocejando, animais? —

[34] Diminutivo de Natália.

prosseguiu, dirigindo-se aos criados. — Vão correndo impedir-lhe a entrada; e que doravante...
— Não estás delirando, barbicha velha? — interrompeu-o a boba Iekímovna. — Ou ficaste cego? É o trenó de nosso soberano; chegou o tsar.

Gavrila Afanássievitch ergueu-se apressado da mesa; todos acorreram às janelas; e realmente viram o tsar, que subia a escada, apoiando-se no ombro de seu ordenança. Fez-se o caos. O dono da casa atirou-se ao encontro de Pedro; os criados corriam de um lado a outro como idiotas, os convidados estavam todos assustados, alguns deles pensavam até na melhor maneira de escapar dali. De repente, ouviu-se no vestíbulo a voz tonitruante de Pedro, tudo sossegou e o tsar entrou na sala, acompanhado pelo dono da casa, atordoado de alegria. "Bom dia, senhores!" — disse Pedro, o rosto radiante. Todos fizeram profunda reverência. Os rápidos olhares do tsar procuraram entre os presentes a filha do dono da casa; chamou-a para perto de si. Natália Gavrílovna aproximou-se com bastante coragem, porém corou até as orelhas; não, até os ombros. "Estás ficando cada vez mais bonita" — disse o tsar e, seguindo seu costume, beijou-lhe a cabeça; depois, dirigiu-se aos convidados: "Eu os estorvei. Estavam jantando: peço-lhes que se sentem novamente à mesa e, quanto a mim, Gavrila Afanássievitch, aceito um pouco de vodca de anis". O dono da casa atirou-se na direção do majestoso mordomo, arrancou-lhe a bandeja das mãos, encheu pessoalmente um copinho de ouro e estendeu-o ao tsar, com uma reverência. Pedro emborcou o copinho, serviu-se de rosca e, pela segunda vez, insistiu com os convidados que prosseguissem com o jantar. Todos voltaram aos seus lugares, com exceção da anã e da sua ama, que não ousaram permanecer à mesa honrada com a presença do tsar. Pedro sentou-se junto ao dono da casa e pediu *schi*. O ordenança deu-lhe uma colher de madeira com incrustações de marfim, bem como faca e colher com cabos de osso verdes, pois Pedro sempre usava os seus próprios talheres. O jantar que, pouco antes, decorria alegremente, com bulha e animação, prosseguiu agora em silêncio e num ambiente de constrangimento. Em sinal de contentamento e respeito, o dono da casa não comia quase nada. Os convidados também procuravam manter um ar oficial e ouviam, em atitude de veneração, como o tsar conversava em alemão com o prisioneiro sueco, sobre a campanha de 1701.[35] A boba Iekímovna, à qual o tsar se dirigiu diversas vezes, respondia com certa frieza tímida, o que (diga-se de passagem) não queria dizer de modo algum que fosse estúpida de nascença. Finalmente, o jantar terminou. O tsar ergueu-se da mesa, seguido por todos os convidados. "Gavrila Afanássievitch — disse ele ao dono da casa — preciso conversar contigo a sós" — e, tomando-o pelo braço, levou-o à sala de visitas, fechando atrás de si a porta. Os convidados permaneceram na sala de jantar, comentando em voz baixa aquela visita inesperada, e, temendo passar por indiscretos, foram saindo pouco depois, um após outro, sem agradecer ao dono da casa a hospitalidade. O sogro dele, a filha e a irmã acompanharam-nos em silêncio até a porta e, depois, ficaram sozinhos na sala de jantar, esperando a saída do tsar.

Capítulo V

Vou arranjar-te uma esposa,
Ou não serei mais moleiro
Da ópera *O moleiro*, de Abléssimov[36]

Passada meia hora, abriu-se a porta e Pedro saiu. Baixando solenemente a cabeça, respondeu à tríplice mesura do

---

[35] Campanha vitoriosa dos russos contra os suecos, que haviam investido sobre a Curlândia e a Lituânia, após a batalha de Narva.
[36] Segundo uma nota da Academia de Ciências da U.R.S.S., trata-se

príncipe Likov, de Tatiana Afanássievna e de Natacha, e dirigiu-se diretamente ao vestíbulo. O dono da casa deu-lhe o *tulup*[37] vermelho de carneiro, acompanhou-o até o trenó e, no patamar da escada, agradeceu mais uma vez a honra com que fora distinguido. Pedro partiu.

Voltando à sala de jantar. Gavrila Afanássievitch parecia muito preocupado. Ordenou zangado aos criados que retirassem tudo da mesa o quanto antes, mandou Natacha para o quarto e, declarando à irmã e ao sogro que precisava falar com eles, levou-os à saleta onde costumava fazer a sesta depois do jantar. O velho príncipe deitou-se na cama de carvalho. Tatiana Afanássievna sentou-se numa antiga poltrona de damasco, encostando os pés num banquinho. Gavrila Afanássievitch fechou todas as portas, sentou-se na cama, aos pés do príncipe Likov, e deu início a uma conversa a meia-voz.

— Não foi por acaso que o tsar veio a minha casa; adivinhem sobre o que ele se dignou palestrar comigo.

— Como podemos sabê-lo, meu caro irmão? — disse Tatiana Afanássievna.

— O tsar não te confiou o comando de uma região militar? — perguntou o sogro. — Há muito, já devia tê-lo feito. Ou te confiou talvez uma embaixada? Nem só os amanuenses são enviados para tratar com os soberanos estrangeiros; às vezes se manda também gente da nobreza.

— Não — respondeu o genro, franzindo o sobrecenho.

— Sou um homem de velha cepa, e atualmente não precisam mais dos nossos serviços, embora um fidalgo russo e ortodoxo valha bem esses novatos de hoje em dia, aduladores e infiéis. Mas isto é um assunto à parte.

— Então sobre o que foi, irmão — disse Tatiana Afa-

---

da citação não muito exata de um trecho da ópera *O moleiro, o mágico e o casamenteiro*, de A. O. Abléssimov (1742-1783).

[37] Casaco de pele de carneiro, com os pelos na parte interior.

nássievna —, que o tsar conversou contigo durante tanto tempo? Não te aconteceu alguma desgraça? Que Deus te livre e guarde!

— Não foi propriamente uma desgraça, mas é algo que me faz pensar muito, confesso.

— O que é, irmão? Do que se trata?

— De Natacha. O tsar veio tratar do seu casamento.

— Graças a Deus! — retrucou Tatiana Afanássievna, persignando-se. — A moça está para casar e, com tal intermediário, o noivo também deve ser dos melhores. Que Deus lhes dê amor e sabedoria, pois é grande honra para a família. Mas com quem deseja casá-la o tsar?

— Hum! — resmungou Gavrila Afanássievitch. — Com quem? Nisso é que está o caso!

— Mas com quem, afinal? — repetiu o príncipe Likov, que já caía em modorra.

— Adivinhem — disse Gavrila Afanássievitch.

— Meu caro irmão — replicou a velhinha —, como podemos adivinhar? Não são poucos os noivos que há na corte, e cada um gostaria de receber a mão de Natacha. Não será Dolgorúki?

— Não, não é Dolgorúki.

— Bem, que Deus me perdoe, é muito orgulhoso. Schein? Troiekurov?

— Não, nem um nem outro.

— Aliás, para dizer verdade, não me agradam muito: são avoados e impregnaram-se demais de espírito alemão. Neste caso, é Milosslávski.

— Não, não é ele.

— Realmente, que Deus me perdoe; é rico, mas estúpido. E então? Será Ielétzki? Lvov? Ou o próprio Ragúzinski? Não, não consigo adivinhar. Mas com quem, afinal, o tsar deseja casar a Natacha?

— Com o negro Ibraim.

A velhinha soltou um "ah!" e levantou os braços. O

príncipe Likov ergueu a cabeça dos travesseiros e repetiu, surpreendido: "Com o negro Ibraim!".

— Meu caro irmão — disse a velhinha, a voz chorosa —, não faças a desgraça da tua filhinha, não entregues a Natáchenka às garras do demônio negro!

— Mas como — retrucou Gavrila Afanássievitch — recusar ao tsar, que nos promete a sua benevolência, para mim e para toda a nossa estirpe?

— O quê! — exclamou o velho príncipe, cujo sono passara num átimo. — Natacha, minha neta, ser casada com um negro comprado!

— Ele não é de origem comum — disse Gavrila Afanássievitch —, é filho de um sultão negro. Os turcos o aprisionaram e o levaram como escravo para Constantinopla, onde o nosso embaixador o comprou para presentear o tsar. O irmão mais velho dele veio mais tarde à Rússia, oferecendo vultoso resgate, e...

— Meu caro Gavrila Afanássievitch — interrompeu-o a velhinha —, já conhecemos estes contos de fadas! Conta-nos melhor o que respondeste ao tsar.

— Eu respondi que nos submetemos ao poder real e que nosso papel de servos do tsar nos obriga a obedecer-lhe em tudo.

Nesse instante, ouviu-se um ruído atrás da porta. Gavrila Afanássievitch foi abri-la, mas sentiu resistência, empurrou-a com força, ela se abriu, e os três viram Natacha desmaiada, caída sobre o chão ensanguentado.

Confrangera-se-lhe o coração quando vira o tsar trancar-se com o pai. Um vago pressentimento lhe sussurrara que se tratava dela mesma, e, depois que Gavrila Afanássievitch a mandara embora, dizendo que precisava conversar com a tia e o avô, não conseguiu resistir à curiosidade feminina. Atravessando passagens internas, chegou nas pontas do pés até a porta da saleta e não perdeu uma palavra sequer de toda a terrível conversa; ao ouvir as últimas palavras do pai, a pobre moça perdeu os sentidos e, caindo, bateu com a cabeça no baú ferrado, em que se guardava o seu enxoval. Acorreram criados; ergueram Natacha, levaram-na para o quarto e deitaram-na na cama. Momentos depois, passou o desmaio, ela abriu os olhos, mas não reconheceu o pai nem a tia. Constatou-se que tinha febre alta, ela falava delirando do negro do tsar, do casamento e, de repente, começou a gritar com voz penetrante e chorosa: "Valerian, querido Valerian, tu que és minha vida, vem salvar-me! Ei-los, ei-los!...". Tatiana Afanássievna olhou inquieta para o irmão, que empalideceu, mordeu os lábios e saiu em silêncio do quarto. Depois, voltou para junto do velho príncipe, que ficara embaixo, por não poder subir a escada.

— Como está Natacha? — perguntou ele.

— Mal — respondeu acabrunhado o pai —, pior do que eu pensava: está delirando com Valerian.

— Quem é esse Valerian? — perguntou inquieto o velho.

— Será possível que seja aquele órfão, filho de *strielétz*[38] que foi educado em tua casa?

— Ele mesmo, para desgraça minha! — respondeu Gavrila Afanássievitch. — O pai dele salvou-me a vida durante o motim, e o diabo me induziu a criar em minha casa o maldito rebento. Quando, há dois anos, a pedido dele, nós o alistamos num regimento, Natacha, ao despedir-se, chorava copiosamente, e ele permaneceu impassível, como se fosse de pedra. Isso me pareceu suspeito, e eu comentei-o com a minha irmã. Mas, a partir daquele dia, Natacha nunca mais pronunciou o seu nome, e quanto a ele, não deu sinal de vida. Pensei que ela o tivesse esquecido; pelo visto, não é assim. Mas está resolvido: ela se casará com o negro.

---

[38] Singular de *strieltzi*, corpos de tropa que se sublevaram várias vezes contra Pedro, o Grande. A revolta mais séria, ocorrida em 1698, foi sufocada implacavelmente.

O príncipe Likov nada objetou, pois seria inútil. Foi para casa; Tatiana Afanássievna ficou junto ao leito de Natacha; Gavrila Afanássievitch mandou chamar o médico, trancou-se no quarto, e o silêncio e a tristeza reinaram em toda a casa.

A inesperada atividade casamenteira do tsar causou a Ibraim surpresa tão grande pelo menos como a de Gavrila Afanássievitch. Eis como isso aconteceu. Pedro estava tratando de negócios de estado com Ibraim, quando de repente lhe disse:

— Estou notando, meu filho, que ultimamente andas triste: quero que digas com franqueza o que te falta.

Ibraim procurou convencer o tsar de que estava satisfeito com a sorte e que não desejava melhor.

— Muito bem — disse o tsar. — Se estás triste sem motivo, eu sei como te agradar.

Ao terminarem o trabalho, Pedro perguntou-lhe:

— Agrada-te a moça com quem dançaste o minueto na última assembleia?

— Sim, tsar, ela é muito simpática, e parece ser boa e modesta.

— Vou fazer com que a conheças melhor. Queres casar com ela?

— Eu, meu soberano?...

— Escuta, Ibraim: és uma criatura solitária, sem família, estranha a todos, com exceção de mim. Se eu morresse hoje, o que seria de ti amanhã, meu pobre negro? Precisas arrumar a vida, enquanto é tempo, encontrar apoio em novas relações, entrar em união com os boiardos russos.

— Meu soberano, sou feliz com a proteção e as bondades de Vossa Majestade comigo. Que Deus dê ao meu tsar e benfeitor vida mais longa que a minha, é tudo quanto desejo; no entanto, mesmo que eu pretendesse casar-me, a moça e a família concordariam? O meu físico...

— O teu físico? Que tolice! És simplesmente formidável! A mocinha deve obedecer à vontade dos pais, e vamos ver o que dirá o velho Gavrila Rjévski, quando eu próprio me apresentar como intermediário! Dito isso, o tsar mandou preparar o trenó e deixou Ibraim imerso em profundas meditações.

"Casar-me! — pensava o africano. — E por que não? Deverei acaso passar a vida em solidão e não conhecer os maiores prazeres e as mais sagradas obrigações da vida de um homem, só porque nasci a quinze graus de latitude? Eu não posso esperar que seja amado? — é um argumento infantil! Pode-se porventura confiar no amor? Existe ele no volúvel coração feminino? Desistindo dos aprazíveis enganos para sempre, escolhi outras tentações, de base mais sólida. O tsar tem razão: é preciso garantir o meu futuro. O casamento com a jovem da família Rjévski vai unir-me com a orgulhosa nobreza russa, e eu deixarei de ser um forasteiro na minha segunda pátria. Não vou exigir que a esposa me tenha amor: vou satisfazer-me com a sua fidelidade e hei de conquistar-lhe a amizade com a minha contínua ternura, com a confiança e a benevolência."

Ibraim quis ocupar-se como de costume dos negócios de estado, mas a sua imaginação estava excitada demais. Deixou de lado os papéis, e foi vaguear pelo cais do Nievá. De repente, ouviu a voz de Pedro; voltou-se e viu o tsar, que, depois de mandar embora o trenó, seguia-o a pé, com uma expressão de alegria. "Está tudo resolvido, meu caro! — disse Pedro, tomando-lhe o braço. — Cumpri a minha missão de intermediário. Amanhã, vai visitar o teu sogro; mas, olha lá, satisfaze-lhe a arrogância de boiardo; deixa o trenó junto ao portão, atravessa o pátio a pé, conversa com ele sobre os seus merecimentos e fidalguia, e ele vai te adorar. Agora — prosseguiu, agitando o bastão — leva-me à casa do velhaco Danílitch,[39] com quem preciso conversar sobre as suas novas diabruras."

---

[39] Corruptela de Danílovitch.

Ibraim agradeceu calorosamente a Pedro a sua solicitude paternal, acompanhou-o até o magnífico palácio do príncipe Mênchikov[40] e voltou para casa.

Capítulo VI

Uma lâmpada votiva ardia suavemente diante do oratório envidraçado, em que brilhavam as incrustações de ouro e prata dos ícones da família. A sua luz trêmula iluminava fracamente a cama com cortinado e a mesinha coberta de frascos com etiquetas. Junto à lareira, estava sentada a criada com uma roca, e somente o ruído abafado do fuso perturbava o silêncio do quarto.

— Quem está aqui? — perguntou uma voz fraca.

A criada levantou-se no mesmo instante, foi até a cama e ergueu suavemente o cortinado.

— Falta muito para amanhecer? — perguntou Natália.

— Já é meio-dia — respondeu a criada.

— Ah, meu Deus, por que está assim escuro?

— As janelas estão fechadas, senhorita.

— Dá-me depressa roupa para vestir.

— Impossível, senhorita. O médico proibiu.

— Mas eu estou doente? Desde quando?

— Há duas semanas já.

— Realmente? Eu tinha a impressão de que foi ontem que me deitei.

Natacha calou-se; procurava reunir os pensamentos dispersos. Algo lhe acontecera, mas não era capaz de lembrar exatamente do que se tratava. A criada estava diante dela, aguardando ordens. Nesse momento, ouviu-se embaixo um ruído surdo.

[40] O príncipe Mênchikov era conhecido pela venalidade e pelos gastos excessivos.

— O que é? — perguntou a enferma.
— Os patrões acabaram de comer — respondeu a criada — e estão se levantando da mesa. Agora, virá Tatiana Afanássievna.

Natacha pareceu alegrar-se e sacudiu a mão enfraquecida. A criada tornou a cerrar o cortinado e sentou-se novamente junto à roca. Momentos depois, apareceu atrás da porta uma cabeça com uma larga touca enfeitada de fitas escuras, e perguntou a meia-voz:

— Como está Natacha?

— Bom dia, titia — disse baixinho a enferma; e Tatiana Afanássievna acercou-se dela apressadamente.

— A senhorita recobrou a memória — disse a criada, aproximando cautelosa uma poltrona.

A velhinha beijou chorando o rosto pálido e lânguido da sobrinha e sentou-se ao lado. Em seguida, entrou o médico alemão, de cafetã preto e douta peruca, tomou o pulso de Natália e declarou, em latim e logo em seguida em russo, que o perigo já passara. Exigiu papel e tinta, fez nova receita e partiu. A velhinha levantou-se, beijou Natália mais uma vez e imediatamente foi correndo levar a grata notícia a Gavrila Afanássievitch.

Na sala de visitas, estava sentado o negro do tsar, de uniforme, espada à cinta e chapéu na mão, e conversava respeitosamente com Gavrila Afanássievitch. Estendido sobre o divã de penas, Kórsakov ouvia-os distraído e brincava com um galo de raça; entediado com essa ocupação, acercou-se do espelho, habitual refúgio da sua ociosidade, e nele viu refletida Tatiana Afanássievna, que fazia de trás da porta sinais para o irmão.

— Estão chamando o senhor, Gavrila Afanássievitch — disse Kórsakov, voltando-se para ele e interrompendo Ibraim. Gavrila Afanássievitch foi para junto da irmã e encostou a porta atrás de si.

— Estou admirado da tua paciência — disse Kórsakov

O negro de Pedro, o Grande 55

a Ibraim. — Faz bem uma hora que estás ouvindo bobageiras sobre a antiguidade das casas dos Likov e Rjévski, e ainda acrescentas a elas as tuas observações moralizantes! Em teu lugar, *j'aurais planté là* o velho potoqueiro e toda a sua casta, inclusive Natália Gavrílovna, que está aí cheia de dengues, fingindo de doente, *une petite santé*. Dize-me com toda a sinceridade: será possível que estejas apaixonado por esta pequena *mijaurée*?[41] Escuta, Ibraim, segue ao menos uma vez o meu conselho; palavra, sou mais sensato do que pareço. Abandona essa ideia estouvada: não te cases. Tenho a impressão de que a tua noiva não sente por ti nenhuma predileção especial. Quantas coisas acontecem neste mundo! Por exemplo: eu, naturalmente, não sou feio, mas quantas vezes tive ocasião de enganar maridos que, juro por Deus, não eram piores de rosto do que eu. Tu mesmo... estás lembrado do nosso amigo parisiense, o conde de D.? Não se pode confiar na fidelidade feminina; feliz aquele que encara essas coisas com indiferença. Mas tu!... A tua natureza ardente, concentrada e desconfiada, o teu nariz achatado, os lábios inchados e essa cabeça crespa... serão elementos apropriados para alguém se lançar nos perigos do casamento?...

— Agradeço o conselho de amigo — interrompeu-o friamente Ibraim. — Mas conheces o provérbio: não é tua obrigação embalar filhos alheios...

— Cuidado, Ibraim! — retrucou rindo Kórsakov. — Oxalá não precises demonstrar esse provérbio na prática, em seu sentido literal.

No entanto, a discussão na outra sala estava cada vez mais violenta.

— Vais matá-la — dizia a velhinha —, ela não suportaria o aspecto dele.

— Mas julga tu mesma — respondeu o teimoso irmão —, já duas semanas que ele vem aqui na qualidade de noivo,

[41] Em francês, presunçosa e ridícula.

e ainda não viu a noiva. Pode pensar até que a doença da minha filha não passe de invencionice e que nós estejamos apenas procurando deixar passar o tempo, para encontrar um meio de nos livrarmos dele. E que dirá o tsar? Mesmo assim, ele já mandou três vezes pedir informações sobre a saúde de Natália. Faze o que quiseres, mas eu não pretendo brigar com ele.

— Valha-nos Deus, Nosso Senhor! — exclamou Tatiana Afanássievna. — O que será da pobre menina?! Deixa-me pelo menos prepará-la para tal visita.

Gavrila Afanássievitch concordou e entrou mais uma vez na sala de visitas.

— Graças a Deus! — disse ele a Ibraim. — O perigo já passou. Natália está passando bem melhor; se não fosse o ter que deixar sozinho o nosso caro Ivan Ievgráfovitch, eu te levaria para cima, para veres a tua noiva.

Kórsakov felicitou Gavrila Afanássievitch, pediu-lhe que não se incomodasse, afirmou que lhe era indispensável ir embora e dirigiu-se apressado ao vestíbulo, não permitindo ao dono da casa acompanhá-lo.

Nesse ínterim, Tatiana Afanássievna foi preparar a enferma o quanto antes para o aparecimento do terrível visitante. Entrando no quarto, sentou-se sufocada na beira da cama e tomou a mão de Natacha, mas ainda não tivera tempo de dizer palavra, quando a porta se abriu. Natacha perguntou: "Quem é?". A velhinha quase desfaleceu. Gavrila Afanássievitch afastou o reposteiro, olhou friamente para a enferma e perguntou-lhe como se sentia. Ela quis sorrir-lhe, mas não conseguiu. Surpreendeu-a o olhar severo do pai, e ela foi presa de inquietação. Entrementes, teve a impressão de que alguém estava à sua cabeceira. Fez um esforço para erguer a cabeça e, de repente, reconheceu o negro do tsar. Lembrou-se de tudo, e o horror da situação futura apresentou-se-lhe à mente. Mas, devido ao seu estado de prostração, não sofreu choque considerável. Natacha tornou a baixar a cabeça sobre o tra-

O negro de Pedro, o Grande 57

vesseiro e fechou os olhos... O coração batia-lhe morbidamente. Tatiana Afanássievna fez ao irmão um sinal de que a doente queria dormir, e todos saíram nas pontas dos pés, com exceção da criada, que tornou a sentar-se diante da roca.

A infeliz moça abriu os olhos e, não vendo mais ninguém junto ao leito, ordenou à criada que fosse chamar a anã. Mas, naquele mesmo instante, a velha e redonda pequerrucha chegou girando como uma bola e dirigiu-se para o leito. Apenas Gavrila Afanássievitch e Ibraim se haviam dirigido para o quarto de Natacha, e Andorinha (era o apelido da anã), dando largas à curiosidade peculiar ao belo sexo, se lançara escada acima com toda a velocidade que lhe permitiam as perninhas curtas, e se escondera atrás da porta. Ao vê-la, Natacha mandou embora a criada, e a anã sentou-se num banquinho junto à cama.

Nunca um corpo tão pequeno pudera conter tanta atividade interior. Ela intrometia-se em tudo, sabia de tudo e cuidava de todos os assuntos. Com a sua sagacidade e esperteza, soubera conquistar o amor dos seus amos e o ódio de todos os demais da casa, que ela governava autoritariamente. Gavrila Afanássievitch ouvia as suas denúncias, as queixas e os pedidos mesquinhos; Tatiana Afanássievna informava-se a todo momento das suas opiniões e deixava-se dirigir pelos seus conselhos; e Natacha tinha por ela uma afeição sem limites e confiava-lhe todos os seus pensamentos, todos os movimentos do seu coração de dezesseis anos.

— Sabes, Andorinha? — disse ela. — Papai vai casar-me com o negro.

A anã soltou profundo suspiro, e o seu rosto enrugou-se ainda mais.

— Será que não há mais esperança? — prosseguiu Natacha. — Não terá ele piedade de mim?

A anã sacudiu a cabeça com touca.

— Vovô ou titia não intervirão a meu favor?

— Não, senhorita. Durante a tua doença, o negro teve

tempo de encantar a todos. O patrão está maluco por ele, o príncipe não tem outro assunto, e Tatiana Afanássievna sempre diz: "É pena que seja negro, mas seria até pecado desejar noivo melhor".

— Meu Deus! Meu Deus! — gemeu a pobre Natacha.

— Não fiques triste, linda! — disse a anã, beijando-lhe a mão enfraquecida. — Mesmo que te cases com o negro, terás a tua liberdade. Hoje em dia, não é como outrora; os maridos não trancam mais as mulheres; dizem que o negro é rico; vais ter casa muito boa e viverás em abundância.

— Pobre Valerian! — disse Natacha, mas tão baixinho que a anã pôde apenas adivinhar, mas não ouvir essas palavras.

— Ah, senhorita! — disse ela, baixando misteriosamente a voz. — Se pensasses menos no órfão de *strielétz*, não delirarias com ele e teu pai não se zangaria.

— O quê? — exclamou assustada Natacha. — Delirei com Valerian? Papai ouviu? Ficou zangado?

— Nisso é que está a desgraça — respondeu a anã. — Agora, se pedires que não te case com o negro, ele vai pensar que a causa de tudo é Valerian. Não resta outra solução: tens que te submeter à vontade de teu pai, e seja o que Deus quiser.

Natacha não replicou. A ideia de que o segredo de seu coração era do conhecimento de seu pai atuou fortemente sobre a sua imaginação. Restava-lhe uma única esperança: morrer antes do casamento odiado. Este pensamento servia--lhe de consolo. E, de ânimo fraco e triste, submeteu-se ao seu destino.

Capítulo VII

Em casa de Gavrila Afanássievitch, um cubículo estreito com uma só janelinha ficava à direita do vestíbulo. Nele havia uma cama simples, com cobertor de baeta, e, na frente, uma mesinha de pinho, com uma vela de sebo acesa e um caderno de música aberto. Pendiam da parede um velho uniforme azul e um tricórnio da mesma idade; em cima deste, estava fixado com três pregos um quadrinho barato representando Carlos XII[42] a cavalo. Sons de flauta ressoavam nessa tranquila morada. O mestre de danças prisioneiro, seu solitário inquilino, de barrete e roupão chinês, adoçava o tédio da noite de inverno ensaiando antigas marchas suecas, que lhe recordavam os tempos alegres da mocidade. Tendo dedicado duas horas a este exercício, o sueco desmontou a flauta, guardou-a no estojo e começou a despir-se.

Nesse momento, ergueu-se a tranqueta da sua porta, entrando no quarto um jovem bonito e alto, de uniforme.

O sueco parou surpreendido em frente do hóspede casual.

— Tu não me reconheceste, Gustav Adâmitch[43] — disse o jovem visitante, a voz comovida. Não te lembras do menino a quem ensinaste os artigos da língua sueca, e com quem quase fizeste um incêndio neste mesmo quartinho, ao atirar com um canhãozinho de brinquedo.

Gustav Adâmitch olhou-o fixamente...

— E — eeh! — exclamou finalmente, abraçando-o. — Formidável, és tu mesmo que estás aqui? Senta-te aqui, meu bom menino travesso, e vamos conversar.[44]

---

[42] Carlos XII da Suécia.

[43] Os nomes dos estrangeiros residentes na Rússia são geralmente russificados. "Adâmitch" é corruptela de Adâmovitch.

[44] A narrativa se interrompe aqui (ver prefácio do tradutor, p. 8).

DUBRÓVSKI

Capítulo I

Vivia anos atrás, numa das suas propriedades, o grão-senhor russo de antiga linhagem Kirila Pietróvitch Troiekurov. A sua riqueza, alta estirpe e boas relações davam-lhe muita importância na região em que se localizava a sua propriedade. Os vizinhos ficavam contentes de satisfazer-lhe os menores caprichos; as autoridades provinciais tremiam ao ouvir o seu nome; Kirila Pietróvitch aceitava as provas de subserviência como tributo que lhe fosse devido; a sua casa estava sempre cheia de convidados, prontos a divertir a sua ociosidade senhoril, e que tomavam parte em seus ruidosos e às vezes violentos divertimentos. Ninguém ousava recusar um convite seu, ou em dias determinados, deixar de ir cumprimentá-lo, com o devido respeito, na aldeia de Pokróvskoie. Em sua vida de família, Kirila Pietróvitch manifestava todos os vícios de um homem de baixa instrução. Mimado por tudo o que o rodeava, acostumara-se a dar largas a todos os impulsos do seu gênio exaltado e a todas as fantasias da sua assaz medíocre inteligência. Apesar do vigor extraordinário das suas capacidades físicas, sofria umas duas vezes por semana as consequências da sua voracidade, e todas as noites estava um tanto ébrio. Num dos pavilhões da sua casa, viviam dezesseis criadas, que se ocupavam de trabalhos manuais apropriados ao sexo. As janelas do pavilhão eram isoladas com grades de madeira; as portas fechavam-se com ca-

Dubróvski 61

deado, ficando as chaves com Kirila Pietróvitch. Em horas determinadas, as jovens reclusas desciam para o jardim, onde passeavam sob a vigilância de duas velhas. De tempos em tempos, ele casava algumas delas, que eram então substituídas. Era severo e autoritário com os camponeses e a criadagem; mas eles envaideciam-se com a riqueza e a fama do seu senhor e, por sua vez, confiados em sua poderosa proteção, permitiam-se muitas liberdades nas relações com os vizinhos.

As ocupações permanentes de Troiekurov consistiam em percorrer as suas extensas propriedades, em prolongados festins e em travessuras inventadas diariamente, para vítima das quais se escolhia geralmente algum novo conhecido, embora também os amigos mais antigos nem sempre pudessem evitá-las, com exceção unicamente de Andréi Gavrílovitch Dubróvski. Esse Dubróvski, primeiro-tenente reformado da guarda, era o seu vizinho mais próximo e possuía setenta almas. Troiekurov, tão altivo mesmo em suas relações com pessoas mais altamente colocadas, respeitava Dubróvski, não obstante as suas modestas posses. Haviam sido companheiros de serviço, e Troiekurov conhecia, por experiência própria, o seu caráter impaciente e decidido. As circunstâncias separaram-nos por muito tempo. Dubróvski, cujos haveres estavam abalados, viu-se constrangido a pedir reforma e ir morar na aldeia que lhe sobrara. Kirila Pietróvitch ofereceu--lhe a sua proteção, mas Dubróvski lhe agradeceu e preferiu continuar pobre e independente. Passados alguns anos, Troiekurov, que se reformara como general do exército, foi para a sua propriedade; ambos ficaram muito contentes de se reencontrar. Desde então, não passava dia sem que se vissem, e Kirila Pietróvitch, que nunca se dignara visitar quem quer que fosse, ia sem maiores formalidades à casinhola do seu antigo colega. Tendo a mesma idade, nascidos na mesma camada social, e havendo recebido a mesma educação, eles se pareciam em parte pelo temperamento e pelas tendências dominantes. Em certo sentido, os seus destinos também haviam sido iguais: ambos tinham casado por amor e enviuvado cedo e tinham um único rebento. O filho de Dubróvski estudava em Petersburgo, enquanto a filha de Kirila Pietróvitch crescia sob os olhos do pai, e Troiekurov dizia muitas vezes a Dubróvski: "Escuta, Andréi Gavrílovitch, meu irmão, quando o teu Volodka[1] for alguém na vida, vou dar-lhe a mão de Macha,[2] apesar de toda sua pobreza". Andréi Iefímovitch costumava balançar a cabeça e respondia: "Não, Kirila Pietróvitch, o meu Volodka não serve para noivo de Mária Kirílovna. Para um fidalgo pobre como ele, é melhor casar-se com uma fidalguinha nas mesmas condições e ser o principal em casa, do que se tornar empregado de uma mulherzinha mimada".

Todos invejavam a concórdia reinante entre o orgulhoso Troiekurov e o seu vizinho pobre, e admiravam-se da coragem deste, quando, à mesa, em casa de Kirila Pietróvitch, expressava livremente a sua opinião, sem pensar se ela contradizia as opiniões do dono da casa. Alguns tentaram imitá-lo e sair dos limites da obediência devida, mas Kirila Pietróvitch assustou-os de tal modo que lhes tirou para sempre o desejo de fazer novas tentativas no gênero, e Dubróvski ficou sozinho fora da regra geral. Todavia, um caso inesperado desfez e mudou tudo.

De uma feita, no começo do outono, Kirila Pietróvitch preparava-se para ir à caça. Na véspera, fora dada ordem aos batedores e aos tratadores de cães de que estivessem prontos às cinco da manhã. A barraca e a cozinha foram enviadas na frente, para o lugar onde Kirila Pietróvitch devia jantar. O dono da casa e os convidados dirigiram-se para o canil, onde mais de quinhentos corredores e galgos viviam com todo o conforto, louvando em sua linguagem canina a prodigalidade de Kirila Pietróvitch. Ali ficava também o hospital de cães,

---

[1] Diminutivo de Vladímir

[2] Diminutivo de Mária.

sob a direção do veterinário-mor Timochka,[3] bem como a seção de maternidade e aleitamento. Kirila Pietróvitch orgulhava-se dessa magnífica instituição, e nunca perdia ensejo de vangloriar-se dela diante dos convidados, cada um dos quais a estava examinando pela vigésima vez pelo menos. Ficou passeando pelo canil, rodeado pelos convidados e acompanhado por Timochka e pelos principais tratadores; de quando em vez, parava diante de alguns compartimentos, ora indagando sobre o estado dos doentes, ora fazendo observações mais ou menos justas e severas, ora chamando para perto de si cachorros conhecidos e conversando carinhosamente com eles. Os convidados consideravam sua obrigação maravilhar-se com o canil de Kirila Pietróvitch. Somente Dubróvski permanecia calado e de sobrecenho franzido. Ele era caçador apaixonado, mas as suas parcas posses não lhe permitiam ter mais de dois corredores e uma única matilha de galgos; e ele não podia deixar de sentir certa inveja diante daquela magnífica instituição. "Por que estás com este ar aborrecido, irmão? — perguntou-lhe Kirila Pietróvitch. — Acaso o meu canil não te agrada?" — "Não — respondeu Dubróvski, com expressão severa —, o seu canil é maravilhoso. Duvido até que os seus homens vivam tão bem como os seus cães." Um dos tratadores se ofendeu. "Quanto à nossa vida — disse ele —, graças a Deus e ao patrão, não podemos ter queixa. Mas a verdade deve ser dita: até certos fidalgos fariam bem em trocar a propriedade por um destes compartimentos, para comer e agasalhar-se melhor." Kirila Pietróvitch soltou uma sonora gargalhada diante da atrevida observação do servo, no que foi acompanhado pelos convidados, embora estes sentissem que o gracejo do tratador podia referir-se a eles também. Dubróvski empalideceu e não disse palavra. Nesse momento, trouxeram a Kirila Pietróvitch, num balaio, uma ninhada de cãezinhos; ocupou-se deles, escolheu dois e mandou afogar os

[3] Diminutivo de Timofiéi.

restantes. Entretanto, Andréi Gavrílovitch desapareceu, o que não foi notado por nenhum dos presentes.

Voltando do canil com os convidados, Kirila Pietróvitch sentou-se para cear, e somente então percebeu a falta de Dubróvski. Inquiridos, os criados responderam que Andréi Gavrílovitch fora para casa. Troiekurov ordenou-lhes que o alcançassem e o fizessem voltar sem falta. Nunca havia ele saído para a caça sem Dubróvski, que era um apreciador experimentado e sagaz das qualidades caninas e não tinha rival na solução de quaisquer possíveis divergências em assuntos de caça. O criado que fora em seu encontro voltou quando se estava ainda à mesa e disse ao amo que Andréi Gavrílovitch não quisera voltar. Kirila Pietróvitch, que estava, como de costume, excitado por licores caseiros, enfureceu-se e mandou para lá de novo o mesmo criado, a fim de dizer a Andréi Gavrílovitch que se ele não viesse imediatamente pernoitar em Pokróvskoie nunca mais Troiekurov falaria com ele. O criado tornou a partir. Kirila Pietróvitch ergueu-se da mesa, dispensou os convidados e foi dormir.

No dia seguinte, a primeira coisa que disse foi: "Andréi Gavrílovitch não está aqui?". Em vez de resposta, deram-lhe uma carta dobrada em triângulo; Kirila Pietróvitch mandou que o seu secretário a lesse alto e ouviu o seguinte:

"*Excelentíssimo senhor!*
Não pretendo ir a Pokróvskoie até que V.S. me mande o tratador de cães Parámochka, com um pedido de perdão, para que eu decida se devo castigá-lo ou não, e eu não pretendo suportar gracejos dos seus servos, nem de V.S. pessoalmente, pois não sou palhaço, mas um nobre de antiga estirpe. Com esta, fico à sua inteira disposição.

Andréi Dubróvski"

Com as atuais noções de etiqueta, esta carta seria muito inconveniente, porém se ela enfureceu Kirila Pietróvitch não foi tanto pelo estilo extravagante e pelo tom, mas pelo conteúdo. "Como! — gritou Troiekurov, erguendo-se da cama descalço. — Mandar-lhe os meus homens com um pedido de perdão! Ele se atribui o direito de condená-los ou conceder-lhes graça! O que ele inventou? Sabe acaso com quem começou estas complicações? Vou mostrar-lhe uma coisa... Hei de fazê--lo chorar! Ele saberá o que significa ir contra Troiekurov!"
Kirila Pietróvitch vestiu-se e foi à caça com toda a pompa habitual. Mas a caçada não teve êxito. Durante todo o dia, viram somente uma lebre e, assim mesmo, deixaram-na escapar. O jantar em barraca foi outro fracasso, ou, pelo menos, não caiu no agrado de Kirila Pietróvitch, que bateu no cozinheiro, gritou com os convidados e, na volta, passou de propósito, com todos os caçadores, pelos campos de Dubróvski.

Decorreram alguns dias, e a hostilidade entre os dois vizinhos não decrescia. Andréi Gavrílovitch não ia a Pokróvskoie, Kirila Pietróvitch se entediava sem ele, e o seu aborrecimento explodia em expressões ultraofensivas, as quais, graças aos bons préstimos de fidalgos vizinhos, chegavam até Dubróvski corrigidas e completadas. Um novo incidente destruiu as últimas esperanças de se fazerem as pazes.

Um dia, Dubróvski estava percorrendo a sua pequena propriedade; aproximando-se do bosque de bétulas, ouviu golpes de machado e, logo em seguida, um estalo de árvore caindo. Dirigindo-se para lá, encontrou camponeses de Pokróvskoie, que estavam roubando calmamente a sua madeira. Vendo-o, puseram-se em fuga. Dubróvski e o seu cocheiro agarraram dois deles e os levaram amarrados. Três cavalos inimigos foram igualmente aprisionados pelo vencedor. Dubróvski estava extremamente irritado: anteriormente, os homens de Troiekurov, conhecidos por suas rapinagens, não se atreviam a agir nos limites da sua propriedade, pois sabiam das suas relações de amizade com o amo deles. Dubróvski compreendeu que estavam se aproveitando do rompimento havido, e decidiu, contrariamente a todas as noções de Direito de Guerra, castigar os seus prisioneiros com vergas que eles haviam tirado do seu bosque e, quanto aos cavalos, apossar-se deles e aproveitá-los no trabalho.

A notícia do acontecimento chegou aos ouvidos de Kirila Pietróvitch no mesmo dia. Ficou fora de si e, nos primeiros momentos de raiva, quis sair com todos os seus servos em ataque contra Kistiênievka (assim se chamava a aldeia do vizinho), reduzi-la a cinzas e deixar o próprio senhor de terra sitiado em sua propriedade. Tais proezas não eram novidade para ele, mas os seus pensamentos logo tomaram outro rumo.

Caminhando pesadamente pela sala, olhou casualmente pela janela e viu uma troica[4] parada junto ao portão; um homenzinho de boné de couro e capote com prega saiu da telega e foi para o pavilhão ao lado falar com o administrador; Troiekurov reconheceu o auditor Chabáchkin e mandou chamá-lo. Momentos depois, Chabáchkin já estava diante de Kirila Pietróvitch, fazendo mesuras sobre mesuras e esperando respeitosamente as suas ordens.

— Bom dia... como te chamas? — perguntou Troiekurov. — O que vieste fazer aqui?

— Eu ia para a cidade, Excelência — respondeu Chabáchkin —, e passei para perguntar a Ivan Diemianov se não havia alguma ordem de Vossa Excelência.

— Vieste muito a propósito... como é que te chamas?... Preciso de ti. Toma vodca e escuta.

Tão carinhosa recepção foi uma grata surpresa para o auditor. Recusou a vodca e deu toda a atenção ao que dizia Kirila Pietróvitch.

— Tenho um vizinho — disse Troiekurov —, um pequeno proprietário muito atrevido; quero tirar-lhe a propriedade. O que pensas disso?

[4] Carro puxado por três cavalos.

— Excelência, se existem documentos ou...
— Bobagem, irmão. Para que precisas de documentos? Para isto existem os ucases. Nisso é que está a força, em tirar-lhe a propriedade sem nenhum direito. Mas espera. Essa propriedade nos pertenceu outrora, foi comprada de certo Spítzin e vendida depois ao pai de Dubróvski. Não se pode achar aí um pretexto?
— Difícil, Excelência; provavelmente, a compra foi efetuada com as formalidades legais.
— Pensa nisso, irmão, e procura bem.
— Se Vossa Excelência, por exemplo, pudesse de algum modo obter a escritura por força da qual ele está de posse das terras, nesse caso, naturalmente...
— Compreendo, mas, para desgraça nossa, todos os papéis dele se perderam num incêndio.
— Como, Excelência? Os papéis dele se perderam! O que pode haver de melhor? Só resta a Vossa Excelência agir de acordo com a lei e, sem dúvida alguma, vai obter completa satisfação.
— Pensas? Bem, esforça-te. Eu confio em ti, e podes estar certo de que saberei agradecer-te.

Chabáchkin fez uma mesura quase até o chão, saiu e, desde aquele dia, começou a cuidar do caso. Graças à sua habilidade, exatamente duas semanas depois, Dubróvski recebeu da cidade uma intimação para apresentar imediatamente as devidas explicações sobre a posse por ele da aldeola de Kistiênievka.

Surpreendido com a inesperada intimação, Andréi Gavrílovitch escreveu no mesmo dia um memorando bastante rude explicando que a aldeola de Kistiênievka lhe pertencia por herança desde a morte do seu progenitor, que Troiekurov nada tinha a ver com essa propriedade, e que toda pretensão neste sentido, da parte de quem quer que fosse, não passaria de invencionice e extorsão.

Esta carta produziu uma impressão muito agradável no

íntimo do auditor Chabáchkin. Ele percebeu, em primeiro lugar, que Dubróvski não entendia nada do caso e, em segundo, que não seria difícil colocar em situação muito desvantajosa um homem tão exaltado e imprevidente. Posteriormente, Andréi Gavrílovitch refletiu com mais calma sobre a intimação que lhe fora feita e compreendeu a necessidade de responder com mais seriedade. Escreveu novo memorando, desta vez bastante judicioso, porém mais tarde se verificou que este novo documento era também insuficiente.

A questão foi-se arrastando no tribunal. Cônscio dos seus direitos, Andréi Gavrílovitch pouco se preocupava com o caso, não queria nem podia prodigalizar propinas, e embora, muitas vezes, fosse o primeiro a zombar da venalidade dos escrevinhadores de ofícios, não lhe passava sequer pela mente a possibilidade de se tornar vítima de uma invencionice. Por outro lado, Troiekurov também pouco se preocupava com o ganho da questão por ele iniciada. Chabáchkin agia em seu nome, atemorizando e comprando juízes e interpretando à sua maneira todos os ucases cabíveis no caso.

No dia 9 de fevereiro de 18..., Dubróvski foi convidado, por intermédio da polícia civil, a comparecer ante o tribunal distrital de..., a fim de ouvir a resolução sobre o caso de impugnação de propriedade entre ele, primeiro-tenente Dubróvski, e o general de exército Troiekurov, e para apor a sua firma expressando o seu assentimento ou o seu protesto contra a dita resolução. No mesmo dia, Dubróvski partiu para a cidade; pelo caminho, Troiekurov tomou-lhe a dianteira. Olharam-se com altaneria, e Dubróvski notou um sorriso perverso no rosto do seu opositor.

Capítulo II

Chegando à cidade, Andréi Gavrílovitch hospedou-se em casa de um negociante conhecido e, no dia seguinte, foi ao tribunal do distrito. Ninguém notou a sua presença. Logo chegou Kirila Pietróvitch. Os escreventes se levantaram, colocando a pena de ganso atrás da orelha. Os membros do tribunal receberam-no muito servilmente e trouxeram-lhe uma poltrona, em sinal de respeito por seu posto, e pela avançada idade e alta estirpe; o general sentou-se, ficando a porta aberta. Andréi Gavrílovitch, em pé, encostou-se à parede. Fez-se um silêncio profundo, e o secretário do tribunal passou a ler a resolução com voz sonora. Vamos transcrevê-la na íntegra, pois supomos que o leitor gostará de conhecer um dos meios pelos quais, na Rússia, podemos perder uma propriedade sobre a qual temos direitos indiscutíveis.

"No dia 27 de outubro de 18..., o tribunal distrital de... examinou o caso do domínio indevido, pelo primeiro-tenente da guarda Andréi Gavrílov Dubróvski, sobre a propriedade do general de exército Kirila Pietróvitch Troiekurov, situada na província de..., na aldeia de Kistiênievka, com... almas do sexo masculino, terras de lavradio, pastos e benfeitorias, com uma superfície de... *diessiatinas*.[5] Constata-se nos autos que o supracitado general de exército Troiekurov no dia 9 de junho do ano passado de 18... ingressou neste tribunal com uma petição no sentido de que seu falecido pai, o assessor-colegial[6] e cavaleiro Piotr Iefimov Troiekurov, que servia então junto ao governador-geral de..., na qualidade de secretário provincial, comprou no dia 14 de agosto de 17..., do funcionário de chancelaria Fadiéi Iegorov Spítzin, de condição nobre, uma propriedade na zona de..., na referida aldeola de

---

[5] *Diessiatina*, medida de superfície correspondente a 1,09 hectare.
[6] Um dos graus hierárquicos do funcionalismo no regime tsarista.

Kistiênievka (povoado que então, de acordo com a inspeção de..., denominava-se arraial de Kistiênievka), e que tinha ao todo, segundo a quarta inspeção,... almas do sexo masculino, com todos os seus pertences camponeses, casa senhorial, terras lavradas e por lavrar, matas, campos de ceifa, pescarias no riachinho chamado Kistiênievka, e com todas as benfeitorias pertencentes à referida propriedade, com a casa senhorial de madeira, em suma tudo sem exceção que lhe coube como herança de seu pai, o suboficial Iegor Tieriêntiev Spítzin, de condição nobre, e que estava sob seu domínio, não excluindo uma só alma e nem um palmo de terra, pelo preço de 2.500 rublos, pelo que se lavrou escritura no mesmo dia, no fórum de..., e efetivou-se a ação, e o seu pai foi naquele mesmo dia 26 de agosto empossado pelo tribunal rural de..., sendo este ato de posse registrado então em ata. — E finalmente, no dia 6 de setembro de 17..., seu pai pela vontade de Deus faleceu, e no entretanto ele, o peticionário, general de exército Troiekurov, encontrava-se em serviço de armas desde 17..., isto é, quase desde a menoridade, na maior parte do tempo em campanhas no estrangeiro, razão pela qual não podia ter conhecimento quer da morte do pai, quer da propriedade por este deixada. Mas agora, tendo abandonado completamente aquele serviço, por motivo de reforma, e tendo voltado aos domínios do pai, que se localizam nas províncias de... e..., nos distritos de..., ... e..., em diferentes povoados, com um total de aproximadamente 3 mil almas, é de opinião que no número dessas propriedades consta, de acordo com a inspeção de..., aquela que se encontra sob o domínio do primeiro-tenente da guarda Andréi Dubróvski, com todas as almas (pela última... naquele povoadozinho há um total de... almas), terras e benfeitorias, sem que para isto possua qualquer documento comprobatório, razão pela qual, apresentando com a presente petição aquela escritura autêntica, fornecida a seu pai pelo vendedor Spítzin, pede que a supracitada propriedade seja retirada do domínio indevido por Dubróvski e entregue, como é de justiça, à plena posse por ele, Troiekurov.

E para compensar a posse indevida, que implicou na utilização das respectivas rendas, cobrar do citado Dubróvski, depois de efetuada sindicância, a quantia correspondente, nos termos da lei, e com ela compensar os prejuízos sofridos pelo peticionário, Troiekurov.

Realizada a sindicância pelo tribunal de..., após o recebimento da referida petição, constatou-se: que o citado possuidor atual da propriedade em disputa, o primeiro-tenente da guarda Dubróvski, deu explicação, no próprio local, ao delegado da nobreza,[7] que a propriedade que se encontrava sob seu domínio, situada no referido povoadozinho de Kistiênievka, com... almas, com terras e benfeitorias, fora recebida por ele como herança, após a morte de seu pai, o segundo-tenente de artilharia Gavrila Ievgrafov Dubróvski, e que a obtivera adquirindo-a do pai deste peticionário, outrora secretário provincial e depois assessor-colegial, Troiekurov, por procuração, fornecida por ele aos 30 dias

---

[7] Existia na época uma organização da nobreza, destinada a defender seus interesses e zelar pelo cumprimento das obrigações pelos seus membros. *Dvoriânski zassiedátiel* (a expressão que ocorre nesse texto) era um delegado eleito periodicamente para defender os interesses dos nobres de um distrito. *Priedvodítiel dvorianstva* era quem zelava pelo cumprimento das obrigações de cada um e representava a nobreza perante as autoridades.

de agosto de 17..., reconhecida no tribunal distrital de..., ao conselheiro-titular Grigóri Vassíliev Sóbolev, de acordo com a qual seu pai deveria receber uma escritura, porquanto constava daquela procuração que Troiekurov vendera ao pai dele, Dubróvski, tudo o que lhe coubera por escritura passada pelo funcionário de chancelaria Spítzin, isto é, ... almas com as terras correspondentes, e que ele, Troiekurov, recebera de seu pai toda a quantia combinada, 3.200 rublos, e pedira ao referido procurador Sóbolev que lhe passasse uma escritura devidamente lavrada. A mesma procuração estabelecia que seu pai, depois de pagar a quantia estipulada, deveria ter o domínio de toda a propriedade adquirida, inclusive antes de lavrada a escritura, como seu dono legítimo, e o vendedor, Troiekurov, a partir de então não poderia mais entrar na dita propriedade, mas ele, Andréi Dubróvski, era incapaz de dizer quando exatamente e em que repartição semelhante escritura foi passada pelo procurador Sóbolev a seu pai, pois naquela época ele tinha bem pouca idade, e depois da morte do pai não conseguiu encontrar aquela escritura, e supunha que talvez ela se tivesse perdido com os demais papéis no incêndio ocorrido na residência da família no ano de 17..., fato de que tiveram conhecimento os habitantes daquele povoado. E quanto ao fato de que eles, os Dubróvski, indiscutivelmente usufruíam a posse da referida propriedade, a partir do dia da venda por Troiekurov ou da entrega da procuração a Sóbolev, isto é, desde o ano de 17..., e após a morte do pai, em 17..., este fato é testemunhado pelos habitantes do lugar, num total de 52 pessoas, que interrogadas, asseguraram, sob juramento, que realmente, segundo eles eram capazes de lembrar, os referidos senhores Dubróvski passaram a ter domínio sobre a referida propriedade em disputa, desde uns 70 anos antes, sem qualquer contestação, fosse de quem fosse, mas eles não souberam dizer em virtude de que ato legal ou escritura isto acontecera. — E no que se refere ao comprador anterior da dita propriedade, o antigo secretário provincial Piotr Troiekurov, eles não se lembravam se algum dia esteve na posse da dita propriedade. E quanto à casa dos senhores Dubróvski, uns 30 anos antes ela foi destruída por um incêndio, de noite, e as pessoas não implicadas no caso supunham que a referida propriedade deveria ter proporcionado, a partir de então, pelo menos 2 mil rublos de renda anual.

Em contradição com tudo isto, o general de exército Kirila Pietróvitch Troiekurov apresentou no dia 3 de janeiro do corrente ano a este tribunal uma petição na qual se dizia que, embora o referido primeiro-tenente da guarda, Andréi Dubróvski, tenha apresentado por ocasião da sindicância efetuada em ligação com este processo, uma procuração fornecida por seu falecido pai, Gavrila Dubróvski, ao conselheiro-titular Sóbolev, com referência à propriedade por ele adquirida, mas não apenas não apresentou uma escritura autêntica, como não exibiu quaisquer provas evidentes sobre a lavratura da mesma, nos termos do Artigo 19 do Regulamento Geral e do Ucase do dia 29 de novembro de 1752. Por conseguinte, a mesma procuração, em virtude da morte de seu outorgante, pai dele, fica completamente anulada em virtude do Ucase do dia... de maio de 1818. — E ademais — a lei dispõe a distribuição das propriedades em disputa: as que tiverem servos da gleba, para serem trabalhadas por estes; as restantes, em suspenso até averiguação da posse.

E com referência à dita propriedade, que pertencera a seu pai, já foi apresentado por ele o documento de posse, em virtude do que se deve, na base dos dispositivos legais, retirá-la do domínio pelo citado Dubróvski e entregá-la a seu legítimo dono, por direito de herança. E visto que os referidos senhores tiveram sob seu domínio terras que não lhes pertenciam, e sobre as quais não tinham nenhum documento legal, e delas obtinham indevidamente rendas, que se faça o cálculo do total dessas rendas, que será cobrado debaixo de vara... do primeiro-tenente Dubróvski e entregue a Troiekurov, em compensação. — Examinada a causa e de acordo com os autos do processo e o que determinam as leis o tribunal distrital de... *determina*:
Considerando que se constata pelos autos que o general de exército Kirila Pietróv Troiekurov apresentou uma escritura autêntica sobre a referida propriedade em disputa, e que se encontra atualmente sob o domínio do primeiro-tenente da guarda Andréi Gavrílov Dubróvski, consistindo na aldeola de Kistiênievka, em... almas do sexo masculino ao todo, de acordo com a última inspeção em..., com terras e benfeitorias, escritura essa autêntica que prova a aquisição das ditas propriedades por seu falecido pai, secretário provincial, e que foi mais tarde assessor-colegial, no ano de 17..., vendidas pelo funcionário de chancelaria Fadiéi Spítzin, de condição nobre, e ademais, visto que esse comprador, Troiekurov, conforme se constata por aquela escritura, foi no mesmo ano empossado nessa propriedade, pelo tribunal rural de... sendo, porém, burlado nessa posse, e embora, contrariando estes fatos, o primeiro-tenente da guarda Andréi Dubróvski tenha apresentado uma procuração fornecida por

aquele falecido comprador Troiekurov ao conselheiro titular Sóbolev, para a lavra da escritura em nome de seu pai, Dubróvski, mas, segundo o Ucase..., semelhantes acordos não somente não podem assegurar a posse de bens imóveis, mas sequer o uso temporário de uma propriedade, e além disso a mesma procuração ficou completamente anulada em virtude da morte do outorgante. Mas para que se pudesse realmente lavrar uma escritura, de acordo com a referida procuração, referente à posse dos bens em disputa, não foram apresentadas por Dubróvski quaisquer provas evidentes, desde que teve início o processo, em 18... e até o dia de hoje.

Em virtude dos fatos acima relatados, este tribunal determina: declarar a referida propriedade, com... almas, com as terras correspondentes e as demais benfeitorias, no estado em que se encontram, como tendo a posse assegurada pela escritura apresentada pelo general de exército Troiekurov; a anulação do domínio sobre ela pelo primeiro-tenente da guarda Dubróvski e a devida instituição da posse na mesma pelo senhor Troiekurov, além de prescrever a declaração do seu recebimento por este como herança, ao tribunal rural de... E embora, além disso, o general de exército Troiekurov esteja pedindo indenização pelo domínio indevido sobre sua propriedade hereditária, o que trouxe benefícios de renda. Mas visto que a referida propriedade, segundo o testemunho de velhos moradores, esteve por alguns anos sob o domínio incontestado dos senhores Dubróvski, e dos autos do presente processo não se evidencie que tenha havido da parte do senhor Troiekurov quaisquer queixas sobre esta posse indevida da dita propriedade, determina-se, de acordo com a legislação vigente, que se alguém semear terras alheias, ou nelas colocar cercas, e alguém jure que a referida posse é indevida, e se obtenham provas deste fato, dever-se-á devolver aquelas terras a quem de direito, com tudo o que foi semeado, com cercas e construções, e por isto, recusar ao general de exército Troiekurov em sua demanda contra o primeiro-tenente da guarda Dubróvski, pois a propriedade que lhe cabe de direito é devolvida à sua posse, sem se tirar dela coisa alguma. E no ato da instauração da posse pelo general de exército Troiekurov devem encontrar-se ali todos os bens sem exceção e se ele tiver sobre aquela sua pretensão qualquer prova líquida e certa, poderá recorrer a quem de direito. Declarar a seguir o presente veredicto tanto ao peticionário como ao respondente, nos termos da lei, em caráter de apelação, e para tal fim convocar ambos ante o presente tribunal, por intermédio da polícia, para ouvir a presente resolução e confirmar por escrito sua concordância ou não com o julgado.

Resolução esta que foi assinada por todos os presentes à sessão."

O secretário terminou a leitura, o auditor ergueu-se e, fazendo profunda mesura, dirigiu-se a Troiekurov, convidando-o a assinar o documento. Com ar triunfante, Troiekurov tomou dele a pena e após a sua firma sob a resolução do tribunal, expressando o seu pleno assentimento.

Seguiu-se a vez de Dubróvski. O secretário passou-lhe os papéis, mas Dubróvski permanecia cabisbaixo e impassível. O secretário repetiu o convite: assinar o seu pleno e cabal assentimento, ou um decidido protesto, caso a consciência lhe dissesse que a sua causa era justa, e se pretendesse impetrar, no prazo estabelecido pelas leis em vigor, uma apelação a quem de direito. Dubróvski permanecia calado... De repente, ergueu a cabeça, os olhos faiscando, bateu o pé, repeliu o secretário com tanta força que o derrubou, agarrou o tinteiro e mandou-o à cabeça do delegado. Todos os presentes se horrorizaram. Dubróvski gritou enfurecido: "Como! Não respeitam a igreja de Deus! Fora, canalhas, salafrários!". Depois, dirigindo-se a Kirila Pietróvitch, prosseguiu: "Onde é que já se viu coisa igual. Excelência?! Os tratadores levam os cães para a igreja de Deus! Os cães correm pela igreja! Vou arranjar--lhes logo um castigo...". Guardas acorreram e dominaram--no a custo. Levaram-no para fora e fizeram-no sentar num trenó. Troiekurov saiu em seguida, acompanhado por todos os membros do tribunal. A inesperada loucura de Dubróvski produziu-lhe forte impressão e envenenou-lhe o triunfo.

Os juízes, que estavam contando com a sua gratidão, não receberam dele uma palavra amável sequer. No mesmo dia, partiu para Pokróvskoie. Entretanto, Dubróvski permanecia de cama; o médico do distrito, que felizmente não era um ignorante completo, fez-lhe uma sangria e aplicou-lhe sanguessugas e cantáridas. Ao anoitecer, sentiu-se melhor e, no dia seguinte, levaram-no para Kistiênievka, a qual quase não lhe pertencia mais.

Capítulo III

Passou mais algum tempo, e a saúde do pobre Dubróvski continuava má. É verdade que os acessos de loucura não se repetiam mais, porém as forças diminuíam-lhe a olhos vistos. Esquecia as suas ocupações anteriores, raramente saía do quarto, e ficava pensativo dias seguidos. Iegórovna, a boa velhinha que havia cuidado do seu filho, servia-lhe agora de ama-seca. Cuidava dele como de uma criança, lembrava-lhe a hora de comer e de dormir, punha-lhe o alimento na boca e fazia-o deitar-se. Andréi Gavrílovitch prestava-lhe obediência e não mantinha relações com ninguém mais. Não estava em condições de cuidar dos seus negócios, e Iegórovna compreendeu a necessidade de informar de tudo o jovem Dubróvski, que servia num dos regimentos de infantaria da guarda, e encontrava-se em Petersburgo. Arrancando uma folha do livro das despesas, ela ditou ao cozinheiro Khariton, que era a única pessoa alfabetizada de Kistiênievka, uma carta e, no mesmo dia, mandou-a para o correio da cidade.

No entanto, já é tempo de apresentar ao leitor o verdadeiro herói da nossa novela.

Vladímir Dubróvski estudou na escola militar e foi destacado para a guarda, no posto de segundo-tenente; o pai não poupava despesas com a sua manutenção condigna, e o jovem recebia de casa mais do que deveria esperar. Sendo esbanjador e ambicioso, permitia-se muitos caprichos caros, era dado às cartas, contraía dívidas e, não cuidando do futuro, previa que, cedo ou tarde, ser-lhe-ia necessário tomar uma noiva rica, sonho habitual dos jovens pobres.

Certa noite, quando vários oficiais estavam em seu apartamento, refestelados nos divãs e fumando as suas piteiras de âmbar, o seu criado Gricha[8] entregou-lhe uma carta, cuja assinatura e carimbo surpreenderam o jovem. Abriu-a apressado e leu o seguinte:

"*Senhor nosso Vladímir Andréievitch, eu, tua velha ama, ouso escrever-te sobre a saúde do teu paizinho. Ele está muito mal, às vezes fala sozinho e, o dia todo, fica sentado como uma criança tola. Em questões de saúde e doença quem manda é Deus. Vem até aqui, meu querido, vamos mandar-te cavalos para Piessótchnoie. Dizem que o tribunal do distrito virá até aqui para nos entregar a Kirila Pietróvitch Troiekurov. Dizem que somos dele, mas nós sempre fomos de vós outros, e nunca ouvimos*

---

[8] Diminutivo de Grigóri.

falar de coisa igual. Tu, que moras em Petersburgo, poderias contar tudo ao nosso paizinho, o tsar, e este não deixaria que nos ofendessem. Permanece tua serva fiel, a tua ama,

Arina Iegórovna Buzírieva

Envio a minha bênção materna ao Gricha. Ele te está servindo bem? Aqui já está chovendo a segunda semana, e o pastor Ródia[9] morreu por volta do dia de São Nicolau."

Vladímir Dubróvski leu algumas vezes seguidas e com inquietação indescritível estas assaz desajeitadas linhas. Ele perdera a mãe em tenra idade e, quase não conhecendo o pai, fora levado com sete anos para Petersburgo; todavia, tinha por ele uma afeição verdadeiramente romântica, e tanto mais gostava da vida familiar quanto menos pudera fruir as suas plácidas alegrias.

Atormentava-o a ideia de perder o pai, e o estado do pobre enfermo, que ele adivinhava pela carta da ama, causava-lhe pavor. Imaginava o pai, que ficara naquela aldeia perdida, aos cuidados da criadagem e de uma velha estúpida, ameaçado de uma desgraça e esvaindo-se, desamparado, em sofrimentos físicos e morais. Vladímir censurava-se uma displicência criminosa. Não tendo recebido durante muito tempo nenhuma carta do pai, nem cuidara de se informar a seu respeito, pois supunha que não escrevesse simplesmente por falta de tempo.

Resolveu ir fazer-lhe companhia e até pedir reforma, caso a enfermidade do pai requeresse a sua presença permanente. Os amigos perceberam o seu desassossego e saíram. Ficando sozinho, Vladímir redigiu um requerimento de licença, acendeu o cachimbo e mergulhou em cismas profundas.

[9] Diminutivo de Rodión.

Naquele mesmo dia, começou a cuidar da licença e três dias depois já se encontrava na estrada real.

Vladímir Andréievitch aproximava-se da estação de posta, da qual deveria dobrar para Kistiênievka. O seu coração estava repassado de amargos pressentimentos: temia encontrar o pai morto. Imaginava também o triste modo de vida que o esperava na aldeia, o atraso, o afastamento de tudo, a pobreza e os cuidados com negócios de que ele não entendia nada. Chegando à estação, falou com o chefe e pediu cavalos. O chefe informou-se sobre o seu ponto de destino e disse-lhe que os cavalos enviados de Kistiênievka lá o estavam esperando havia mais de três dias. Pouco depois, veio à presença de Vladímir Andréievitch o velho cocheiro Antón, que outrora o conduzira pela cavalariça e cuidara do seu minúsculo cavalinho. Ao vê-lo, Antón teve os olhos marejados, fez-lhe profunda mesura, disse-lhe que o velho amo ainda vivia, e correu para atrelar os cavalos. Vladímir Andréievitch recusou o almoço oferecido e partiu logo que foi possível. Antón levou-o por estradas secundárias, e eles puseram-se a conversar.

— Diga-me, por favor, Antón, que história é essa de meu pai com Troiekurov?

— É Deus sabe o quê. Dizem que o patrão discutiu com Kirila Pietróvitch, e que este apresentou queixa ao tribunal. Mas em geral ele faz a sua própria justiça por aqui. Não cabe a nós, servos, discutir as ações dos amos, mas, por Deus, foi em vão que seu paizinho se indispôs com Kirila Pietróvitch: chicote não briga com machado.

— Pelo que vejo, esse Kirila Pietróvitch manda e desmanda na redondeza, não é verdade?

— Claro, patrão: o auditor não é nada para ele, o *isprávnik*[10] é seu menino de recados. Os senhores importantes todos vêm render-lhe homenagem. Por isso é que se diz: "Tenha-se um cocho, que porcos não faltarão".

[10] Na Rússia tsarista, o chefe da polícia de um distrito.

Dubróvski 81

— É verdade que ele está nos tomando a propriedade?
— Ah, patrão, ouvimos também isso. Há dias, o sacristão de Pokróvskoie disse num batizado em casa do nosso estároste:[11] "Vocês não vão folgar muito tempo: vai chegar Kirila Pietróvitch e impor-lhes disciplina". Mikita ferreiro respondeu-lhe: "Basta, Saviélitch, não entristeças o compadre, não confundas os convidados. Kirila Pietróvitch vela por si, e Andréi Gavrílovitch também por si, e todos nós somos de Deus e do tsar; bem que se diz: 'Não se abotoa a boca alheia'".
— Quer dizer que vocês não querem passar a pertencer a Troiekurov?
— Pertencer a Kirila Pietróvitch! Que Deus nos livre e guarde: os servos dele lá passam mal, e quando possuir gente estranha, vai aproveitar para nos tirar não só a pele, mas a própria carne do corpo. Não, que Deus dê longa vida a Andréi Gavrílovitch. Mas, se o Senhor o chamar, não desejamos ninguém além de ti, nosso benfeitor. Não nos entregues, que nós vamos defender-te.

Dito isso, Antón agitou o chicote, sacudiu as rédeas, e os cavalos passaram a um trote largo.

Comovido com a fidelidade do velho cocheiro, Dubróvski calou-se e entregou-se novamente aos seus pensamentos. Decorreu mais de uma hora. De repente, Gricha o acordou com a exclamação: "Aí está Pokróvskoie!". Dubróvski levantou a cabeça. Estavam indo pela margem de um lago muito largo, do qual saía um riacho que se perdia ao longe, num curso sinuoso entre as colinas; sobre uma delas, encimando o verde cerrado de um bosque, erguia-se o telhado verde e o mirante de uma enorme casa de pedra; sobre outra, uma igreja de cinco zimbórios e um campanário antigo; ao lado, estavam espalhadas as isbás da aldeia, com hortas e poços. Dubróvski reconheceu o lugar; lembrou-se de que sobre esta

---

[11] Chefe de uma comunidade de camponeses, eleito por estes.

mesma colina brincara com a pequena Macha Troiekúrova, que era dois anos mais moça e já naquele tempo prometia tornar-se muito bonita. Quis informar-se sobre ela com Antón, mas certa timidez o reteve.

Quando se aproximaram da casa senhorial, viu um vestido branquejando entre as árvores do jardim. Nesse ínterim, Antón chicoteou os cavalos e, obedecendo ao amor-próprio comum tanto aos cocheiros da aldeia como aos da cidade, correu a toda a brida, ladeando o jardim e atravessando a ponte. Saindo da aldeia, subiram uma ladeira, e Vladímir viu um bosque de bétulas e, à esquerda, num campo raso, uma casinhola cinzenta de telhado vermelho; o coração bateu-lhe acelerado. Via diante de si a propriedade de Kistiênievka e a pobre casa de seu pai.

Dez minutos depois, penetrava no pátio. Vladímir olhava em torno com inquietação indescritível, pois havia passado doze anos sem ver a casa natal. As bétulas que vira plantar junto ao muro estavam transformadas em árvores altas e ramalhudas. O pátio, que outrora estivera enfeitado por três canteiros de forma regular, entre os quais passava um largo caminho, cuidadosamente varrido, transformara-se num campo a ceifar, em que pastava um cavalo amarrado. Os cães começaram a latir, mas, reconhecendo o cocheiro, calaram-se e abanaram os rabos peludos. A criadagem saiu em magote das isbás e rodeou o jovem patrão com ruidosas manifestações de alegria. A muito custo, conseguiu passar entre a turba carinhosa e subir a escada vetusta; no vestíbulo, Iegórovna o recebeu e abraçou chorando. "Bom dia, bom dia, ama" — repetia ele, abraçando a boa velha contra o coração. — "Onde está papai? O que há com ele?"

Naquele instante, entrou na sala, movendo a custo os pés, um velho alto, pálido e magro, de roupão e barrete de dormir.

— Boa tarde, Volodka — disse ele, a voz enfraquecida, e Vladímir abraçou fortemente o pai. A alegria causou ao

enfermo um choque demasiado. Ele enfraqueceu, dobraram-se-lhe as pernas e teria caído se o filho não o sustivesse.
— Por que te levantaste da cama? — disse-lhe Iegórovna.
— Nem podes ficar em pé, e já queres andar.
O velho foi carregado para o quarto de dormir. Esforçou-se por falar com o filho, mas os pensamentos misturavam-se-lhe na cabeça e soltava palavras sem nexo. Em seguida, calou-se e mergulhou em modorra. Vladímir impressionou-se com o seu estado. Instalou-se no quarto do pai e pediu que os deixassem a sós. A criadagem obedeceu e transferiu o seu interesse para Gricha. Conduziram-no para os fundos da casa, onde o alimentaram à moda da roça, com a maior hospitalidade, e deixaram-no extenuado com saudações e perguntas.

Capítulo IV

Em lugar da mesa de iguarias,
há um caixão aberto.[12]

Alguns dias após a sua chegada, o jovem Dubróvski pensou em ocupar-se de negócios, mas o pai não estava em condições de lhe dar as explicações necessárias; Andréi Gavrílovitch não tinha procurador. Examinando os seus papéis, Vladímir encontrou somente a primeira carta do auditor e o rascunho da resposta: não era suficiente para dar uma noção clara sobre a disputa, e ele resolveu esperar as consequências, confiando na justiça da causa.
No entanto, a saúde de Andréi Gavrílovitch piorava dia a dia. Vladímir previa o seu próximo fim e não se afastava do velho, que voltara completamente à infância.

[12] De uma ode de Dierjávin.

Passou o prazo estabelecido e não se impetrou a apelação. Troiekurov era agora o dono legal de Kistiênievka. Chabáchkin foi à sua presença com mesuras e congratulações, pedindo ao mesmo tempo que Sua Excelência determinasse o dia em que desejava entrar na posse das terras recém-adquiridas e se desejava fazê-lo pessoalmente ou pretendia passar procuração a alguém. Kirila Pietróvitch ficou confuso. Não era ganancioso por natureza, o desejo de vingança levara-o longe demais, e a consciência lhe pesava. Sabia o estado em que se encontrava o seu opositor, o amigo da mocidade, e a vitória não lhe alegrava o coração. Lançou um olhar severo a Chabáchkin, procurando um pretexto para xingá-lo, mas, não o encontrando, disse zangado: "Vai embora! Não tenho disposição para conversar contigo".

Vendo-o contrariado, Chabáchkin fez profunda mesura e afastou-se depressa. Ficando sozinho, Kirila Pietróvitch passou a caminhar pela sala, assobiando o hino "Reboa, trovão da vitória!", o que sempre significava nele uma grande confusão de ideias.

Finalmente, mandou atrelar um carro pequeno, agasalhou-se bem (estava-se já em fins de setembro) e, tomando sozinho as rédeas, saiu para a estrada.

Pouco depois, chegava à casinhola de Andréi Gavrílovitch. Sentimentos contraditórios fervilhavam-lhe na alma. A vingança satisfeita e o desejo de poder abafaram, até certo ponto, sentimentos mais nobres, mas estes finalmente triunfaram nele. Resolveu fazer as pazes com o seu velho vizinho, eliminar até os vestígios de hostilidade e devolver-lhe as terras. Aliviando a alma com esta boa intenção, Kirila Pietróvitch foi a trote até a casa do vizinho e entrou diretamente no pátio.

Nessa ocasião, o enfermo estava sentado junto à janela do seu quarto. Reconheceu Kirila Pietróvitch e uma confusão terrível estampou-se-lhe no rosto: manchas purpúreas substituíram a palidez habitual, faiscaram-lhe os olhos e ele soltou sons inarticulados. O filho, que estava ali, ocupado com livros de contabilidade, ergueu a cabeça e ficou surpreendido com o seu estado. O doente apontava o pátio, com uma expressão de ódio e pavor. Tentou levantar-se da poltrona e juntar as fraldas do roupão, soergueu o corpo e... de repente, caiu. O filho correu para ele. O velho estava sem sentidos, sem respiração, atacado de paralisia. "Depressa, depressa para a cidade! Tragam o médico!" — gritava Vladímir. "Kirila Pietróvitch pergunta pelo senhor" — disse um criado. Vladímir lançou-lhe um olhar terrível.

— Dize a Kirila Pietróvitch que vá embora o quanto antes, para que eu não precise mandar enxotá-lo... anda!

O criado saiu satisfeito, para cumprir a ordem do amo: Iegórovna levantou os braços. "Paizinho nosso — disse ela com voz lamuriante —, vais te perder! Agora, Kirila Pietróvitch pode devorar-nos." "Cala-te, ama — gritou-lhe Vladímir, fora de si —, manda já o cocheiro Antón à cidade, para trazer o médico." Iegórovna saiu.

Não havia ninguém no vestíbulo, os criados tinham corrido para o pátio, a fim de olhar para Kirila Pietróvitch. Ela saiu para o patamar da escada e ouviu o criado transmitir o recado do jovem patrão. Kirila Pietróvitch já estava sentado no carro. O seu rosto ficou mais sombrio que a noite, sorriu com desdém, olhou severamente para a criadagem e partiu a passo. Dirigiu também um olhar para a janela, junto à qual Andréi Gavrílovitch estivera sentado havia um instante, mas onde não estava mais. A ama ficou sobre o patamar, esquecida da ordem do patrão. A criadagem discutia ruidosamente o acontecido. De repente, Vladímir apareceu entre eles e disse, a voz entrecortada: "Não é preciso chamar o médico, papai morreu".

Fez-se confusão. Os homens corriam para o quarto do velho. Estava deitado na poltrona, para a qual Vladímir o transportara; a mão direita pendia para o chão, e a cabeça caía-lhe sobre o peito. Não havia mais sinal de vida nesse corpo que ainda não esfriara, mas já estava deformado pela morte. Iegórovna pôs-se a chorar, e os criados rodearam o cadáver deixado aos seus cuidados, lavaram-no, vestiram-lhe o uniforme confeccionado ainda em 1797 e deitaram-no sobre a mesa junto à qual haviam servido ao seu senhor durante tantos anos.

Capítulo V

O enterro realizou-se no terceiro dia. O corpo do pobre velho estava deitado sobre a mesa, coberto com um sudário e rodeado de velas. A sala de jantar regurgitava de servos. Preparava-se a saída do ataúde. Vladímir e os criados ergueram-no. O sacerdote caminhou na frente, acompanhado pelo sacristão, que repetia orações fúnebres. O dono de Kistiênievka atravessou pela última vez o umbral de sua casa. O caixão foi carregado através do bosque, atrás do qual ficava a igreja. O dia era límpido e frio. As folhas de outono caíam das árvores.

Saindo do bosque, viram a igreja de madeira e o cemitério sombreado por velhas tílias. Lá descansava o corpo da mãe de Vladímir, e, ao lado do seu túmulo, escavara-se na véspera uma nova sepultura.

A igreja estava repleta de camponeses de Kistiênievka, vindos para prestar a homenagem derradeira ao seu senhor. O jovem Dubróvski parou junto ao coro; não chorava nem rezava, mas o seu rosto tinha uma expressão terrível. Terminou a cerimônia fúnebre. Vladímir foi o primeiro a despedir-se do corpo, seguido pela criadagem. Trouxeram a tampa e fecharam o caixão. As mulheres choravam aos uivos: os homens enxugavam de quando em quando os olhos com o punho cerrado. Vladímir e os mesmos três criados que o fizeram antes carregaram o cadáver, desta vez para o cemitério, acompanhados por toda a aldeia. Baixou-se o caixão à sepultura, cada um dos presentes atirou nele um punhado de areia, en-

Dubróvski 87

cheu-se a cova, os presentes fizeram a reverência final e dispersaram-se. Vladímir afastou-se depressa, passou à frente de todos e desapareceu no bosque de Kistiênievka.

Em seu nome, Iegórovna convidou o pope[13] e todos os da igreja para o jantar fúnebre,[14] declarando que o jovem amo não pretendia tomar parte nele e, desse modo, o padre Aníssim, a sua esposa Fiedótovna e o sacristão saíram a pé para a casa senhorial, comentando com Iegórovna as bondades do finado e aquilo que, pelo visto, estava reservado ao seu herdeiro. A vinda de Troiekurov e a recepção que lhe fora feita já eram do conhecimento de toda a redondeza, e os políticos locais prediziam consequências graves.

— O que tem que ser, será — disse a mulher do pope.

— Mas é pena que não seja Vladímir Andréievitch o nosso amo. É na verdade um excelente rapaz.

— E quem é que pode ser nosso amo, a não ser ele? — interrompeu-a Iegórovna. — Kirila Pietróvitch excita-se inutilmente. Não está lidando com gente medrosa: o meu querido saberá defender-se e, graças a Deus, os benfeitores não o abandonarão. Kirila Pietróvitch é muito arrogante, mas bem que encolheu o rabo, quando o meu Grichka[15] lhe gritou: "Fora daqui, velho cão! Fora do pátio!".

— Ah, Iegórovna — disse o sacristão —, como é que o Grigóri teve língua para dizer isso? Para mim, é mais fácil contradizer o Senhor do que olhar de esguelha para Kirila Pietróvitch. Quando o vejo, sinto-me tolhido pelo medo, e a espinha vai-se dobrando, vai-se dobrando sozinha...

— Vaidade das vaidades! — disse o sacerdote. — Chegará o dia em que se vai entoar o cântico dos mortos para Kirila Pietróvitch, tal como fizemos hoje para Andréi Gavrí-

---

[13] Sacerdote da igreja russa.

[14] Trata-se de uma prática tradicional.

[15] Diminutivo de Grigóri.

lovitch. É possível que o enterro seja mais rico e que haja mais convidados, mas não é o mesmo para o Senhor?
— Ah, padre! Nós também quisemos convidar toda a vizinhança, mas Vladímir Andréievitch não deixou. Nós temos de tudo, podemos servir bem aos convidados. Mas, o que fazer? Ao menos, já que não temos mais gente, vou servir a vocês, queridos convidados.

Tão carinhosa promessa e a esperança de encontrar um pastelão apetitoso apressaram os passos dos interlocutores, e eles chegaram sem percalços à casa senhorial, onde já estava coberta a mesa e servida a vodca.

Nesse ínterim, Vladímir se afastava no grosso do arvoredo, procurando abafar com o cansaço e com movimentos continuados a sua profunda aflição. Não escolhia caminho; os galhos batiam nele a cada instante e o arranhavam, os seus pés a todo momento afundavam no pântano, mas ele não percebia coisa alguma. Finalmente, chegou a uma pequena depressão, rodeada pela mata; um riacho serpenteava em silêncio, por entre as árvores, quase despidas pelo outono. Vladímir parou, sentou-se na relva fria, e os pensamentos, cada qual mais sombrio, aglomeraram-se-lhe na alma... Sentia com muita força a sua solidão. O futuro aparecia-lhe coberto de nuvens sombrias. A inimizade com Troiekurov era prenúncio de novas desgraças. A sua pobre herança podia passar para outras mãos, e, nesse caso, aguardava-o a indigência. Permaneceu muito tempo imóvel, olhando o plácido curso do riacho, que arrastava algumas folhas amareladas, e isso lhe pareceu a imagem da vida — imagem tão exata e corriqueira. Finalmente, percebeu que estava começando a escurecer; ergueu-se e foi procurar o caminho para voltar, mas ainda passou muito tempo vagueando pela mata desconhecida, até que seguiu um atalho que o levou diretamente ao portão de sua casa.

O pope com os seus vinham ao encontro de Dubróvski. Passou-lhe pela mente a ideia do mau presságio. Desviou-se involuntariamente para o lado e ocultou-se atrás de uma árvore. Eles não chegaram a notá-lo, e conversavam animadamente ao passar por ele. "Afasta-te do mal e pratica o bem — dizia o pope à mulher. — Não devemos ficar aqui, não temos nada com o caso, seja qual for o final." A mulher respondeu-lhe algo, mas Vladímir não conseguiu ouvi-la.

Aproximando-se da casa, viu uma verdadeira multidão; os camponeses e a criadagem aglomeravam-se no pátio. Vladímir ouviu de longe o rebuliço e as vozes inusitadas. Havia duas troicas junto ao barracão. No patamar da escada, alguns desconhecidos de uniforme pareciam discutir. "O que significa isso? — perguntou zangado a Antón, que vinha correndo ao seu encontro. — Quem é essa gente e o que desejam?" "Ah, paizinho Vladímir Andréievitch — respondeu ofegante o velho —, chegou o tribunal. Estão nos entregando a Troiekurov, estão nos tirando da tua mercê!..."

Vladímir baixou a cabeça. Os seus homens rodeavam o infeliz amo. "Pai nosso — gritavam, beijando-lhe as mãos —, não queremos outro amo além de ti. Dá-nos uma ordem, senhor, e daremos cabo do tribunal. Vamos morrer, mas não te trairemos." Vladímir olhava-os, atormentado por sentimentos estranhos. "Fiquem quietos — disse ele —, enquanto converso com os homens do tribunal." "Converse com eles, paizinho — gritaram-lhe do meio da multidão —, e lembra-lhes que tenham consciência, os malditos!"

Vladímir aproximou-se dos funcionários. De boné, a mão na cintura, Chabáchkin olhava em torno com altivez. Ao ver Dubróvski que se aproximava, o *isprávnik*, um homem alto e gordo, de uns cinquenta anos, de rosto rubicundo e de bigodes fungou e disse com voz rouquenha: "Pois bem, repito a vocês o que já disse: por decisão do tribunal do distrito, pertencem agora a Kirila Pietróvitch Troiekurov, que está representado aqui pelo Sr. Chabáchkin. Obedeçam-lhe em tudo o que mandar, e vocês, mulheres, amem-no e respeitem-no em tudo, pois ele é um grande apreciador de vocês". Depois dessa fina pilhéria, soltou uma gargalhada, no que foi acompanhado por Chabáchkin e pelos demais membros do tribunal. Vladímir fervia de indignação. "Dão licença de saber do que se trata?" — perguntou ele com fingido sangue-frio ao alegre *isprávnik*. "Isto significa — respondeu-lhe o espirituoso funcionário — que nós viemos para integrar Kirila Pietróvitch Troiekurov na posse destas terras e pedir a certas pessoas que as abandonem por bem..." "Mas os senhores poderiam, ao que me parece, dirigir-se a mim antes que aos meus camponeses, e declarar ao proprietário a sua destituição..." "Mas quem és tu? — disse Chabáchkin, olhando-o atrevido. — O antigo proprietário, Andréi Gavrílovitch, faleceu. Não conhecemos, nem queremos conhecer o senhor."

— Ele é Vladímir Andréievitch, o nosso jovem amo — disse uma voz na multidão.

— Quem se atreveu aí a abrir a boca? — disse o *ispravnik*, ameaçador. — Que amo é esse? De que Vladímir Andréievitch estão falando? O amo de vocês é Kirila Pietróvitch Troiekurov. Estão ouvindo, imbecis?

— Como assim? — replicou a mesma voz.

— Mas isto é uma revolta! — gritou o *isprávnik*. — Eh, estároste, vem cá!

O estároste deu um passo a frente.

— Acha-me num instante o atrevido que conversou comigo há pouco. Vou mostrar-lhe uma coisa!

O estároste dirigiu-se à multidão, perguntando quem falara. Mas todos permaneciam em silêncio; pouco depois, nas últimas fileiras ergueu-se um murmúrio, que se tornava cada vez mais intenso e que logo se transformou em gritos tremendos. O *isprávnik* baixou a voz e procurou acalmá-los. "Não adianta ficar só olhando — gritava a criadagem. — Rapazes, vamos a eles!" — e a multidão avançou para os funcionários. Chabáchkin e os demais membros do tribunal correram para o vestíbulo da casa e trancaram a porta.

"Vamos amarrá-los, rapazes!" — gritou a mesma voz,

Dubróvski

e a multidão começou a forçar a porta... "Parem! — berrou Dubróvski. — O que estão fazendo, imbecis? Assim, vão causar a desgraça de todos nós. Vão para as suas casas e me deixem em paz. Não tenham medo. Deus é misericordioso. Vou fazer-Lhe o meu pedido, e Ele não nos ofenderá, pois somos todos Seus filhos. E como é que eu vou pedir por vocês, se começam a revoltar-se e praticar violências?"
O discurso do jovem Dubróvski, a sua voz sonora e majestosa aparência causaram a desejada impressão. O povo se aquietou e dispersou. O pátio esvaziou-se, enquanto os membros do tribunal continuavam trancados na casa senhorial. Chabáchkin finalmente abriu devagarinho a porta e com mesuras de humilhação pôs-se a agradecer a Dubróvski a sua bondosa defesa. Vladímir ouviu-o com desdém e não respondeu palavra. "Nós resolvemos — prosseguiu o delegado — pedir-lhe permissão para pernoitar aqui; já está escuro e os seus mujiques podem atacar-nos na estrada. Por obséquio, mande ao menos colocar um pouco de palha na sala de visitas; vamos partir de manhãzinha."

— Façam o que quiserem — respondeu-lhe secamente Dubróvski —, eu já não sou dono daqui.

Com estas palavras, foi para o quarto de seu pai e fechou a porta.

Capítulo VI

"Está tudo acabado! — disse Vladímir de si para si. — Esta manhã, ainda tinha um canto onde ficar e o meu pedaço de pão, mas amanhã deverei deixar a casa onde nasci. O chão em que jaz meu pai passará a pertencer ao homem odiado que foi o causador da sua morte e da minha indigência!..." E os seus olhos se imobilizaram sobre o retrato de sua mãe. O pintor a representara debruçada sobre uma balaustrada, de vestido branco matinal e com uma rosa vermelha nos cabelos. "E este retrato também passará a pertencer ao inimigo da minha família — pensou Vladímir — e será jogado na despensa, de mistura com cadeiras quebradas, ou pendurado no vestíbulo, para servir de objeto de mofa e comentários dos seus tratadores de cães. E no dormitório dela, no quarto em que morreu meu pai, morará o seu administrador ou será instalado o seu harém. Não, não! Que ele também não possua a triste casa de que estou sendo expulso." Vladímir cerrou os dentes. Pensamentos terríveis começavam a fervilhar-lhe no cérebro. Chegavam até ele as vozes dos funcionários. Davam ordens, como se fossem donos de tudo, exigiam ora isto, ora aquilo, e distraíam-no desagradavelmente em meio de suas tristes divagações. Finalmente, tudo silenciou.

Vladímir abriu as cômodas e as gavetas, para se ocupar com os papéis do falecido. Na maior parte, consistiam em contas e cartas comerciais. Vladímir rasgou-as sem ler. Mas, entre elas, encontrou um grande envelope com a inscrição: *Cartas de minha esposa*. Foi com grande emoção que Vladímir começou a lê-las. Foram escritas durante a campanha da Turquia,[16] e dirigidas de Kistiênievka para o exército em operações. Ela descrevia a sua vida solitária e as ocupações domésticas, queixava-se com ternura da separação e pedia-lhe que voltasse para casa, para os braços da sua boa companheira; numa delas, revelava-lhe a sua inquietação pela saúde do pequeno Vladímir; noutra, alegrava-se com o seu precoce desenvolvimento mental e predizia para ele um futuro brilhante e feliz. Vladímir distraiu-se com a leitura e, imerso no mundo da felicidade familiar, não sentiu passar o tempo: o relógio da parede bateu as onze. Pôs então as cartas no bolso, apanhou uma vela e saiu do escritório. Na sala, os funcionários dormiam no chão. Sobre a mesa, havia copos esvaziados por eles e por todo o compartimento pairava um for-

[16] A Guerra Russo-Turca de 1787-91.

te cheiro de rum. Vladímir passou por eles com repugnância e dirigiu-se para o vestíbulo. A porta estava fechada. Não encontrando a chave, voltou à sala; a chave estava sobre a mesa. Vladímir abriu a porta e tropeçou num homem encolhido no canto; segurava um machado que brilhava, e, dirigindo para ele a vela, Vladímir reconheceu Arkhip, o ferreiro. "O que fazes aqui?" — perguntou ele. — "Ah, Vladímir Andréievitch, é o senhor! — respondeu Arkhip, num murmúrio. — Que Deus nos livre e guarde! Ainda bem que o senhor está com a vela!" Vladímir olhou-o espantado. "Por que te escondeste aqui?" — perguntou ao ferreiro.

— Eu quis... eu vim... ver se estão todos em casa — respondeu Arkhip, baixinho e hesitando.

— Mas, para que trouxeste o machado?

— O machado? Mas como é que se pode agora andar sem um machado? Estes funcionários atrevidos... quando menos se espera...

— Estás bêbado. Larga o machado e vai dormir.

— Eu, bêbado? Paizinho Vladímir Andréievitch, Deus é testemunha de que não pus uma gota na boca... E a bebida pode acaso subir à cabeça? Onde é que se viu coisa igual? Os funcionários inventaram que somos deles e enxotam os nossos amos da própria casa... Ouça como roncam, os malditos; ah, uma só machadada e... pronto!

Dubróvski franziu o sobrecenho.

— Escuta, Arkhip — disse ele, depois de uma pausa —, não aprovo a tua iniciativa. Esses funcionários não têm culpa. Acende a lanterna e vem comigo.

Arkhip apanhou a vela das mãos do amo, procurou atrás do fogão uma lanterna, acendeu-a, e ambos desceram a escada em silêncio e passaram pelo pátio. O vigia começou a bater numa placa de ferro. Os cães latiram. "Quem está de vigia?" — perguntou Dubróvski. "Nós, paizinho — respondeu uma vozinha fina. — Vassilissa e Lukéria." "Vão para casa — disse-lhes Dubróvski. — Não se precisa mais de vo-

cês." "Está tudo acabado" — acrescentou Arkhip. "Obrigada, nosso benfeitor" — responderam as mulheres e foram imediatamente para casa.
Dubróvski caminhou mais. Dois homens se aproximaram dele e peguntaram-lhe quem era. Reconheceu as vozes de Antón e Gricha. "Por que não estão dormindo?" — perguntou ele.
"Podemos acaso dormir? — disse Antón. — Que dia vivemos! Quem poderia pensar..."
— Não façam barulho — interrompeu-o Dubróvski. — Onde está Iegórovna?
— Em seu quarto — respondeu Gricha.
— Vai e traze-a até aqui. Mais ainda: conduze para fora da casa todos os nossos homens, para que não fique lá viva alma, com exceção dos funcionários. E tu, Antón, atrela a telega.
Gricha foi cumprir a ordem, e, pouco depois, voltou acompanhado de sua mãe. A velha não se despira aquela noite; a não ser os funcionários, em toda a casa ninguém pregara olho.
— Estão todos aqui? — perguntou Dubróvski. — Não ficou ninguém dentro de casa?
— Ninguém, a não ser os funcionários — respondeu Gricha.
— Dá-me feno ou palha — disse Dubróvski.
Os homens foram para a cocheira e voltaram com feixes de feno.
— Coloquem tudo debaixo da escada, assim! Vamos, rapazes, fogo!
Arkhip abriu a lanterna. Dubróvski acendeu uma apara.
— Espera — disse ele a Arkhip. — Parece que eu, sem querer, fechei a porta para o vestíbulo. Vai abri-la depressa.
Arkhip correu para casa. A porta estava aberta. Ele fechou-a a chave, repetindo a meia-voz: "Como não? Abrir a porta!" — e voltou para junto de Dubróvski.

Este aproximou a apara do feno, a chama se ergueu e iluminou todo o pátio.
— Que coisa! — gritou Iegórovna, chorosa. — Vladímir Andréievitch, o que estás fazendo?
— Cala-te — disse Dubróvski. — Bem, meus filhos, adeus. Vou para onde Deus me levar; sejam felizes com o novo amo.
— Pai nosso, benfeitor — gritaram os homens —, vamos morrer, mas não te deixaremos. Vamos todos contigo.
Trouxeram os cavalos; Dubróvski sentou-se com Gricha na telega e marcou-lhes encontro no bosque de Kistiênievka. Antón fustigou os animais, e eles saíram do pátio.
Começou a ventar. Num instante, as chamas envolveram a casa toda. Uma fumaça vermelha rodopiou sobre o telhado. As vidraças estalaram, desfazendo-se em pedaços, e as vigas incandescentes começaram a cair. Ouviu-se um grito lastimoso. "Socorro! Socorro!" "Como não?" — disse Arkhip, olhando para o incêndio com um sorriso mau. "Arkhípuchka[17] — disse-lhe Iegórovna —, vai salvar os malditos, que Deus te recompensará." "Como não?" — retrucou o ferreiro. Naquele momento, os funcionários apareceram às janelas, procurando arrancar os caixilhos duplos. Mas o telhado desabou com um estalo, e os gritos cessaram.
A criadagem correu para o pátio. As mulheres gritavam, procurando salvar a tralha. A gurizada pulava, admirando o incêndio. As fagulhas voaram num turbilhão de fogo, incendiaram-se as isbás.
— Agora, está tudo em ordem! — disse Arkhip. — Como queima, hem! De Pokróvskoie, deve dar uma vista muito bonita.
Naquele instante, um novo fato chamou-lhe a atenção; um gato corria pelo telhado de um barracão, sem compreender para onde pular; estava rodeado de chamas por todos os

[17] Diminutivo de Arkhip.

lados. O pobre animal miava, pedindo socorro. Os moleques riam a não poder mais, vendo o seu desespero. "Do que estão rindo, diabinhos? — disse-lhes zangando o ferreiro. — Não têm medo de Deus? Uma criatura de Deus está em desgraça, e vocês, imbecis, se alegram!" E, encostando uma escada no telhado em chamas, foi apanhar o gato. Este compreendeu a sua intenção e, com uma expressão de pressa e gratidão, agarrou-se à sua manga. Quase abrasado, o ferreiro desceu a escada com a sua presa. "Adeus, rapazes! — disse à criadagem confusa. — Não tenho o que fazer aqui. Aos que ficam, boa sorte! Não guardem má lembrança de mim."
O ferreiro foi embora; o incêndio ainda raivou algum tempo, mas finalmente se aquietou. Montes de carvões em chamas ardiam com luz forte na treva. Em volta, vagavam os habitantes sinistrados de Kistiênievka.

Capítulo VII

No dia seguinte, a notícia do incêndio espalhou-se por toda a vizinhança. Todos a comentavam, fazendo diferentes suposições. Alguns afirmavam que os homens de Dubróvski se embriagaram no enterro e incendiaram a casa por descuido, outros culpavam os funcionários, dizendo que tudo teria sido consequência da sua intemperança, muitos asseguravam que a casa se incendiara por si, com todos os membros do tribunal e a criadagem. Havia quem adivinhasse a verdade e afirmasse que o culpado da terrível desgraça era o próprio Dubróvski, entregue à raiva e ao desespero. Troiekurov foi no dia imediato ao local do incêndio e iniciou o inquérito pessoalmente. Verificou-se que desapareceram o *isprávnik*, o delegado, o advogado e o escrivão, bem como Vladímir Dubróvski, a ama Iegórovna, o criado Grigóri, o cocheiro Antón e o ferreiro Arkhip. Todos os criados declararam que os membros do tribunal morreram quando desabou o telhado;

os seus ossos abrasados foram retirados dentre os escombros. Vassilissa e Lukéria disseram ter visto Dubróvski e o ferreiro Arkhip pouco antes do incêndio. Segundo todos os depoimentos, o ferreiro estava vivo e era o principal senão o único culpado do incêndio. Havia fortes suspeitas contra Dubróvski. Kirila Pietróvitch enviou ao governador uma descrição minuciosa do ocorrido, e iniciou-se outro processo.

Em breve, mais notícias deram novo alimento à curiosidade e aos comentários. Surgiram em... salteadores que espalhavam o terror por toda a redondeza. As medidas tomadas contra eles pelo governo se revelaram insuficientes. Seguiam-se os assaltos, cada qual mais sério. Não havia segurança quer nas estradas, quer nas aldeias. Algumas troicas repletas de bandoleiros trafegavam em pleno dia por toda a província, faziam parar os viajantes e os carros do correio, entravam nas aldeias, assaltavam e incendiavam as casas dos fidalgos. O chefe do bando era célebre por sua inteligência e coragem e por inesperada magnanimidade. Dele se contavam maravilhas; o nome de Dubróvski estava em todos os lábios. Todos estavam certos de que ele e não outro comandava os valentes malfeitores. Mas havia um fato que surpreendeu a todos: as propriedades de Troiekurov foram poupadas; os bandoleiros não lhe pilharam um depósito sequer, nem fizeram parar um carro que fosse. Orgulhoso como sempre, Troiekurov atribuía esta exclusão ao temor que ele sabia infundir em toda a província, bem como à excelente polícia que estabelecera nas suas aldeias. A princípio, os vizinhos riam da altaneria de Troiekurov, e cada dia esperavam que os hóspedes não convidados[18] visitassem Pokróvskoie, onde teriam com o que se fartar, mas finalmente tiveram que concordar, os próprios bandoleiros davam mostras de um incompreensível respeito

---

[18] Alusão ao provérbio "Um hóspede não convidado é pior do que um tártaro", lembrança dos anos em que os russos viveram sob o jugo mongólico.

por ele... Troiekurov triunfava e, a cada notícia de um novo assalto praticado por Dubróvski, desfazia-se em indiretas sobre o governador, os *isprávniki* e os comandantes de companhia, dos quais Dubróvski sempre escapava incólume.

Nesse ínterim, chegou o 1º de outubro, dia de uma grande comemoração na igreja de Pokróvskoie. Mas, antes de iniciar o relato desta solenidade e dos acontecimentos que se seguiram, devemos apresentar ao leitor as personagens novas para ele, ou às quais fizemos apenas uma ligeira referência no início da nossa novela.

Capítulo VIII

O leitor, provavelmente, já adivinhou que a filha de Kirila Pietróvitch, sobre quem até agora só dissemos algumas palavras, é a heroína da nossa novela. Na época descrita, tinha ela dezessete anos e estava na plena floração da beleza. O pai amava-a até a loucura, mas tratava-a com a sua habitual extravagância, ora procurando satisfazer os seus menores caprichos, ora assustando-a com um tratamento severo e por vezes até cruel. Certo da sua afeição, não pudera todavia jamais ganhar-lhe a confiança. Ela se habituara a esconder do pai o que pensava e sentia, pois nunca podia saber ao certo qual seria a sua reação. Não tinha amigas e crescera na solidão. As esposas e filhas dos vizinhos iam raramente à casa de Kirila Pietróvitch, cujos divertimentos e conversas habituais exigiam a companhia dos homens e não das senhoras. Poucas eram as vezes em que a nossa beldade aparecia entre os hóspedes que se divertiam com Kirila Pietróvitch. A enorme biblioteca, formada na maior parte com obras de escritores franceses do século XVIII, fora colocada à sua disposição. O pai, que nunca lera nada, com exceção de *A cozinheira exemplar*, não podia orientá-la na escolha dos livros, e, como é natural, depois de vasculhar obras de toda natureza, Macha fixou-se nos romances. Desse modo, completava ela a sua educação, que fora iniciada sob a direção de *mademoiselle* Mimi; esta gozava da confiança e da benevolência de Kirila Pietróvitch, que tivera, no entanto, de mandá-la às escondidas para outra propriedade, depois que as consequências de tal amizade se tornaram em demasia evidentes. *Mademoiselle* Mimi deixara de si uma lembrança bastante agradável. Era uma boa moça, que nunca aproveitava para o mal a influência que evidentemente exercia sobre Kirila Pietróvitch, no que se diferençava das demais favoritas, substituídas por ele com tanta frequência. O próprio Kirila Pietróvitch, ao que parece, gostava dela mais que das outras, e o menino de olhos negros, um diabrete de nove anos, que lembrava os traços meridionais de *Mademoiselle* Mimi, era criado em sua casa e reconhecido por todos como seu filho, embora muitos outros moleques, parecidos com Kirila Pietróvitch como duas gotas d'água, corressem descalços sob as suas janelas e fossem considerados servos. Kirila Pietróvitch mandou vir para o pequeno Sacha[19] um professor francês, que chegou a Pokróvskoie durante os acontecimentos ora descritos.

Este professor agradou a Kirila Pietróvitch por sua boa aparência e pelo trato simples. Apresentou atestados e uma carta de um dos parentes de Troiekurov, em casa de quem passara quatro anos na qualidade de preceptor. Kirila Pietróvitch examinou todos estes documentos, e somente não ficou satisfeito com a pouca idade do seu francês, não porque supusesse tão amável defeito incompatível com a paciência e experiência, necessárias para a infeliz condição de professor, mas por causa de dúvidas de outra natureza, que ele tratou imediatamente de explicar ao recém-chegado. Para tal fim, mandou chamar a filha (Kirila Pietróvitch não sabia francês, e ela lhe servia de intérprete).

---

[19] Diminutivo de Aleksandr.

— Vem cá, Macha; dize a este mussiê que, vá lá, eu o aceito, mas com a condição de que ele não se atreva a arrastar a asa às minhas criadas, senão eu mostrarei a este filho de uma cachorra... traduze isso para ele, Macha.

A moça corou e, dirigindo-se ao professor, disse-lhe em francês que o pai dela confiava em sua modéstia e no seu decente comportamento.

O francês fez uma reverência a Macha e respondeu-lhe que esperava merecer o respeito de todos, mesmo que lhe recusassem um tratamento benévolo.

Macha traduziu literalmente a resposta.

— Está bem, está bem! — disse Kirila Pietróvitch. — Ele não precisa nem de benevolência, nem de respeito. A tarefa dele consiste em cuidar de Sacha e de lhe ensinar Gramática e Geografia... Traduze isso para ele.

Mária Kirílovna abrandou com a sua tradução as grosseiras expressões do pai, e Kirila Pietróvitch dispensou o seu francês, que se dirigiu para o pavilhão da casa, onde lhe tinham reservado um quarto.

Macha não prestou nenhuma atenção ao jovem francês. Educada de acordo com preconceitos aristocráticos, o professor era para ela uma espécie de criado ou artesão, e ela nunca olharia para um ou para outro como um homem. Não notou sequer a impressão que havia causado a M. Desforges, nem a sua confusão, os seus tremores, as alterações da voz. Depois, ela o encontrou com bastante frequência dias seguidos, sem lhe dispensar maior atenção. Mas de um modo inesperado, ela adquiriu uma noção absolutamente nova sobre o francês.

No pátio da casa de Kirila Pietróvitch, costumava haver alguns ursinhos, que constituíam um dos principais divertimentos do proprietário de Pokróvskoie. Na fase da primeira mocidade, os ursinhos eram levados diariamente para a sala de visitas, onde Kirila Pietróvitch passava horas a fio brincando com eles, fazendo-os lutar com gatos e cãezinhos. Depois de crescer um pouco, eles eram acorrentados, à espera das lutas de verdade. De quando em quando, levavam-nos para perto das janelas da casa senhorial e faziam vir um barril vazio de vinho, cravejado de pregos; o urso cheirava-o todo, depois o tocava de leve e arranhava as patas; enfurecido, tocava-o cada vez com mais força, e mais intensa se tornava a dor. Presa de furor, lançava-se com um rugido sobre o barril, o que durava até que tirassem ao pobre animal o objeto de seu furor vão. Às vezes, atrelava-se um par de ursos a uma telega e fazia-se com que os convidados se sentassem nela, por bem ou à força, e deixava-se o carro pular ao deus-dará pela estrada. Mas a brincadeira predileta de Troiekurov era a seguinte: Um urso faminto era amarrado com uma corda a uma argola presa à parede de um quarto vazio. A corda tinha o comprimento de quase todo o quarto, de modo que somente o canto oposto ficava seguro contra o ataque do terrível animal. Levava-se um novato até a porta desse quarto, como por acaso empurravam-no para dentro, trancavam a porta e deixavam a infeliz vítima a sós com o hirsuto habitante do deserto. O pobre convidado, com a aba rasgada e a mão ensanguentada, logo encontrava o canto seguro, mas via-se forçado a ficar às vezes umas três horas comprimido contra a parede, e ver como o animal enfurecido, a dois passos dele, pulava, punha-se sobre as patas traseiras, rugia, procurando romper a corda e chegar até a vítima. Tais eram os nobres divertimentos de um grão-senhor russo! Alguns dias após a chegada do professor, Troiekurov lembrou-se dele e teve a ideia de premiá-lo com a brincadeira do urso; mandou chamá-lo de manhã e conduziu-o por corredores escuros; de repente, abriu-se a porta lateral. Dois criados empurraram o francês para dentro do quarto e trancaram a porta. Voltando a si, o professor viu o urso amarrado. A fera começou a fungar, cheirando de longe o hóspede, e, de repente, erguendo-se sobre as patas traseiras, caminhou para ele... O francês não se assustou nem fugiu, mas esperou o ataque. O urso aproximou-se, Desforges tirou do bolso uma pequena pistola, encostou-a no ouvido da fera esfomeada e atirou. O urso caiu ao solo. Todos acorreram, abriu-se a porta e entrou Kirila Pietróvitch, surpreendido com o remate da sua brincadeira. Troiekurov queria que lhe explicassem sem falta a ocorrência. Quem avisara Desforges da brincadeira que lhe preparavam, e por que tinha ele no bolso uma pistola carregada? Mandou chamar Macha, que veio correndo e explicou ao francês as perguntas do pai.

— Eu não ouvi falar do urso — respondeu Desforges —, mas sempre tenho pistolas comigo, pois não pretendo suportar ofensas pelas quais não possa pedir satisfações, devido à minha condição.

Macha olhou-o surpreendida e traduziu para Kirila Pietróvitch as suas palavras. Troiekurov não respondeu nada. Mandou levar o urso para fora do quarto e tirar-lhe a pele; depois, voltando-se para os criados, disse: "Que valentão! Não se assustou, por Deus, que não se assustou!". Desde aquele dia, passou a gostar muito de Desforges e não pensou mais em experimentá-lo.

Mas esta ocorrência causou uma impressão ainda mais forte a Mária Kirílovna. Estava com a imaginação excitada: vira o urso tombado e Desforges parado sobre o animal morto e conversando calmamente com ela. Compreendeu então que a coragem e um amor-próprio altaneiro não pertencem exclusivamente a uma camada social, e desde aquele dia passou a tratar o jovem professor com um respeito que se tornava dia a dia mais atencioso. Eles passaram a manter certo tipo de relações. Macha tinha uma voz admirável e belos dons musicais; Desforges ofereceu-se para dar-lhe aulas. Depois disso, o leitor adivinhará facilmente que Macha se apaixonou por ele, embora ainda não o confessasse a si mesma.

Capítulo IX

Na véspera da festa, começaram a chegar os convidados. Alguns se alojaram na casa senhorial e nos seus pavilhões, outros na residência do administrador e em casa do padre ou dos camponeses abastados. As cavalariças estavam repletas de animais alheios e os galpões, atravancados de toda sorte de carruagens. Às nove da manhã, o sino chamou à missa e todos se arrastaram para a nova igreja de pedra, construída por Kirila Pietróvitch e embelezada todos os anos, graças aos seus donativos. Reuniu-se um número tão considerável de fiéis eminentes que não sobrava lugar para os camponeses, que se aglomeraram no adro e junto ao gradil. Não se iniciou a missa enquanto não chegou Kirila Pietróvitch. Veio em sua caleça puxada por seis cavalos, e foi solenemente para o seu lugar, acompanhado por Mária Kirílovna. Homens e mulheres dirigiram para ela os olhos; os primeiros admiravam-lhe a beleza, as segundas examinavam o seu vestido. Começou a missa. O coro era formado de cantores da propriedade. Kirila Pietróvitch acompanhava-os baixinho, rezava sem olhar para a direita ou para a esquerda, e inclinou-se para o solo com altiva contrição, quando o diácono lembrou em alta voz *o sustentáculo deste templo*.

Terminou a missa. Kirila Pietróvitch foi o primeiro a aproximar-se da cruz, seguido pelos demais. Os vizinhos aproximaram-se dele, respeitosos. As senhoras rodearam Macha. Saindo da igreja, Kirila Pietróvitch convidou todos para jantar, sentou-se na caleça e foi para casa. Todos o acompanharam. As salas encheram-se de convidados. A todo instante, entrava mais gente, que a muito custo conseguia chegar até o dono da casa. As senhoras se sentaram solenemente em semicírculo. Seus vestidos, bastante usados, não eram da última moda, mas, em compensação, elas estavam literalmente cobertas de pérolas e brilhantes. Os homens aglomeravam-se junto ao caviar e à vodca, discutindo ruidosamente. Na sala de jantar, estavam preparando a mesa para oitenta talheres. Os criados corriam para um lado e outro, dispunham garrafas sobre a mesa e alisavam as toalhas. Finalmente, o mordomo anunciou: "A mesa está servida" — e Kirila Pietróvitch dirigiu-se para a mesa, seguido pelas senhoras, que ocuparam solenemente os seus lugares, observando de certo modo a ordem hierárquica. As moças se comprimiram como um rebanho assustado de cabritinhas e escolheram lugares uma perto da outra. Os homens dispuseram-se em frente. O professor e o pequeno Sacha sentaram-se na ponta da mesa.

Os criados passaram a distribuir os pratos, de acordo ainda com a hierarquia, e, em casos de dúvida, orientando-se, quase sempre com êxito, pelas suposições de Lavater.[20] O ruído de pratos e colheres misturou-se à conversa barulhenta dos convidados. Kirila Pietróvitch inspecionava alegremente o ágape e gozava plenamente os prazeres de anfitrião. Nesse ínterim, entrou no pátio uma caleça puxada por seis cavalos. "Quem é?" — perguntou o dono da casa. "É Antón Pafnútitch" — responderam algumas vozes. Abriu-se a porta, e Antón Pafnútitch Spítzin, um homem gordo, de uns cinquenta anos, o rosto redondo picado de bexigas e enfeitado por um queixo tríplice, despencou na sala, fazendo mesuras, sorrindo e preparando-se já para se desculpar... "Mais um talher aqui! — gritou Kirila Pietróvitch. — Sê benvindo, Antón Pafnútitch, e dize-nos o que isto significa: faltaste à minha missa e chegaste atrasado para o jantar, tu que és religioso e bom garfo ao mesmo tempo." "Reconheço a minha culpa, meu caro Kirila Pietróvitch — respondeu Antón Pafnútitch, prendendo o guardanapo numa das casas do cafetã cor de ervilha. — Saí de casa cedo, mas, ainda não tinha percorrido dez verstas, quando o aro de uma roda dianteira se partiu em dois. Que fazer? Felizmente, estávamos perto de uma aldeia, mas até

---

[20] Estava então em voga a teoria de Lavater, segundo a qual os traços fisionômicos permitiriam conhecer a personalidade.

que chegamos lá, encontramos o ferreiro e conseguimos consertar mais ou menos o estrago, passaram-se bem três horas. Não me atrevi a ir pelo caminho mais curto, através da mata de Kistiênievka, e por isso dei uma volta..."

— Eh! — interrompeu-o Kirila Pietróvitch. — Quer dizer que não és dos mais valentes. Mas, o que temes?

— Como assim, paizinho Kirila Pietróvitch? E Dubróvski? Quando menos se espera, pode-se cair nas suas mãos. Ele não é mole, e não perdoará a ninguém. E, quanto a mim, e capaz de me arrancar o couro duas vezes.

— Mas por que essa preferência, meu irmão?

— Que dúvida, paizinho Kirila Pietróvitch? E aquela pendência com o falecido Andréi Gavrílovitch? Não fui eu que, para agradar ao senhor, isto é, por uma questão de consciência e justiça, depus que os Dubróvski possuíam Kistiênievka sem nenhum direito para tanto, mas unicamente por uma benevolência sua? O falecido (que Deus o conserve em seu Reino) prometeu ajustar contas comigo, e o filho é capaz de cumprir a promessa do pai. Até agora, Deus me tem protegido — pilharam-me somente um paiol, mas qualquer dia vão chegar até a minha casa.

— E lá vão ter com o que se fartar — observou Pietróvitch. — O teu cofrezinho deve estar bem recheado, não é verdade?...

— Qual, paizinho Kirila Pietróvitch! Esteve cheio, mas agora se esvaziou completamente!

— Chega de mentir, Antón Pafnútitch. Eu te conheço; onde é que ias gastar o teu dinheiro? Em casa, vives como um porco, não recebes visitas, exploras os teus camponeses como podes, e só sabes juntar dinheiro, mais nada.

— O senhor sempre brincando, paizinho Kirila Pietróvitch — murmurou Antón Pafnútitch com um sorriso —, mas nós, juro por Deus, estamos arruinados — e Antón Pafnútitch acompanhou a brincadeira senhorial do dono da casa com umas boas mordidas no pastelão gorduroso. Kirila Pietróvitch deixou-o em paz e dirigiu-se ao novo *isprávnik*, que viera pela primeira vez à sua casa, e estava sentado na outra extremidade da mesa, ao lado do professor.

— Então, senhor *isprávnik*, ainda vai passar muito tempo até que apanhem Dubróvski?

O *isprávnik* sobressaltou-se, inclinou o busto, sorriu, emitiu um soluço e, finalmente, disse: — Vamos fazer o possível, Excelência.

— Hum! Fazer o possível... Há muito tempo já que estão fazendo o possível, mas ainda não vimos os resultados. E falando com franqueza, para que apanhá-lo? Os assaltos de Dubróvski são um benefício para os *isprávniki*: há viagens, inquéritos, aluguel de carros, e sempre sobra dinheiro para meter no bolso. Para que acabar com um benfeitor destes? Não é verdade, senhor *isprávnik*?

— A pura verdade, Excelência — respondeu o outro, completamente confuso.

Os convidados soltaram uma gargalhada.

— Gosto do rapaz pela franqueza — disse Kirila Pietróvitch. — Mas lamento a falta do falecido *isprávnik*, Tarás Aleksiéievitch: se não o tivessem queimado, haveria mais tranquilidade na redondeza. E que notícias há sobre Dubróvski? Onde foi visto a última vez?

— Em minha casa, Kirila Pietróvitch — chiou uma voz grossa de mulher. — Na terça-feira passada, ele jantou em minha casa...

Todos os olhares se dirigiram para Ana Sávichna Glóbova, uma viúva de condição bastante modesta, que era querida por seu gênio bom e alegre. Os presentes aguardaram curiosos que ela contasse o ocorrido.

— Há três semanas, mandei um empregado para o correio, com uma carta para o meu Vâniucha.[21] Eu não tenho

---

[21] Diminutivo de Ivan.

mimado muito o meu filho e, mesmo que quisesse, não o poderia fazer, mas, como os senhores sabem, um oficial da guarda deve manter-se com decência, e eu reparto com Vâniucha como posso as minhas parcas rendas. Por isso, resolvi mandar-lhe 2 mil rublos. Embora me lembrasse mais de uma vez de Dubróvski, pensei: "A cidade fica perto, apenas sete verstas, talvez Deus faça com que o meu empregado passe são e salvo". Mas, à noitinha, eu o vi chegar a pé, pálido e esfarrapado. Assustei-me. "O que há? O que foi que te fizeram?" E ele me respondeu: "Mãezinha Ana Sávichna, os bandoleiros me assaltaram e quase me mataram; o próprio Dubróvski estava lá e queria enforcar-me, mas depois ficou com pena e me deixou ir embora. Mas roubou tudo, e ainda me tirou o cavalo e a telega". Quase desmaiei. Pai dos céus! O que será do meu Vâniucha? Não havia remédio: escrevi nova carta, contando tudo, e mandei-lhe a minha bênção, sem um vintém.

Passou uma semana, depois outra; de repente, uma caleça entrou no pátio de minha casa. Não sei que general queria falar comigo; pedi-lhe que entrasse. Vi chegar um homem de uns trinta e cinco anos, moreno, de cabelos negros, de barba e bigode, verdadeiro retrato de Kúlniev;[22] apresentou-se como amigo e colega de serviço de Ivan Andréievitch, meu falecido marido; disse-me que passara pela estrada e, sabendo que eu morava lá, não podia deixar de visitar a viúva do seu amigo. Eu lhe servi o que havia em casa, tagarelei sobre uma coisa e outra e, finalmente, sobre Dubróvski. Contei-lhe a minha desventura. O meu general franziu o sobrecenho. "É estranho — disse ele. — Ouvi dizer que Dubróvski não assalta qualquer um, mas apenas certos ricaços e, mesmo em tais casos, não lhes rouba tudo, mas apenas os obriga a repartir com ele o que possuem. E ninguém o acusa de assassínios;

---

[22] General russo morto em combate com os franceses em 1812 e cujo retrato era muito popular na época.

não haverá um pouco de velhacaria em tudo isto? Mande chamar o seu empregado." Este apareceu e, apenas viu o general, parou como petrificado. "Conta-me, irmão, como foi que Dubróvski te assaltou e quis enforcar." O meu empregado tremeu e atirou-se aos pés do general. — "Sou culpado, paizinho: deixei-me seduzir pelo pecado... menti." "Se é assim — retrucou o general —, conta à senhora como foi que tudo aconteceu, e eu também vou ouvir." O empregado não conseguia voltar a si. "E então? — prosseguiu o general. — Conta onde foi que te encontraste com Dubróvski." "Junto a dois pinheiros, paizinho, junto a dois pinheiros." "Mas o que foi que ele te disse?" "Perguntou-me quem era, onde ia e para quê." "Bem, e depois?" "Então, ele exigiu a carta e o dinheiro. Dei-lhe tudo." "E ele?" "Bem, ele... paizinho, sou culpado." "Bem, o que foi que ele fez?" "Devolveu-me o dinheiro." "E então?" "Sou culpado, paizinho!" "Vou te ensinar uma coisa, meu caro — disse severo o general. — Quanto à senhora, mande revistar o baú desse patife e queira entregar-mo, que eu lhe darei uma lição. Saiba que Dubróvski também foi oficial da guarda e não há de prejudicar um colega." Adivinhei quem era Sua Excelência e não tinha objeções a fazer. Os cocheiros do general amarraram o meu empregado à boleia da caleça. Encontrou-se o dinheiro, o general jantou em minha casa, depois partiu levando consigo o meu empregado. No dia seguinte, ele foi encontrado na mata, amarrado a um carvalho e descascado como uma tília.

Todos ouviam em silêncio o relato de Ana Sávichna, sobretudo as moças. Muitas delas simpatizavam em segredo com Dubróvski, vendo nele um herói romântico, e isto era verdade sobretudo em relação a Mária Kirílovna, ardente sonhadora, impregnada dos horrores misteriosos de Radcliffe.[23]

---

[23] Ann Ward Radcliffe (1764-1823), autora inglesa célebre, na época, pelos seus romances de terror.

— E tu, Ana Sávichna, supões que o próprio Dubróvski esteve em tua casa? — perguntou Kirila Pietróvitch. — Estás muito enganada. Não sei quem foi que te fez aquela visita, mas não era Dubróvski.

— Como, paizinho? Não era Dubróvski? Mas quem, senão ele, iria para a estrada, para fazer parar e revistar os que passavam?

— Não sei, mas tenho certeza de que não era Dubróvski. Lembro-me dele ainda criança: não sei se os seus cabelos enegreceram, mas naquele tempo era um menino de cabelos muito louros e crespos. Mas eu sei com toda a certeza que Dubróvski é cinco anos mais velho que a minha Macha e que, por conseguinte, tem quase vinte e três anos, e não trinta e cinco.

— É isso mesmo, Excelência — exclamou o *isprávnik* —, tenho no bolso os sinais característicos de Vladímir Dubróvski. Está escrito precisamente que ele tem vinte e três anos.

— Muito bem! — disse Kirila Pietróvitch. — A propósito: queira lê-los para nós: sempre é bom conhecer esses sinais; assim, se um dia nos cair sob os olhos, não nos fugirá mais.

O *isprávnik* tirou do bolso uma folha bastante suja, desdobrou-a com ar grave e começou a ler com voz cantante:

— Sinais característicos de Vladímir Dubróvski, relacionados de acordo com o depoimento dos seus ex-criados: vinte e dois anos de idade; estatura *média*; rosto *liso*; barba *raspada*; olhos *castanhos*; cabelos *louros*; nariz *reto*. Sinais especiais: *não há*.

— E é só — disse Kirila Pietróvitch.

— Exatamente — confirmou o *isprávnik*, dobrando o papel.

— Dou-lhe os parabéns, senhor *isprávnik*. Que documento! Com esses sinais, naturalmente, não nos será difícil reconhecer Dubróvski! Mas, quem é que não tem estatura média, cabelos louros, nariz reto e olhos castanhos? Sou capaz de jurar: pode-se conversar três horas seguidas com Dubróvski em pessoa e não adivinhar de quem se trata. Realmente, os funcionários são muito inteligentes.

O *isprávnik* pôs humildemente o papel no bolso, e atacou em silêncio o ganso com repolho. Nesse ínterim, os criados passaram diversas vezes por trás dos convidados para lhes encher a taça. Algumas garrafas de vinhos do Cáucaso e de Tzimliansk foram abertas com estrondo e aceitas complacentemente pelo nome de champanha. Os rostos ficaram rubicundos, as conversas se tornaram mais barulhentas, com menos nexo e mais alegres.

— Não — prosseguiu Kirila Pietróvitch. — Nunca mais veremos outro *isprávnik* como o falecido Tarás Aleksiéievitch! Esse não era um moleirão, um papa-moscas. Pena que o tivessem queimado, pois dele não escaparia um só homem do bando. Teria apanhado um por um, inclusive o próprio Dubróvski. Tarás Aleksiéievitch aceitaria dinheiro dele, mas não o deixaria escapar. Assim costumava agir o falecido. Não há remédio: ao que parece, terei de me intrometer no caso, e ir com os meus servos contra os bandidos. Para começar, vou destacar vinte homens para limpar o bosque dos ladrões; é gente corajosa, cada um deles costuma caçar ursos sozinho, e não fugirão dos bandidos.

— Como vai o seu urso, paizinho Kirila Pietróvitch? — perguntou Antón Pafnútitch, lembrando o seu peludo conhecido e algumas brincadeiras de que também já fora vítima.

— O urso repousa em paz — respondeu Kirila Pietróvitch. — Teve morte gloriosa nas mãos do inimigo. Eis o seu vencedor! — Kirila Pietróvitch apontou para Desforges. — Respeita o meu francês. Ele vingou a tua... com o perdão da palavra... estás lembrado?

— Como não me lembrar? — disse Antón Pafnútitch coçando-se. — Lembro-me até muito bem. Então, o urso morreu! Que pena, juro por Deus! Como era engraçado e esper-

Dubróvski 111

to! Outro urso assim não será fácil de encontrar. Mas, por que foi que mussiê o matou?

Kirila Pietróvitch começou a contar com grande prazer a proeza do seu francês, pois tinha a agradável faculdade de se orgulhar de tudo o que o rodeava. Os convidados ouviam atentos o relato sobre a morte do urso e olhavam admirados para Desforges, que, não suspeitando que a conversa tinha por objeto a sua coragem, permanecia calmamente sentado e fazia observações morais ao seu travesso educando.

O jantar, que durara perto de três horas, chegou ao fim; o dono da casa pôs o guardanapo sobre a mesa, todos se levantaram e passaram à sala de visitas, onde os esperavam o café, as cartas e a continuação da bebedeira iniciada tão gloriosamente na sala de jantar.

Capítulo X

Antes das sete da noite, alguns convidados quiseram partir, mas o dono da casa, alegrado por algumas doses de ponche, mandou fechar o portão e declarou que não deixaria sair ninguém antes da manhã seguinte. Logo, reboou a música, abriram-se as portas para o salão, e começou o baile. O dono da casa e os seus amigos mais chegados permaneciam num canto, esvaziando copos e mais copos e admirando a alegria da mocidade. As velhas jogavam baralho. Havia menos cavalheiros do que damas, como acontece em toda parte onde não está aquartelada uma brigada de ulanos.[24] Foram convocados todos os homens válidos para a dança. O professor se distinguia entre os demais. Dançava mais que todos, as moças o escolhiam e achavam que era muito bom valsar com ele. Ele deu algumas voltas pelo salão com Mária Kirílovna, e as moças olhavam-nos com alguma ironia. Finalmente, pouco

[24] Do tártaro, *oglan*, lanceiro de alguns antigos exércitos europeus.

antes de meia-noite, o exausto anfitrião deu por findas as danças, mandou servir a ceia e foi dormir.

A ausência de Kirila Pietróvitch infundiu mais liberdade e animação à reunião. Os cavalheiros ousaram ocupar lugar junto às damas. As mocinhas riam e murmuravam com os vizinhos; as senhoras conversavam alto por sobre a mesa. Os homens bebiam, discutiam e soltavam gargalhadas. Numa palavra, a ceia foi bem alegre e deixou muitas recordações agradáveis.

Uma única pessoa não participava da alegria geral: Antón Pafnútitch permanecia sombrio e calado em seu lugar, comia distraidamente e parecia muito inquieto. As conversas sobre bandidos perturbaram-lhe a imaginação. Aliás, daqui a pouco, vamos ver que ele tinha motivos suficientes para temê-los.

Ao convidar Deus para testemunhar que o seu cofre vermelho permanecia vazio, Antón Pafnútitch não mentia nem cometia pecado: o cofre estava realmente vazio; o dinheiro nele guardado fora transferido para uma bolsinha de couro, que ele carregava sobre o peito, por baixo da camisa. Somente com tal cuidado conseguia ele acalmar a sua desconfiança em relação a todos e o seu eterno temor. Tendo sido forçado a pernoitar em casa alheia, temia que lhe reservassem para dormir um quarto afastado, onde os ladrões poderiam chegar facilmente. Ficou procurando com os olhos um companheiro de confiança e finalmente escolheu Desforges. O seu físico, que fazia supor uma grande força, e sobretudo a coragem, de que dera provas em seu encontro com o urso, do qual Antón Pafnútitch não podia se lembrar sem estremecer, decidiram a sua escolha. Ao levantarem-se da mesa, Antón Pafnútitch pôs-se a girar perto do jovem francês, soltando pequenos grunhidos e tossindo, e finalmente se dirigiu a ele com uma explicação.

— Hum! Hum! Eu não poderia mussiê, passar a noite no seu quartinho, pois, conforme está vendo...

Dubróvski 113

— *Que désire monsieur?* — perguntou Desforges, com uma mesura respeitosa.

— Que azar! Ainda não aprendeste o russo, mussiê! *Je vê, muá chê vu cuchê*, compreende?

— *Monsieur, très volontiers* — respondeu Desforges —, *veuillez donner des ordres en conséquence*.

Antón Pafnútitch, muito satisfeito com os seus conhecimentos de francês, foi dar as devidas ordens.

Os hóspedes começaram a se desejar boa-noite, e cada um foi para o quarto que lhe fora designado. Antón Pafnútitch acompanhou o professor ao pavilhão. A noite estava escura. Desforges iluminava o caminho com uma lanterna. Antón Pafnútitch o acompanhava assaz corajosamente, apertando de vez em quando ao peito a bolsinha escondida, para certificar-se de que o seu dinheiro ainda estava com ele.

Chegando ao quarto, o professor acendeu uma vela, e ambos começaram a despir-se; Antón Pafnútitch ficou andando pelo quarto, examinando janelas e fechaduras e balançando a cabeça durante esta desconsoladora verificação. As portas se fechavam com um único trinco, as janelas ainda não tinham caixilhos duplos. Tentou queixar-se disso a Desforges, mas os seus conhecimentos de francês eram muito limitados para tão complicada explicação; o francês não o compreendeu, e Antón Pafnútitch teve que deixar de lado as suas queixas. As camas ficavam lado a lado. Ambos se deitaram, e o francês apagou a vela.

— *Purquá vu tuchê, purquá vu tuchê?* — gritou Antón Pafnútitch, conjugando o verbo russo *tuchit*[25] à maneira francesa. — *Je ne pê dormir* no escuro.

Desforges não compreendeu a sua exclamação e desejou-lhe boa-noite.

— Infiel maldito! — resmungou Spítzin, enrolando-se no cobertor. — Para que precisava apagar a vela? Pior para ele.

[25] Apagar.

114   Aleksandr Púchkin

Eu é que não posso dormir sem luz. Mussiê, mussiê — prosseguiu ele —, je vê avec vu parlê.

Mas o francês não respondia e, pouco depois, começou a roncar.

"O animal do francês está roncando — pensou Antón Pafnútitch —, e o sono não me vem à cabeça, quando menos se espera, os ladrões podem entrar pela porta aberta ou escalar a janela, mas o animal não acorda nem com tiro de canhão."

— Mussiê, mussiê, que o diabo te carregue!

Antón Pafnútitch calou-se. O cansaço e os vapores alcoólicos sobrepujaram gradualmente o seu temor. Caiu em modorra e, pouco depois, um sono profundo o dominou completamente. Esperava-o um despertar estranho. Dormindo, sentiu que alguém o puxava pela fralda da camisola. Antón Pafnútitch abriu os olhos e, à pálida luz da manhã de outono, viu na sua frente Desforges; o francês tinha numa das mãos uma pistola de bolso e, com a outra, estava abrindo a bolsinha secreta. Antón Pafnútitch quase desfaleceu. "Quesquecê, mussiê, quesquecê?" — disse com voz trêmula. — "Quieto! Silêncio!" — respondeu o professor, num russo impecável. — "Silêncio, ou está perdido. Eu sou Dubróvski."

Capítulo XI

Pediremos agora licença ao leitor para explicar os últimos acontecimentos da nossa novela, com alguns fatos ocorridos anteriormente e que ainda não tivemos oportunidade de relatar.

Na estação de..., em casa do chefe ao qual já nos referimos, estava sentado num canto um viajante de ar submisso e resignado, característico de pessoa que não pertencia à nobreza ou de estrangeiro, isto é, criatura que não tinha voz no serviço das diligências. A sua caleça permanecia no pátio, à espera de graxa. Nela havia uma pequena mala, prova humilde de posses bastante insuficientes. O viajante não pediu chá nem café, e ficou olhando pela janela e assobiando, para grande desprazer da mulher do chefe, que estava do outro lado do tabique.

— Deus nos mandou agora este assobiador — dizia ela a meia-voz. — E como assobia! Que ele estoure de uma vez, infiel maldito!

— Por quê? — perguntou o chefe da estação. — Que mal há nisso? Que assobie à vontade.

— Que mal há nisso? — replicou a esposa, zangada. — Mas não conheces os presságios?

— Que presságios? Que o assobio enxota o dinheiro? Ah, Pakhômovna, assobie-se ou não, do mesmo jeito nunca temos dinheiro.

— Manda o homem embora, Sidóritch. Para que deixá-lo aqui? Arranja logo os cavalos, e que vá para todos os diabos.

— Ele vai esperar, Pakhômovna; na cocheira, temos apenas três troicas,[26] a quarta está descansando. A qualquer momento, podem chegar bons viajantes; não quero prejudicar-me por causa desse francês. Escuta! Não disse? Aí vêm eles! E com que velocidade! Não será o general?

A caleça parou ao pé da escada. O criado pulou para o chão, abriu as portinholas e um instante depois entrava em casa do chefe um jovem de uniforme militar e quepe branco; atrás, chegou o criado, com um cofrezinho que ele colocou no parapeito da janela.

— Cavalos! — disse o oficial, autoritário.

— Um momento! — respondeu o chefe. — Quer mostrar-me o salvo-conduto?

— Não tenho salvo-conduto. Irei por uma estrada secundária... não me reconhece?

---

[26] Neste caso, os cavalos que puxam um carro.

O chefe se agitou e correu para apressar os cocheiros. O jovem ficou caminhando pela sala, foi para trás do tabique e perguntou baixo à mulher do chefe:

— Quem é esse viajante?

— Sei lá! — respondeu ela. — É um francês. Há cinco horas já que espera os cavalos e assobia. Estou enjoada dele, maldito!

O jovem conversou em francês com o viajante.

— Para onde vai o senhor? — perguntou.

— Para a cidade mais próxima — respondeu o francês.

— De lá, irei à propriedade de um fidalgo, que me contratou para professor sem me conhecer pessoalmente. Eu pretendia estar hoje no ponto de destino, mas, ao que parece, o senhor chefe da estação decidiu o contrário. Nessa terra, é difícil conseguir cavalos, senhor oficial.

— Mas qual foi o proprietário local que contratou o senhor?

— O Sr. Troiekurov.

— Troiekurov? Mas quem é esse Troiekurov?

— *Ma foi, mon officier*... não ouvi muito de bom a respeito dele. Dizem que é um senhor orgulhoso e autoritário, cruel no trato com os criados, que ninguém consegue dar-se com ele, que todos tremem ao ouvir o seu nome, que não faz cerimônia com os professores (*avec les outchitels*[27]) e que a dois deles já espancou até a morte.

— Que coisa! E o senhor não tem medo de ir lecionar em casa desse monstro?

— Que fazer, senhor oficial? Ele me oferece um bom ordenado: 3 mil rublos por ano, com casa e comida. É possível que eu tenha mais sorte que os meus predecessores. Mandarei metade do ordenado à minha velha mãe para seu sustento, e, com o dinheiro restante, poderei juntar em cinco anos

---

[27] Forma afrancesada do russo *utchítiel* (professor).

um pequeno capital, suficiente para a minha futura independência. Nesse dia, *bon soir*, irei a Paris e me ocuparei de transações comerciais.

— Alguém conhece o senhor em casa de Troiekurov?

— Ninguém. Ele mandou-me vir de Moscou, por intermédio de um amigo, cujo cozinheiro é meu compatriota e me recomendou. Aliás, devo contar ao senhor que eu não estudei para professor, mas para confeiteiro, porém me disseram que no seu país a condição de professor é muito mais vantajosa...

O oficial ficou pensativo.

— Escute — interrompeu ele o francês —, o que diria se, em lugar dessa posição, lhe oferecessem 10 mil rublos à vista com a condição de que o senhor voltasse imediatamente para Paris?

O francês olhou admirado para o oficial, sorriu e meneou a cabeça.

— Os cavalos estão prontos! — disse o chefe, entrando na sala. O criado confirmou o mesmo.

— Espere — replicou o oficial. — Deixe-nos por um momento.

O chefe e o criado saíram.

— Não estou gracejando — prosseguiu ele em francês.

— Posso pagar-lhe os 10 mil rublos. Preciso somente dos seus papéis e da sua ausência.

Dito isso, abriu o cofrezinho e retirou alguns maços de notas.

O francês arregalou os olhos. Não sabia o que pensar.

— A minha ausência... os meus papéis... — repetia surpreendido. — Aqui estão os meus papéis... o senhor não está brincando? Para que precisa dos meus papéis?

— Não é da sua conta. Eu pergunto se está de acordo ou não.

Ainda não acreditando nos seus ouvidos, o francês estendeu os papéis ao jovem oficial, que os examinou rapidamente.

— O seu passaporte... está bem. A carta de recomendação... vamos ver. A certidão de nascimento, ótimo. Bem, aqui está o seu dinheiro. Regresse imediatamente. Adeus.

O francês estava como que petrificado.

O oficial voltou para perto dele.

— Esqueci o mais importante. O senhor tem que dar a palavra de honra de que tudo isso vai ficar entre nós, a sua palavra de honra.

— A minha palavra de honra — respondeu o francês. — Mas os meus papéis? Como vou me arranjar sem eles?

— Na primeira cidade, o senhor deve declarar que foi assaltado por Dubróvski. As autoridades vão acreditar e lhe darão os necessários atestados. Passe bem. Que Deus lhe permita chegar o quanto antes a Paris e encontrar a sua mãezinha gozando saúde.

Dubróvski saiu da sala, subiu para a caleça e partiu.

O chefe ficou espiando pela janela, e, quando a caleça se afastou, dirigiu-se à mulher, soltando uma exclamação:

— Pakhômovna! Sabes uma coisa? Era Dubróvski.

A mulher correu para a janela, mas já era tarde: Dubróvski estava longe. Pôs-se então a xingar o marido:

— Não temes a Deus, Sidóritch. Por que não me avisaste em tempo? Eu pelo menos daria uma espiada, e agora, quem sabe se terei outra oportunidade? Não tens consciência, palavra, não tens consciência!

O francês estava como que petrificado. A combinação com o oficial, o dinheiro, tudo lhe parecia um sonho. Mas os maços de notas estavam em seu bolso e afirmavam com eloquência a realidade da surpreendente ocorrência.

Resolveu alugar cavalos até a cidade. O cocheiro o levou a passo e de noite lá chegou.

Antes de atingir a barreira de controle, junto à qual, em lugar da sentinela, havia uma guarita meio destruída, o francês mandou parar os cavalos, saiu do carro e caminhou a pé, depois de explicar por meio de gestos ao cocheiro que lhe deixava de gorjeta a caleça e a mala. O cocheiro ficou tão

Dubróvski   119

surpreendido com a sua generosidade como o próprio francês ficara com o oferecimento de Dubróvski. Mas, concluindo que o alemão[28] perdera o juízo, o cocheiro lhe agradeceu com uma diligente mesura e, sem passar pela cidade, foi diretamente a um estabelecimento de diversões, cujo proprietário era seu amigo. Passou lá a noite inteira e, no dia seguinte, de manhã, partiu para casa numa troica de aluguel, sem caleça e sem mala, o rosto inchado e os olhos vermelhos.

Tendo-se apoderado dos papéis do francês, Dubróvski foi audaciosamente, conforme já vimos, para casa de Troiekurov, onde passou a residir. Apesar das suas secretas intenções (que veremos adiante), a sua conduta nada aparentava de condenável. É verdade que ele se ocupava pouco da educação do pequeno Sacha, dava-lhe completa liberdade para fazer diabruras, e não era muito severo ao tomar as lições, passadas apenas por formalidade, mas, em compensação, acompanhava com muita aplicação os sucessos musicais da sua aluna e, frequentemente, passava com ela horas inteiras ao piano. Todos gostavam do jovem professor: Kirila Pietróvitch, por sua coragem e agilidade na caça; Mária Kirílovna, por seu zelo ilimitado e pela tímida atenção; Sacha, pela condescendência com as suas travessuras; os criados, pela bondade e munificência aparentemente incompatíveis com a sua condição. Quanto a ele próprio, parecia afeiçoado a toda a família como se já se considerasse membro dela.

Passara perto de um mês desde a sua estreia como professor até a memorável festividade, e ninguém desconfiava que no modesto e jovem francês se ocultasse o temível bandido cujo nome enchia de terror todos os proprietários da vizinhança. Todo esse tempo, Dubróvski não se afastava de Pokróvskoie, mas as notícias dos seus atos de banditismo não decresciam, graças à fértil imaginação dos habitantes do

[28] Ver à p. 40 a nota 29.

campo; é possível, todavia, que o seu bando prosseguisse nas ações, mesmo na ausência do chefe.

Passando a noite no mesmo quarto com o homem que ele podia considerar como seu inimigo pessoal e um dos principais culpados da sua desgraça, Dubróvski não conseguiu escapar à tentação. Inteirado da existência da bolsinha, resolveu apossar-se dela. E já vimos como ele surpreendeu o pobre Antón Pafnútitch com a sua inesperada transformação de professor em bandoleiro.

Às nove da manhã, os hóspedes que haviam passado a noite em Pokróvskoie foram entrando um após outro na sala de visitas onde já fervia o samovar, diante do qual Mária Kirílovna estava sentada de vestido matinal, enquanto Kirila Pietróvitch, de chinelos e sobrecasaca de baetilha, tomava chá de uma larga xícara, que parecia mais apropriada para gargarejos. Antón Pafnútitch foi o último a aparecer; estava tão pálido e parecia tão aborrecido que o seu aspecto surpreendeu a todos, e Kirila Pietróvitch informou-se sobre a sua saúde. Spítzin respondia palavras sem nexo e olhava aterrorizado para o professor, sentado ali como se nada tivesse acontecido. Pouco depois, entrou um criado e disse a Spítzin que a sua caleça estava pronta; Antón Pafnútitch fez algumas mesuras apressadas, saiu quase correndo da sala e partiu imediatamente. Tanto os hóspedes como o dono da casa não compreendiam o que se passara com ele, e Kirila Pietróvitch pensou que fosse uma indigestão. Depois do chá e do almoço, os demais hóspedes foram também partindo e, em pouco tempo, Pokróvskoie se esvaziou, voltando tudo à ordem habitual.

Capítulo XII

Decorreram alguns dias sem que acontecesse nada de interessante. A vida dos habitantes de Pokróvskoie era monótona. Kirila Pietróvitch ia diariamente à caça; Mária Kirílovna ocupava-se com a leitura, os passeios e as aulas de música, sobretudo as aulas. Estava começando a compreender o seu próprio coração e confessava-se, com involuntário despeito, que ele não era indiferente às qualidades do jovem francês. Este, por seu lado, não saía dos limites do respeito e do mais estrito decoro, e assim acalmava o orgulho dela, bem como suas dúvidas e temores. Mária Kirílovna se entregava cada vez com maior confiança aos seus hábitos absorventes. Sentia-se triste sem Desforges. Na sua presença, não cessava de ocupar-se dele, queria saber sua opinião sobre todos os assuntos e sempre concordava com ele. É possível que ainda não estivesse apaixonada. Mas, ante o primeiro obstáculo ocasional ou diante da súbita perseguição do destino, a chama da paixão devia erguer-se em seu coração.

De uma feita, chegando à sala onde a esperava o professor, Mária Kirílovna notou surpreendida que este tinha a perturbação estampada no rosto pálido. Ela abriu o piano e cantou algumas notas, mas Dubróvski pretextou dor de cabeça, desculpou-se, interrompeu a aula e, fechando o caderno de música, passou-lhe às escondidas um bilhete. Sem ter tempo de pensar no que fazia, Mária Kirílovna aceitou-o, mas arrependeu-se no mesmo instante. Dubróvski, porém, não estava mais na sala. Ela foi para o quarto, desdobrou o bilhete e leu o seguinte:

"Esteja hoje às sete horas no caramanchão, junto ao riacho. Preciso falar-lhe sem falta."

A curiosidade da moça estava fortemente excitada. Havia muito, esperava uma declaração, desejando-a e temendo-a simultaneamente. Seria agradável ouvir a confirmação daquilo que ela suspeitava; sentia, no entanto, que não seria decente para ela ouvir esta declaração de um homem que, devido à condição, não podia esperar receber a sua mão algum dia. Ela decidiu-se ir à entrevista, mas vacilava por não saber como receberia a declaração do professor: com indignação aristocrática, exortações de amizade, brincadeiras alegres ou com muda simpatia. No entanto, olhava a todo momento o relógio. Escureceu, trouxeram as velas, Kirila Pietróvitch sentou-se para o bóston[29] com vizinhos recém-chegados. O relógio de mesa bateu quinze para as sete, e Mária Kirílovna saiu furtivamente para o patamar da escada, olhou em todas as direções e correu para o jardim.

A noite estava escura e o céu, coberto de nuvens, não se via nada a dois passos de distância, porém Mária Kirílovna caminhou no escuro por caminhos conhecidos, e instantes depois estava junto ao caramanchão; parou a fim de recobrar fôlego e aparecer diante de Desforges com ar indiferente e nada apressado. Mas Desforges já estava diante dela.

— Agradeço-lhe — disse ele com voz plácida e triste — por ter acedido à minha solicitação. Ficaria desesperado se não anuísse a ela.

Mária Kirílovna respondeu com uma frase já preparada:

— Espero que o senhor não me obrigue a arrepender-me da minha complacência.

Ele permanecia calado e, segundo as aparências, esperava ganhar coragem.

— As circunstâncias exigem... devo deixá-la — disse, afinal —, e é possível que em breve ouça falar... mas, antes da separação, preciso explicar-me...

Mária Kirílovna não respondia, havia nessas palavras uma introdução à declaração esperada.

— Eu não sou aquele que supõe — prosseguiu ele, baixando a cabeça. — Não sou o francês Desforges, sou Dubróvski.

Mária Kirílovna soltou um grito.

— Não se assuste, pelo amor de Deus. Não deve temer o meu nome. Sim, sou aquele infeliz a quem seu pai tirou o último pedaço de pão e a quem expulsou da casa paterna,

---

[29] Jogo de cartas semelhante ao uíste.

Dubróvski 123

transformando-o num salteador de estrada. Mas não me deve temer, quer por si mesma, quer por ele. Está tudo terminado. Eu o perdoei. A senhorita o salvou. Devia realizar-se sobre ele o meu primeiro ato sanguinário. Eu vagava perto da casa dele, marcando um lugar onde começar o incêndio, outro para penetrar no quarto dele, e estudava os meios de fechar-lhe todos os caminhos de fuga. Mas, naquele momento, a senhorita passou diante de mim, como uma visão celestial, e o meu coração se conformou. Compreendi que a casa onde habita é sagrada para mim e que nenhuma criatura ligada à senhorita por laços de sangue está sujeita à minha maldição. Abandonei a ideia de vingança, como uma loucura. Vaguei dias inteiros junto aos jardins de Pokróvskoie, esperando ver de longe o seu vestido branco. Em seus imprudentes passeios, eu a seguia, esgueirando-me de arbusto em arbusto, feliz com a ideia de que não havia perigo para a senhorita nos sítios em que eu estava presente em segredo. Finalmente, apresentou-se a ocasião... Fui habitar a sua casa. Estas três semanas foram para mim repletas de felicidade. A lembrança destes dias servirá de refrigério à minha triste vida... Hoje, recebi uma notícia depois da qual não me é possível permanecer aqui por mais tempo. Vou deixá-la hoje... agora mesmo... Mas antes eu precisava confessar-lhe tudo, para que não me maldissesse, nem me desprezasse. Pense às vezes em Dubróvski, saiba que ele nasceu para outro destino, que a sua alma sabia amá-la, que nunca...

    Nesse momento, ouviu-se um forte assobio e Dubróvski se calou. Apoderou-se da mão dela e encostou-a aos lábios afogueados. O assobio se repetiu.

    — Desculpe — disse Dubróvski. — Estão me chamando, cada instante pode causar a minha perdição. — Afastou-se. Mária Kirílovna permanecia imóvel. Dubróvski voltou e novamente lhe tomou a mão. — Se algum dia — disse ele com voz terna e comovida —, se algum dia a desgraça a atingir, e a senhorita não estiver esperando de alguém auxílio ou

proteção, nesse caso promete recorrer a mim, e exigir de mim tudo para a sua salvação? Promete não repelir a minha dedicação?
Mária Kirílovna chorava em silêncio. Ouviu-se o assobio pela terceira vez.
— Está causando a minha perdição! — gritou Dubróvski. — Não a deixarei enquanto não me der resposta: promete ou não?
— Prometo — murmurou a pobre moça.
Perturbada pela entrevista com Dubróvski, Mária Kirílovna voltou pelo jardim. Pareceu-lhe que havia muita gente no pátio, uma troica parada ao pé da escada, servos correndo e um grande rebuliço em toda a casa. De longe, ouviu a voz de Kirila Pietróvitch, e apressou-se a entrar, com medo de que a sua ausência fosse notada. Na sala, topou Kirila Pietróvitch, os hóspedes estavam rodeando o *isprávnik* nosso conhecido, e cobriam-no de perguntas. O *isprávnik*, em trajes de viagem, armado da cabeça aos pés, respondia-lhes com ar misterioso e agitado.
— Onde estiveste, Macha? — perguntou Kirila Pietróvitch. — Não encontraste *monsieur* Desforges? — Macha a muito custo pôde responder negativamente.
— Imagina — prosseguiu Kirila Pietróvitch —, o *isprávnik* veio prendê-lo, e querem me convencer de que ele é Dubróvski em pessoa.
— Todos os sinais, Excelência — disse respeitosamente o *isprávnik*.
— Escuta, irmão — interrompeu-o Kirila Pietróvitch. — Vai sabes para onde com os teus sinais. Não te entregarei o meu francês, enquanto não tiver esclarecido o caso sozinho. Como se pode acreditar naquele covarde mentiroso que é Antón Pafnútitch? Ele sonhou que o professor queria assaltá-lo. Por que então não me disse nada naquela manhã?
— O francês o assustou, Excelência — respondeu o *isprávnik* —, e fez com que jurasse silêncio...

Dubróvski 125

— É mentira — decidiu Kirila Pietróvitch. — Agora mesmo, vou pôr tudo em pratos limpos. Onde está o professor?
— perguntou a um criado que entrava na sala.
— Não está — respondeu o criado.
— Procurem-no! — gritou Troiekurov, que estava começando a ter dúvidas. — Passa cá os teus louvados sinais — disse ao delegado, que lhe estendeu imediatamente a folha de papel. — Hum! Hum! Vinte e três anos... É exato, mas não prova nada. O que há com o professor?
— Não foi encontrado.
Kirila Pietróvitch começou a inquietar-se, Mária Kirílovna parecia nem viva nem morta.
— Estás pálida, Macha — observou o pai —, assustaram-te.
— Não, papaizinho — respondeu ela. — Tenho dor de cabeça.
— Vai para o teu quarto e não te inquietes.
Macha beijou-lhe a mão e foi depressa para o quarto, atirou-se ao leito, sacudida por soluços, num ataque histérico. As criadas acorreram, despiram-na e a muito custo acalmaram-na com água fria e diversos remédios. Depois, fizeram com que se deitasse e adormecesse.
Entrementes, não se conseguia encontrar o francês. Kirila Pietróvitch caminhava pela sala, assobiando ameaçador: "Reboa, trovão da vitória!". Os hóspedes murmuravam entre si, o *isprávnik* parecia um bobo, o francês não foi encontrado. Provavelmente, fora advertido e tivera tempo de se esconder. Mas como e por quem, ninguém saberia explicar.
Bateram as onze, e ninguém pensava em dormir. Finalmente, Kirila Pietróvitch disse zangado ao *isprávnik*:
— E então? Não vais ficar aqui até de madrugada: minha casa não é pensão. Não será com a tua habilidade, irmão, que se vai apanhar Dubróvski, se é que se trata mesmo dele. Vai para casa e de agora em diante procura ser mais esperto. E vocês também já devem ir para casa — prosseguiu, dirigin-

do-se aos hóspedes. — Mandem preparar os cavalos, que eu quero dormir.
Tal foi a despedida pouco hospitaleira de Troiekurov com os seus visitantes!

Capítulo XIII

Decorreu algum tempo sem que nada de especial acontecesse. Mas, no começo do verão seguinte, ocorreram muitas mudanças na vida familiar de Kirila Pietróvitch.
A trinta verstas da casa, ficava a rica propriedade do príncipe Vieréiski. O príncipe passara muito tempo em terras estranhas, enquanto a sua propriedade era administrada por um major reformado, e não existiam relações de qualquer espécie entre as propriedades de Pokróvskoie e Arbátovo. Mas, em fins de maio, o príncipe voltou do estrangeiro e foi para a sua aldeia, que ele nem conhecia. Habituado à dissipação, não pôde suportar a vida solitária, e, dois dias após a chegada, foi almoçar em casa de Troiekurov, que ele conhecera outrora.
O príncipe tinha perto de cinquenta anos, mas parecia muito mais velho. Excessos de toda ordem esgotaram-lhe a saúde e deixaram nele vestígios indeléveis. Apesar disso, sua aparência era agradável, e o hábito de estar sempre em sociedade infundira-lhe certa amabilidade, sobretudo com as mulheres. Tinha uma febre insaciável de distrações e estava sempre entediado. Kirila Pietróvitch ficou muito contente com a visita, interpretando-a como um sinal de respeito da parte de um homem conhecedor do mundo; como de costume, começou por obsequiá-lo com uma visita às suas instalações e levou-o ao canil. Mas o príncipe ficou quase sufocado no ambiente canino e apressou-se a sair dali, apertando o nariz com um lenço impregnado de perfume. O jardim antigo, com as suas tílias aparadas, o lago quadrangular e as alamedas regu-

Dubróvski

lares não lhe agradaram, pois gostava de jardins ingleses e do chamado estilo natural, mas assim mesmo elogiava tudo e se mostrava maravilhado; o criado veio dizer que o almoço estava servido, e eles se dirigiram à sala de jantar. O príncipe mancava um pouco, estava cansado do seu passeio e já se arrependia da visita.

Mas, na sala, foram recebidos por Mária Kirílovna, e o velho mulherengo ficou impressionado com a sua beleza. Troiekurov reservou para o hóspede um lugar ao lado dela. O príncipe animou-se com a sua presença, estava alegre e por diversas vezes prendeu a atenção da jovem com as suas interessantes histórias. Depois do jantar, Kirila Pietróvitch sugeriu um passeio a cavalo, mas o príncipe se desculpou, mostrando as suas botas de veludo e gracejando com o seu artritismo; preferiu um passeio de breque, pois não queria separar-se da sua gentil vizinha. Preparou-se o breque. Os dois velhos e a moça subiram para o carro e partiram. A conversa não cessava. Mária Kirílovna ouvia com agrado as saudações alegres e lisonjeiras daquele homem mundano, mas, de repente, Vieréiski perguntou a Kirila Pietróvitch o que significava a casa incendiada que estavam vendo, e se lhe pertencia... Kirila Pietróvitch franziu o sobrecenho, pois a propriedade incendiada trazia-lhe recordações pouco agradáveis. Respondeu que a terra lhe pertencia, mas que já fora de Dubróvski.

— Dubróvski? — repetiu Vieréiski. — Este nosso glorioso bandoleiro?

— Pertenceu ao pai dele — respondeu Troiekurov —, mas o pai também era um bandido.

— Mas por onde anda o nosso Rinaldo?[30] Foi apanhado? Vive ainda?

— Está vivo e em liberdade, e não será preso enquanto os nossos *isprávniki* estiverem acumpliciados com os ladrões;

---

[30] O personagem central do romance do escritor alemão Vulpius, *Rinaldo Rinaldini, chefe de bandoleiros* (1797).

a propósito, príncipe: é verdade que Dubróvski esteve em tua propriedade?

— Sim, no ano passado, e ao que parece queimou ou roubou alguma coisa...

— Não é verdade, Mária Kirílovna, que seria interessante conhecer mais de perto este herói romântico?

— O que há de interessante nisso?! — exclamou Troiekurov. — Ela já o conhece: Dubróvski lhe ensinou música durante três semanas e, graças a Deus, não cobrou nada pelas aulas.

Kirila Pietróvitch pôs-se a contar a novela do seu professor francês. Mária Kirílovna parecia sentar-se sobre alfinetes. Vieréiski ouviu tudo com profunda atenção e, achando o episódio muito estranho, mudou de assunto. Na volta, mandou que lhe preparassem a carruagem e, apesar dos insistentes pedidos de Kirila Pietróvitch para que pernoitasse ali, partiu logo após o chá. Antes disso, porém, pediu a Kirila Pietróvitch que lhe fizesse uma visita com Mária Kirílovna, e o orgulhoso Troiekurov concordou, pois, levando em consideração o título de príncipe, duas condecorações e as 3 mil almas da propriedade herdada, considerava-o até certo ponto como seu igual.

Dois dias após aquela visita, Kirila Pietróvitch foi com a filha à casa dele. Aproximando-se de Arbátovo, não pôde deixar de admirar as limpas e alegres isbás dos camponeses e a casa de pedra do proprietário, construída em estilo de castelo inglês. Diante da casa, havia um denso campo verde, em que pastavam, tilintando os guizos, algumas vacas suíças. Um extenso parque rodeava completamente a casa. O dono recebeu os hóspedes junto à entrada e deu o braço à linda jovem. Entraram na sala magnífica, onde estava posta a mesa com três talheres. O príncipe levou-os até a janela, de onde se descortinou uma vista esplêndida. O Volga corria embaixo. Passavam barcaças de velas tesas e apareciam aqui e ali barcos de pescadores, tão expressivamente denominados "destrói-almas". Na margem oposta, estendiam-se campos e colinas, com algumas aldeias avivando a paisagem. Afastando--se da janela, foram ver a galeria de quadros comprados pelo príncipe no estrangeiro. Vieréiski foi explicando a Mária Kirílovna o tema de cada quadro, narrando a biografia do pintor e apontando qualidades e defeitos. Não falava de quadros com a linguagem convencional de um conhecedor pedante, mas com sentimento e imaginação. Mária Kirílovna ouvia-o com prazer. Foram à mesa. Troiekurov rendeu plena justiça aos vinhos do anfitrião e à arte do cozinheiro, enquanto Mária Kirílovna não sentia a menor timidez ou qualquer constrangimento ao palestrar com aquele homem que ela via pela segunda vez apenas. Depois do jantar, o dono da casa convidou-os para o jardim. Tomaram café num caramanchão, à margem de um lago bem amplo, semeado de ilhas. De repente, ressoaram instrumentos de sopro, e um barco de seis remos arribou junto ao caramanchão. Foram passear no lago e visitaram algumas ilhas. Numa delas, encontraram uma estátua de mármore, noutra uma caverna solitária, numa terceira um monumento com uma inscrição misteriosa, e esta excitou em Mária Kirílovna a curiosidade de moça, que não se saciou plenamente com as respostas evasivas do príncipe; o tempo passou imperceptivelmente. Começou a escurecer. Com o pretexto do frio e da umidade, o príncipe apressou--se a voltar para casa, onde os esperava o samovar. Ele dirigiu-se a Mária Kirílovna, pedindo-lhe que fizesse o papel de dona em casa de um velho solteirão. Ela foi enchendo as xícaras, ouvindo ao mesmo tempo as histórias inesgotáveis do amável tagarela; de repente, ouviu-se um estrondo, e um foguete riscou o céu. O príncipe estendeu o xale a Mária Kirílovna e chamou-a, junto com Troiekurov, para o balcão. Diante da casa, na treva, faiscaram fogos multicores, redemoinharam, ergueram-se para o ar qual espigas ou palmeiras, esguicharam como repuxos, caíram como chuva de estrelas, apagaram-se e de novo se acenderam. Mária Kirílovna divertia-se como uma criança. O príncipe Vieréiski alegrava-se com o seu arrebatamento, e Troiekurov estava muito satisfeito com ele, pois recebia *tous les frais* do príncipe como sinal de respeito e desejo de agradar.

A ceia não foi menos digna que o jantar. Os hóspedes recolheram-se aos aposentos e, no dia seguinte pela manhã, despediram-se do amável anfitrião, fazendo-se reciprocamente a promessa de tornarem a encontrar-se em breve.

Capítulo XIV

Mária Kirílovna estava sentada em seu quarto, bordando num bastidor, diante da janela aberta. Ela não confundia as linhas, como a amante de Conrado,[31] que, em sua distração amorosa, bordara uma rosa com seda verde. A sua agulha repetia sobre a talagarça, sem um erro, o desenho original. Mas, apesar disso, os seus pensamentos não acompanhavam o trabalho e estavam longe.

De repente, um braço apareceu furtivamente no caixilho da janela, pôs uma carta sobre o bastidor e desapareceu, antes que Mária Kirílovna viesse a si. No mesmo instante, um criado entrou e disse que Kirila Pietróvitch a chamava. Com mão trêmula, escondeu a carta sob o lenço que trazia amarrado ao pescoço, e foi depressa ao gabinete do pai.

Kirila Pietróvitch não estava sozinho, mas sim em companhia do príncipe Vieréiski. Quando Mária Kirílovna entrou, o príncipe se ergueu e inclinou o busto em silêncio, com uma perturbação que não lhe era habitual.

— Vem cá, Macha — disse Kirila Pietróvitch. — Vou dar-te uma notícia que, segundo espero, te dará prazer. Eis o teu noivo, o príncipe está pedindo a tua mão.

---

[31] O herói do poema "Konrad Wallenrod", do poeta polonês Adam Mickiewicz (1798-1855).

Dubróvski 131

Macha ficou como que petrificada. Uma palidez mortal cobriu-lhe o rosto, e ela permaneceu sem dizer palavra. O príncipe aproximou-se dela, tomou-lhe a mão e perguntou-lhe comovido se concordava em fazer sua felicidade. Macha permanecia calada.

— Naturalmente concorda — disse Kirila Pietróvitch. — Mas, sabes? príncipe, para uma jovem é difícil pronunciar esta palavra. Bem, meus filhos, beijem-se e sejam felizes.

Macha continuava imóvel, o velho príncipe beijou-lhe a mão, de repente lágrimas correram pelo rosto pálido da moça. O príncipe franziu ligeiramente o sobrecenho.

— Vai embora, anda! — disse Kirila Pietróvitch. — Seca as tuas lágrimas e volta alegre para junto de nós. Todas elas choram por ocasião do noivado — prosseguiu, dirigindo-se a Vieréiski —, já é uma praxe estabelecida entre elas... Agora, príncipe, vamos conversar de negócios. Isto é, tratar do dote.

Mária Kirílovna aproveitou sofregamente a permissão de se afastar. Correu para o quarto, trancou a porta e deu livre curso às lágrimas, imaginando-se já esposa do velho príncipe, que lhe pareceu, de repente, odioso e repugnante... O casamento assustava-a como o cadafalso, como a morte... "Não! Não! — repetia desesperada. — É melhor morrer ou ir para um convento, ou casar-me com Dubróvski." Nesse momento, lembrou-se da carta e começou a lê-la sofregamente, adivinhando que era dele. Com efeito, fora escrita por Dubróvski e continha apenas as seguintes palavras:

"Às dez da noite, no mesmo lugar."

CAPÍTULO XV

Brilhava a lua, quieta era a noite de aldeia, de quando em quando soprava um vento leve e um murmúrio abafado percorria o jardim.

A linda moça aproximou-se como leve sombra do lugar marcado para a entrevista. Ainda não se via ninguém, quando Dubróvski surgiu de súbito de trás do caramanchão e parou diante dela.

— Eu sei tudo — disse ele com voz triste e abafada. — Lembre-se da sua promessa.

— O senhor me oferece a sua proteção? — replicou Macha. — Mas, por favor, não se zangue; ela me assusta. De que modo poderá ajudar-me?

— Eu poderia livrá-la do homem odioso.

— Pelo amor de Deus, se me ama de verdade, não se atreva a tocar nele. Não quero causar algo horrível...

— Não tocarei nele, o seu desejo é sagrado para mim. A senhorita lhe salvou a vida. Uma ação má jamais será praticada em seu nome. Deve permanecer pura mesmo em meus crimes. Mas, como poderei salvá-la do seu impiedoso pai?

— Ainda há uma esperança. Espero comovê-lo com as minhas lágrimas e o meu desespero. Ele é teimoso, mas tem adoração por mim.

— Não alimente esperanças vãs: nessas lágrimas, ele há de ver apenas o temor habitual e a repugnância comum a todas as mocinhas que não se casam por paixão, mas por um cálculo sensato; mas, o que será se ele meter na cabeça a ideia de fazê-la feliz, mesmo contrariando a sua vontade, se for levada à força para o altar, a fim de confiar a sua sorte ao velho marido?

— Nesse caso, nada me resta fazer, venha buscar-me, e serei sua esposa.

Dubróvski ficou trêmulo, o seu rosto pálido cobriu-se de rubor e, um instante depois, estava ainda mais pálido que antes. Permaneceu muito tempo em silêncio, a cabeça baixa.

— Reúna todas as forças da sua alma para implorar a seu pai, atire-se aos seus pés. Apresente-lhe todo o horror da sua situação futura: a sua mocidade fanando-se ao lado do velho débil e devasso, decida-se à explicação cruel: diga-lhe que, se ele se mantiver inflexível... a senhorita saberá encontrar uma proteção terrível... Diga-lhe que a riqueza não lhe dará um instante sequer de felicidade: o luxo pode consolar apenas a pobreza, assim mesmo por falta de hábito e por um único momento; não cesse de implorar, enquanto houver a sombra sequer de uma esperança, e não se assuste nem com a sua cólera, nem com as ameaças, pelo amor de Deus, não esmoreça. Mas, se não houver outro recurso... Dubróvski fechou o rosto com as mãos, parecia sufocar. Macha estava chorando...

— Pobre sina a minha! — disse ele, com um suspiro amargo. — Eu daria a vida pela senhorita. Vê-la de longe, tocar de leve a sua mão, inebriavam-me. E quando se abre para mim a possibilidade de apertá-la contra o meu agitado coração e dizer-lhe: Anjo, morramos! — pobre de mim! — devo precaver-me contra a felicidade, devo repeli-la com todas as minhas forças. Não ouso cair aos seus pés e agradecer ao céu o prêmio incompreensível que não mereci. Oh! como devo odiar aquele... sinto, porém, que em meu coração não há mais lugar para o ódio.

Abraçou-lhe suavemente a cintura esbelta e apertou-a de leve contra o coração. Confiante, ela pôs a cabeça no ombro do jovem bandoleiro. Ambos se calavam.

O tempo voava. "Tenho de ir" — disse finalmente Macha. Dubróvski pareceu acordar de um sono profundo. Tomou-lhe a mão e pôs um anel no seu dedo.

— Se resolver pedir o meu auxílio — disse ele —, traga o anel até aqui e coloque-o no vazio deste carvalho. Saberei o que fazer.

Dubróvski beijou-lhe a mão e desapareceu entre as árvores.

Capítulo XVI

O noivado do príncipe Vieréiski não era mais segredo para a vizinhança. Kirila Pietróvitch recebia congratulações, preparava-se o casamento. Macha adiava sempre a explicação decisiva. No entanto, tratava o velho noivo com frieza e constrangimento, o que não preocupava o príncipe. Não podendo contar com o amor, satisfazia-se com o seu mudo assentimento.

Mas o tempo passava. Macha finalmente se decidiu a agir e escreveu uma carta ao príncipe Vieréiski; ela procurava despertar em seu coração um sentimento de generosidade, confessava abertamente que não tinha por ele qualquer afeição, e implorava-lhe que desistisse da sua mão e até a protegesse contra o poder de seu pai. Entregou furtivamente a carta ao príncipe, que a leu ao ficar sozinho e não se comoveu um pouco sequer com a franqueza de sua noiva. Ao contrário, viu a necessidade de apressar o casamento e, para tal fim, julgou necessário mostrar a carta ao futuro sogro.

Kirila Pietróvitch ficou furioso; a muito custo, o príncipe convenceu-o a fingir diante de Macha que não sabia da sua carta. Kirila Pietróvitch concordou em não dizer nada a ela, mas resolveu não perder tempo e marcou o casamento para o dia seguinte. O príncipe considerou tal decisão muito sensata e foi conversar com a noiva. Disse-lhe que a carta o deixara muito triste, mas que ele esperava merecer com o tempo a sua afeição, que a ideia de renunciar a ela era-lhe por demais penosa e que não tinha forças para concordar com a sua própria condenação à morte. Dito isso, beijou-lhe respeitosamente a mão e partiu sem lhe dizer nada sobre a decisão de Kirila Pietróvitch.

No entanto, mal o seu carro deixara o pátio, Kirila Pietróvitch entrou no quarto da filha e lhe ordenou que se aprontasse para o dia seguinte. Mária Kirílovna, que estava perturbada com a explicação do príncipe Vieréiski, caiu em pranto e atirou-se aos pés do pai.

— Papaizinho — gritou ela com voz chorosa. — Papaizinho, não cause a minha perdição, eu não amo o príncipe, não quero ser sua esposa...

— O que significa isto? — disse severamente Kirila Pietróvitch. — Até agora, permaneceste calada e estiveste de acordo, mas, quando já está tudo decidido, inventas esses caprichos e recusas. Deixa de lado essas bobagens, pois desse modo não conseguirás nada comigo.

— Não cause a minha perdição! — repetia a pobre Macha. — Por que me expulsa da sua casa e me entrega a um homem que eu não amo? Está cansado de mim? Eu quero ficar com o senhor como até agora. Papaizinho, vai ficar triste sem mim, e sua tristeza será ainda maior quando souber que sou infeliz. Não me obrigue, papaizinho: eu não quero casar...

Kirila Pietróvitch estava comovido, mas escondeu a perturbação e, afastando-a com violência, disse severamente:

— Tudo isso é tolice, estás ouvindo? Sei melhor que tu o que é preciso para a tua felicidade. As lágrimas não te adiantarão, o teu casamento será depois de amanhã.

— Depois de amanhã! — exclamou Macha. — Meu Deus! Não, não, é impossível, isso não se dará. Escute, papaizinho, se o senhor está decidido a me destruir, eu hei de encontrar um defensor do qual o senhor nem suspeita. Ficará horrorizado quando vir o que me obriga a fazer.

— O quê? O quê? — disse Troiekurov. — Ameaças! Ameaças a mim? Meninota atrevida! Sabes que farei contigo algo que nem imaginas? Ousas ameaçar-me com um defensor! Vamos ver quem será este defensor.

— Vladímir Dubróvski — respondeu Macha desesperada.

Kirila Pietróvitch pensou que ela enlouquecera e olhava-a surpreendido.

— Está bem! — disse, depois de um silêncio. — Espera

a quem quiseres para te libertar, mas por enquanto, fica neste quarto, não sairás dele até o casamento.

Dito isso, Kirila Pietróvitch saiu, trancando atrás de si a porta.

A pobre moça ficou chorando muito tempo, imaginando tudo o que a esperava. Mas a explicação tempestuosa aliviara-lhe o coração, e ela pôde refletir mais calmamente sobre a sua sorte e o que devia fazer. O principal era livrar-se do casamento odioso; ser esposa de um bandido parecia-lhe um paraíso, em comparação com o que lhe haviam preparado. Olhou para o anel que Dubróvski lhe deixara. Desejava ardentemente vê-lo a sós e aconselhar-se demoradamente com ele mais uma vez, antes do momento decisivo.

O pressentimento lhe dizia que naquela noite haveria de encontrar Dubróvski no jardim, junto ao caramanchão: decidiu ir esperá-lo ali apenas escurecesse. Chegou o anoitecer. Macha se preparou, mas a porta estava trancada. A criada respondia do outro lado que Kirila Pietróvitch dera ordem para não a deixarem sair. Estava prisioneira. Profundamente ofendida, sentou-se sob a janela, e ficou ali, sem se despir, até altas horas da noite, olhando o céu escuro. De madrugada, caiu em modorra, mas o seu sono leve foi perturbado por tristes visões, e ela despertou com os primeiros raios de sol.

Capítulo XVII

Acordou e, com o primeiro pensamento, apresentou-se-lhe todo o horror da sua situação. Tocou a campainha, entrou a empregada e respondeu às suas perguntas que, de noite, Kirila Pietróvitch fora a Arbátovo, voltando de lá bem tarde, com a ordem severa de que não a deixassem sair do quarto e vigiassem-na, não permitindo a ninguém falar com ela; disse também que não se viam quaisquer preparativos especiais para o casamento, a não ser a ordem dada ao pope para que não se afastasse da aldeia sob pretexto algum. Transmitidas estas notícias, a criada deixou Mária Kirílovna e fechou novamente a porta.

As suas palavras exasperaram a jovem enclausurada, fervia-lhe a cabeça, agitava-se-lhe o sangue, ela decidiu informar Dubróvski de tudo, e ficou procurando um meio de mandar o anel para o oco do carvalho secreto; naquele instante, uma pedrinha bateu no vidro da janela, e, olhando para o pátio, Mária Kirílovna viu o pequeno Sacha, que lhe fazia sinais. Sabia do seu afeto por ela e ficou muito contente de vê-lo. Abriu a janela.

— Bom dia, Sacha. Por que me estás chamando?

— Vim saber, irmãzinha, se não precisas de alguma coisa. Papaizinho está zangado e deu ordem para ninguém te obedecer. Mas, se queres que eu faça alguma coisa, é só dizer.

— Obrigada, meu querido Sáchenka.[32] Escuta: conheces aquele velho carvalho, com uma parte oca, lá perto do caramanchão?

— Conheço, maninha.

— Pois bem, se gostas de mim, corre depressa até lá e coloca este anel naquele oco. Mas toma cuidado para que ninguém te veja.

Atirou-lhe o anel e fechou a janela.

O menino levantou o anel, pôs-se a correr com todo o fôlego, e em poucos instantes chegou à árvore secreta. Parou ofegante, olhou em todas as direções e colocou o anel no oco do carvalho. Concluída com êxito a sua missão, quis ir imediatamente relatar tudo a Mária Kirílovna, quando surgiu de repente, de trás do caramanchão, um moleque ruivo, zarolho e esfarrapado, que foi correndo até o carvalho e enfiou a mão no oco. Sacha atirou-se a ele mais rápido que um esquilo e agarrou-o com ambas as mãos.

---

[32] Outro diminutivo de Aleksandr.

— O que fazes aqui? — disse com severidade.

— É da tua conta? — retrucou o moleque, procurando livrar-se dele

— Deixa este anel, lebre ruiva — gritou Sacha —, ou eu vou castigar-te à minha moda!

Em vez de responder, o outro lhe deu um soco no rosto. Mas Sacha não o deixou escapar e gritou a plenos pulmões: "Ladrões! Ladrões! Aqui! Aqui!".

O moleque fazia força para se livrar. Era, segundo parecia, dois anos mais velho que Sacha e muito mais forte que ele, mas Sacha era mais ágil. Lutaram alguns minutos e, finalmente, o menino ruivo o derrotou. Derrubou Sacha ao solo e apertou-lhe a garganta.

Mas, naquele instante, uma robusta mão agarrou-o pelos cabelos ruivos e cerdosos, e o jardineiro Stiepan ergueu-o a meio *archin*[33] acima do solo.

— Animal ruivo! — disse o jardineiro. — Como te atreves a bater no senhorzinho?...

Sacha ergueu-se num salto e se arrumou.

— Tu me agarraste à traição — disse ele —, senão, nunca me derrubavas. Devolve-me já o anel e vai embora.

— Como não? — replicou o menino ruivo e, de repente, virou-se sobre os calcanhares e libertou as suas cerdas das mãos de Stiepan. Pôs-se a correr, mas Sacha alcançou-o, golpeou-lhe as costas e derrubou-o. O jardineiro agarrou-o novamente e amarrou-o com o seu cinto de pano.

— Devolve o anel! — gritou Sacha.

— Espera, patrão — disse Stiepan —, vamos levá-lo ao administrador para ajustar contas.

O jardineiro conduziu o prisioneiro para o pátio da casa, e Sacha acompanhou-o, olhando com inquietação para

---

[33] Medida russa correspondente a 71 cm.

as calças largas rasgadas e sujas de verde. De repente, os três se encontraram com Kirila Pietróvitch, que ia inspecionar a cocheira.

— O que é isso? — perguntou ele a Stiepan.

O jardineiro descreveu em poucas palavras o ocorrido. Kirila Pietróvitch ouviu-o com atenção.

— Seu moleque travesso! — disse ele, dirigindo-se a Sacha — Por que brigaste com ele?

— Ele roubou o anel do oco do carvalho, papaizinho. Mande devolver o anel...

— Que anel? De que carvalho?

— É que... Mária Kirílovna... aquele anel...

Sacha ficou perturbado. Kirila Pietróvitch franziu o sobrecenho e disse, meneando a cabeça:

— Aqui está implicada Mária Kirílovna. Confessa tudo, senão vou açoitar-te tanto que não reconhecerás ninguém.

— Juro por Deus, papaizinho, eu, papaizinho... Mária Kirílovna não me mandou fazer nada.

— Stiepan! Vai cortar um bom açoite fresco de bétula...

— Espere, papaizinho, vou contar tudo. Eu estava correndo pelo pátio, quando a maninha Mária Kirílovna abriu a janela, eu corri até lá, ela deixou cair o anel sem querer, e eu o escondi no vazio do carvalho, e... este menino ruivo queria roubar o anel...

— Ela não o deixou cair sem querer, mas tu é que quiseste esconder... Stiepan, vai apanhar os açoites.

— Papaizinho, espere, vou contar tudo. A maninha Mária Kirílovna mandou-me correr até o carvalho, para colocar o anel naquele vazio, eu corri e pus o anel, mas este menino ruim...

Kirila Pietróvitch dirigiu-se ao menino ruim e perguntou--lhe severamente.

— De quem és?

— Sou criado dos senhores Dubróvski — respondeu ele.

O rosto de Kirila Pietróvitch ficou sombrio.

— Ao que parece, não me reconheces como senhor, está bem. Mas o que fazias no meu jardim?

— Estava roubando framboesas — respondeu o menino com grande indiferença.

— Muito bem! O criado saiu ao patrão. Mas será que a minha framboesa nasce nos carvalhos?

O menino não respondia palavra.

— Papaizinho, mande que ele devolva o anel — disse Sacha.

— Fica quieto, Aleksandr — respondeu Kirila Pietróvitch. — Não te esqueças de que estou me preparando para ajustar contas contigo. Vai para o teu quarto. Olha, vesgo, tu me pareces um menino esperto. Devolve o anel e vai para casa.

O menino abriu a palma da mão, para mostrar que não tinha nada.

— Se me confessares tudo, não te vou açoitar e ainda te darei cinco copeques para nozes. Senão, vou fazer contigo uma coisa que não esperas. O que dizes?

O menino continuava sem responder, a cabeça baixa e um ar de verdadeiro imbecil.

— Bem! — disse Kirila Pietróvitch. — Tranquem-no em alguma parte e tomem cuidado para que não fuja, senão vou tirar o couro de todos aqui em casa.

Stiepan levou o menino para o pombal, onde o trancou, deixando para vigiá-lo a velha Agáfia, tratadora de aves.

— Deve-se ir imediatamente à cidade, para chamar o *isprávnik* — disse Kirila Pietróvitch, depois de seguir o menino com os olhos —, sim, o quanto antes.

"Não pode haver dúvida. Ela comunicou-se com o maldito Dubróvski. Será possível que ela o chamou realmente em seu auxílio? — pensou Kirila Pietróvitch, caminhando pelo quarto e assobiando zangado o "Reboa, trovão!" Talvez eu tenha encontrado o seu rasto ainda quente, e ele não nos es-

cape. Vamos aproveitar esta oportunidade... Estou ouvindo um guizo. Graças a Deus, é o *isprávnik*."
— Eh! Tragam já o menino que apanhamos.
Nesse ínterim, a telega penetrou no pátio e o *isprávnik* nosso conhecido entrou na sala, coberto de poeira.
— Uma grande notícia! — disse Kirila Pietróvitch. — Eu apanhei Dubróvski.
— Deus seja louvado, Excelência! — retrucou alegre o *isprávnik*. — Mas onde ele está?
— Isto é, não se trata propriamente de Dubróvski, mas de um do seu bando. Vão já trazê-lo para cá. Ele nos ajudará a apanhar o próprio chefe. Aqui está.

O *isprávnik*, que esperava um bandido terrível, ficou surpreendido ao ver um menino de treze anos, bastante franzino. Dirigiu-se perplexo a Kirila Pietróvitch, esperando uma explicação. Kirila Pietróvitch passou a descrever a ocorrência daquela manhã, mas sem citar o nome de Mária Kirílovna.

O *isprávnik* ouviu-o com atenção, olhando a todo momento para o pequeno velhaco, que, fingindo-se de bobo, parecia não prestar atenção alguma ao que ocorria em volta.

— Permita-me, Excelência, conversar com o senhor a sós — disse finalmente o *isprávnik*.

Kirila Pietróvltch conduziu-o para outro quarto, trancando a porta.

Meia hora depois, voltaram à sala, onde o prisioneiro esperava que decidissem o seu destino.

— O patrão queria — disse-lhe o *isprávnik* — mandar--te para a prisão da cidade, açoitar-te bem e enviar-te depois para uma região distante, mas eu consegui o teu perdão. Desamarrem-no.

O menino foi desamarrado.

— Agradeça ao patrão — disse o *isprávnik*.

O menino foi até Kirila Pietróvitch e beijou-lhe a mão.

— Vai para casa — disse-lhe Kirila Pietróvitch — e nunca mais roubes framboesas no vazio de um carvalho.

O menino saiu, pulou alegremente do patamar da escada e correu pelo campo, na direção de Kistiênievka, sem olhar para trás. Chegando à aldeia, parou junto a uma choupana quase derruída, a primeira à entrada do povoado, e bateu na janela; levantada a vidraça, apareceu uma velha.

— Vovozinha, pão! — disse o menino. — Não comi nada desde manhã, e estou morrendo de fome.

— Ah, és tu, Mítia![34] Mas onde estiveste esse tempo todo, diabinho? — replicou a velha.

— Contarei depois, vovó. Quero pão, pelo amor de Deus.

— Entra antes em casa.

— Não tenho tempo, vovó. Preciso correr para mais um lugar. Pão, pelas chagas de Cristo, pão.

— Tens o diabo no corpo — resmungou a velha —, toma este pedaço — estendeu-lhe pela janela um pedaço de pão preto.

O menino mordeu-o sofregamente e, mastigando sempre, saiu depressa.

Começava a escurecer. Mítia avançou por hortas e secadouros de trigo para o bosque de Kistiênievka. Chegando até dois pinheiros, que pareciam guardas avançados do bosque, parou, olhou para os lados, soltou um assobio penetrante e sacudido, e ficou à escuta; ouviu-se em resposta um assobio leve e prolongado, alguém saiu do bosque e aproximou-se dele.

Capítulo XVIII

Kirila Pietróvitch caminhava pela sala, assobiando a sua canção mais alto que de costume; toda a casa estava em alvoroço, criados e moças corriam de um lado para outro, no

---

[34] Diminutivo de Dmítri.

alpendre, os cocheiros preparavam uma carruagem, havia gente aglomerada no pátio. No quarto de vestir da moça, uma senhora cercada de criadas arrumava diante do espelho a pálida e imóvel Mária Kirílovna, a cabeça pendia-lhe lânguida ao peso dos brilhantes, e ela estremecia ligeiramente quando uma mão descuidada picava-a com um alfinete, mas permanecia calada, olhando distraída para o espelho.

— Falta muito? — ressoou junto à porta a voz de Kirila Pietróvitch.

— É só um instante! — respondeu a senhora. — Mária Kirílovna, levante-se, veja se está bem.

Mária Kirílovna levantou-se, mas não respondeu nada. Abriu-se a porta.

— A noiva está pronta — disse a senhora a Kirila Pietróvitch —, pode mandar vir o carro.

— Que vá com Deus! — respondeu Kirila Pietróvitch e, tomando sobre a mesa um ícone, disse, a voz comovida: — Vem cá, Macha. Abençoo-te...

A pobre moça caiu-lhe aos pés e rompeu em soluços.

— Papaizinho... papaizinho... — dizia ela em prantos, a voz desfalecendo. Kirila Pietróvitch terminou apressadamente a bênção. Levantaram-na e quase a carregaram para a carruagem. Sentaram-se com ela a madrinha de casamento e uma das criadas. Dirigiram-se para a igreja, onde as esperava o noivo. Este foi ao encontro da noiva e ficou surpreendido com a sua palidez e ar estranho. Entraram juntos na igreja fria e deserta, a porta fechou-se atrás deles. O sacerdote saiu de trás do altar e deu início à cerimônia. Mária Kirílovna não via nem ouvia nada, tinha um só pensamento: desde aquela manhã, esperava Dubróvski. A esperança não a deixava um instante sequer. Todavia, quando o sacerdote se dirigiu a ela com as perguntas habituais, estremeceu e perturbou-se por completo, mas ainda procurava protelar, ainda esperava; sem aguardar a resposta, o sacerdote proferiu as palavras inapeláveis.

Terminara a cerimônia. Ela sentiu o beijo frio do esposo que não amava, ouviu as congratulações lisonjeiras dos presentes, mas ainda não podia crer que a sua vida estivesse acorrentada para sempre e que Dubróvski não viera libertá--la. O príncipe dirigiu-se à esposa com palavras carinhosas, mas ela não as compreendeu, saíram da igreja, os camponeses de Pokróvskoie agrupavam-se no adro. O olhar dela percorreu-os num relance e novamente voltou à indiferença primitiva. Os recém-casados sentaram-se na carruagem e foram para Arbátovo, para onde Kirila Pietróvitch se dirigira antes, a fim de esperá-los. A sós com a jovem esposa, o príncipe não se perturbou com a sua aparente frieza. Não a importunou com declarações adocicadas, nem com um êxtase ridículo, suas palavras eram simples e não exigiam resposta. Percorreram assim perto de dez verstas, os cavalos corriam depressa pela acidentada estrada secundária, e a carruagem quase não oscilava sobre as molas inglesas. De repente, ouviram-se gritos de perseguição, o carro parou e foi rodeado por uma turba de homens armados. Um mascarado abriu a portinhola do lado em que estava sentada a jovem princesa e lhe disse: "Está livre! Saia". "O que significa isto? — gritou o príncipe. — Quem és?..." — "É Dubróvski" — respondeu a princesa. O príncipe não perdeu a presença de espírito e, tirando do bolso lateral uma pistola de viagem, atirou no bandido mascarado. A princesa soltou um grito e, horrorizada, fechou o rosto com as mãos. Dubróvski estava ferido no ombro, o sangue escorria-lhe.

Sem perder um instante, o príncipe tirou outra pistola. Mas não lhe deram tempo de atirar, abriu-se a portinhola, e braços robustos agarraram-no, puxando-o para fora do carro e tirando-lhe a pistola. Lâminas faiscaram-lhe sobre a cabeça.

— Não toquem nele! — gritou Dubróvski, e os seus cúmplices terríveis recuaram.

— Está livre! — prosseguiu ele, dirigindo-se à pálida princesa.

— Não! — respondeu ela. — É tarde, estou casada, sou esposa do príncipe Vieréiski.

— O que diz! — gritou Dubróvski, desesperado. — Não, não é sua esposa, queriam obrigá-la, mas não podia ter concordado...

— Eu concordei, eu dei o juramento — replicou ela com firmeza. — O príncipe é meu marido, ordene que o libertem e me deixe com ele. Eu não enganei o senhor, pois esperei-o até o último instante... mas agora, eu lhe digo, é tarde. Deixe-nos partir.

Mas Dubróvski não a ouvia mais, a dor do seu ferimento e a grande perturbação tiraram-lhe as forças. Caiu junto à roda, e os bandoleiros rodearam-no. Conseguiu dizer-lhes algumas palavras, eles fizeram com que montasse um cavalo, dois deles o ampararam, um terceiro foi segurando as rédeas e todos partiram numa direção lateral, deixando a carruagem no meio da estrada, os criados amarrados e os cavalos desatrelados, mas sem ter pilhado nada ou derramado uma gota de sangue sequer, em vingança pelo sangue de seu chefe.

Capítulo XIX

Num prado estreito, na clareira de uma densa floresta, erguia-se pequena fortificação, que consistia em uma barreira de terra e um fosso, atrás dos quais se abrigavam alguns tugúrios e casinhas de terra.

Estavam sentados ali, junto ao panelão fraterno, muitos homens de cabeça descoberta, que, pela variedade dos trajes e pelo armamento, podiam ser identificados imediatamente como bandoleiros. Uma sentinela estava sentada de pernas encolhidas, sobre a barreira, junto a um pequeno canhão; pregava um remendo em certa parte do seu traje, manejando a agulha, com uma arte que denotava um alfaiate experiente, e a cada momento olhava em todas as direções.

Embora certo jarro passasse algumas vezes de mão em mão, reinava entre aquela multidão um silêncio estranho; os bandoleiros acabaram de almoçar, ergueram-se um após outro e rezaram a Deus, alguns espalharam-se pelos tugúrios, outros dispersaram-se na mata ou deitaram-se para dormir um pouco, segundo o costume russo. A sentinela terminou o trabalho, sacudiu os seus trapos, admirou o remendo feito, pregou a agulha na manga, sentou-se a cavalo sobre o canhão e entoou a plenos pulmões uma canção antiga e melancólica:

"*Não farfalhes minha mãe, floresta verde,
Não perturbes estes meus pensamentos.*"

Naquele instante, abriu-se a porta de um dos tugúrios e apareceu no umbral uma velha de touca branca, vestida com afetação e asseio. "Cala-te, Stiepka[35] — disse ela zangada. — O patrão está dormindo e tu não paras de gritar. Vocês não têm consciência nem coração." "Perdão, Iegórovna — respondeu Stiepka —, está bem, não vou mais cantar, que ele durma e sare logo." A velhinha afastou-se e Stiepka ficou caminhando sobre a barreira.

No tugúrio do qual saíra a velhinha, Dubróvski estava deitado numa cama de campanha, atrás de um tabique. Sobre a mesinha em frente dele estavam as suas pistolas, e o sabre pendia-lhe sobre a cabeça. O tugúrio tinha as paredes e o chão forrados de ricos tapetes. A um canto, ficavam a mesinha de toalete, com incrustações de prata, e um trenó. Dubróvski tinha nas mãos um livro aberto, mas seus olhos estavam cerrados. A velhinha, que o espiava de trás do tabique, não podia saber se estava dormindo ou apenas ficara pensativo.

De repente, ele estremeceu: havia tumulto na fortificação, e pouco depois Stiepka enfiou a cabeça pela janelinha.

[35] Diminutivo de Stiepan.

Dubróvski 147

"Paizinho Vladímir Andréievitch! — gritou ele. — Os nossos fazem sinais. Estão nos procurando." Dubróvski pulou da cama, apanhou as armas e saiu do barracão. Os bandoleiros agrupavam-se ruidosamente no pátio, e, quando ele apareceu, fez-se um silêncio profundo. "Todos estão aqui?" — perguntou Dubróvski. "Todos, com exceção dos vigias" — responderam. "Aos seus postos!" — gritou Dubróvski, e cada um correu para o lugar estabelecido. Nesse ínterim, três vigias acorreram ao portão. Dubróvski foi ao seu encontro. "O que há?" — perguntou ele. "Os soldados penetraram na mata — responderam — e estão nos cercando." Dubróvski mandou trancar o portão e foi examinar pessoalmente o canhãozinho. Algumas vozes ressoaram na mata e foram-se aproximando; os bandoleiros continuavam esperando em silêncio. De repente, três ou quatro soldados apareceram nos vãos entre as árvores e imediatamente recuaram, avisando com tiros os companheiros. "Preparem-se para o combate!" — disse Dubróvski, e houve rebuliço entre os bandoleiros, seguido de novo silêncio. Ouviu-se então o ruído do destacamento que se aproximava, armas brancas faiscaram entre as árvores, uns cento e cinquenta soldados se atiraram para fora da mata e correram gritando para o fosso. Dubróvski acendeu a mecha, o tiro foi muito feliz: um homem teve a cabeça decepada, outros dois ficaram feridos. Houve confusão entre os soldados, mas o oficial lançou-se para a frente, os soldados seguiram-no e desceram para o fundo do fosso; os bandoleiros atiraram neles de fuzil e de pistola, e passaram a defender com machados a barreira, assaltada pelos soldados enfurecidos, que deixaram no fosso cerca de vinte feridos. Começou uma luta corpo a corpo, os soldados já estavam sobre a barreira, e os bandoleiros começavam a recuar, mas Dubróvski acercou-se do oficial, pôs-lhe a pistola de encontro ao peito e atirou. O oficial caiu de bruços. Alguns soldados apanharam-no e carregaram-no apressadamente para a mata, os demais suspenderam o ataque. Os bandoleiros aproveitaram esse instante de indecisão e comprimiram os soldados no fundo do fosso, fizeram-nos correr e perseguiram-nos aos gritos. A vitória estava decidida. Confiando na derrota completa do inimigo, Dubróvski deteve os seus homens, recolheu-os à fortificação, dobrou os postos de sentinela, mandou recolher os feridos e deu ordem para ninguém se afastar.

Estes últimos acontecimentos chamaram seriamente a atenção do governo para as atrevidas rapinagens de Dubróvski. Colheram-se informações sobre o lugar em que se encontrava, e uma companhia de soldados foi enviada para trazê-lo vivo ou morto. Aprisionaram-se alguns homens do seu bando, e soube-se que Dubróvski não estava mais no grupo. Alguns dias após o ataque, reunira todos os cúmplices, declarando-lhes que tencionava deixá-los para sempre e aconselhando-os a mudar de vida também. "Vocês enriqueceram sob o meu comando; cada um está agora em condições de ir com segurança para alguma província longínqua e passar o resto dos seus dias na abundância, ocupando-se de trabalho honesto. Mas vocês são uns velhacos e, provavelmente, não vão largar a profissão." Depois deste discurso, deixou-os levando consigo apenas um companheiro. Ninguém sabia para onde fora. A princípio, duvidou-se da veracidade de tais depoimentos, pois era sabida a fidelidade dos bandoleiros ao seu chefe: supunha-se que eles cuidavam de salvá-lo. Mas os acontecimentos subsequentes confirmaram as suas declarações; cessaram os incêndios e os assaltos, e as estradas se tornaram seguras. De outras fontes, soube-se que Dubróvski fugira para o estrangeiro.[36]

---

[36] A narrativa se interrompe aqui (ver prefácio, p. 10). O tradutor tomou a liberdade de introduzir algumas alterações no texto da novela: suprimiu sua divisão em dois volumes, e considerou como oficial de infantaria o jovem Dubróvski, que no original também é referido como oficial de cavalaria.

A DAMA DE ESPADAS

> *Dama de espadas significa
> malevolência secreta.*
>
> O novíssimo livro do cartomante

I

> *Mas,
> tardes de borrasca —
> todos à tasca!*
>
> *Trucavam: cem mais cem!
> Que Deus no além
> lhes perdoe (Amém!).*
>
> *Apostas, riscos, bis!
> Quem ganha faz um x
> com giz.*
>
> *Tardes de borrasca.
> Encargos graves
> na tasca.*

De uma feita, jogava-se em casa de Narumov, oficial da cavalaria da guarda. A longa noite de inverno passou imperceptível; sentaram-se para cear depois das quatro da manhã. Os que saíram ganhando, comiam com grande apetite; os demais ficavam sentados, distraídos, diante dos pratos vazios. No entanto, apareceu champanha, a conversa animou-se e todos participaram dela.

— Como te saíste, Súrin? — perguntou o dono da casa.

— Perdi, como de costume. Devo confessar que não tenho sorte: jogo em *mirândol*,[1] nunca fico excitado, nada consegue me desnortear, e assim mesmo perco sempre!

---

[1] Termo de carteado da época. Jogar em *mirândol* significava fazer uma pequena aposta sobre duas cartas e, ganho o lance, dobrar a aposta.

— E não te deixaste seduzir nenhuma vez? Não apostaste em *rute*?...[2] Admiro-me de tua firmeza.

— E que dizer de Hermann?! — perguntou um dos presentes, indicando um jovem engenheiro[3] — Ele nunca segurou cartas nas mãos, nunca estabeleceu uma parada, e ei-lo que fica aqui conosco até as cinco da manhã, vendo-nos jogar.

— O jogo me interessa muito — disse Hermann —, mas sou incapaz de sacrificar o indispensável, na esperança de conseguir o supérfluo.

— Hermann é alemão e, portanto, calculista, eis tudo! — observou Tômski. — E se existe alguém que eu não compreendo em absoluto, é a minha avó, a condessa Ana Fiedótovna.

— Como? O quê? — gritaram os convivas.

— Não consigo atinar — prosseguiu Tômski — com as razões pelas quais a minha avó não faz as suas apostas!

— Mas o que há de surpreendente — disse Narumov — no fato de que uma velha de oitenta anos não faz apostas no carteado?

— Então, vocês não sabem nada a seu respeito?

— Não, palavra, absolutamente nada!

— Oh, neste caso, ouçam:

Devo dizer que a minha avó, uns sessenta anos atrás, viajou para Paris, e esteve lá em grande moda. Era seguida de verdadeira multidão, que procurava ver *la Vénus moscovite*; Richelieu arrastou-lhe a asa, e minha avó assegura que ele quase se suicidou por causa dela, tão cruel.

Naquele tempo, as senhoras jogavam faraó.[4] Certa vez, na corte, ela perdeu, sob palavra, ao duque de Orléans uma quantia avultada. Voltando para casa, enquanto desgrudava

---

[2] Significava apostar sempre na mesma carta.

[3] No caso, oficial da arma da engenharia.

[4] Antigo jogo de cartas.

as moscas do rosto e desamarrava as barbatanas, contou a vovô a sua perda no jogo e ordenou-lhe que a pagasse. Conforme estou lembrado, vovô era uma espécie de mordomo junto a vovó. Temia-a como ao fogo; todavia, ouvindo a notícia de uma perda assim terrível, ficou exasperado, trouxe um ábaco e demonstrou-lhe que, em meio ano, eles gastaram meio milhão, que não possuíam perto de Paris as suas aldeias de Moscou e de Saratov, e recusou-se pura e simplesmente ao pagamento. Vovó deu-lhe um bofetão e foi dormir sozinha, em sinal da sua má disposição com ele.

No dia seguinte, mandou chamar o marido, esperançosa de que o castigo caseiro tivesse surtido efeito, mas encontrou-o inflexível. Pela primeira vez na vida, ela chegou a argumentar e explicar-se com ele: procurou chamá-lo à razão, demonstrando-lhe com condescendência que há dívidas e dívidas, e que não se poderia proceder com um príncipe como se procederia com um carreteiro. Que nada! Meu avô estava em franca revolta. Só dizia não e não! Vovó não sabia o que fazer.

Ela conhecia intimamente uma pessoa muito admirável, vocês certamente já ouviram falar do conde de Saint-Germain, de quem se contam tantas maravilhas. Vocês sabem que ele se fazia passar pelo Judeu Errante, pelo inventor do elixir de longa vida, da pedra filosofal etc. Zombava-se dele como de um charlatão, e Casanova, nas suas memórias, diz que ele fazia espionagem; aliás, apesar do seu ar de mistério, Saint-Germain tinha aparência muito respeitável e, em sociedade, portava-se com grande gentileza. Vovó até hoje gosta dele até a loucura e fica zangada se alguém fala dele desrespeitosamente. Ela sabia que Saint-Germain podia dispor de muito dinheiro. Decidiu, pois, recorrer a ele. Escreveu-lhe um bilhete, pedindo que fosse vê-la imediatamente.

O velho original apareceu sem tardança e encontrou-a em terrível aflição. Ela descreveu-lhe com as cores mais negras a conduta bárbara do marido e disse por fim que depositava todas as esperanças na sua amizade e espírito prestativo.

Saint-Germain pôs-se a refletir.

"Posso fornecer-lhe esta quantia — disse ele —, mas sei que não sossegará, enquanto não ficar quites comigo, e eu não gostaria de lhe dar novos cuidados. Existe um outro meio: pode ganhar no jogo." — "Mas, meu caro conde — respondeu vovó —, eu lhe digo que nós não temos nenhum dinheiro." — "No caso, não se precisa de dinheiro — replicou Saint--Germain —, queira ouvir-me." E então revelou-lhe um segredo, pelo qual cada um de nós seria capaz de pagar muito... Os jovens jogadores redobraram a atenção. Tômski acendeu o cachimbo, aspirou a fumaça e prosseguiu.

Na mesma noite, vovó foi a Versalhes, *au jeu de la Reine*. Bancava o duque de Orléans; vovó desculpou-se livremente por não ter trazido o dinheiro da dívida, inventando para justificar-se uma pequena história, e começou a apostar contra ele. Escolheu três cartas, fazendo sucessivamente as apostas: todas as três ganharam, e vovó recuperou tudo o que perdera.

— Puro acaso! — disse um dos convivas.

— Balelas! — observou Hermann.

— As cartas não estavam marcadas? — acudiu um terceiro.

— Não creio — respondeu Tômski gravemente.

— Como! — disse Narumov. — Tens uma avó que adivinha três cartas seguidas, e até hoje não obtiveste dela o segredo cabalístico?

— Sim, com os diabos! — respondeu Tômski. — Ela teve quatro filhos, inclusive meu pai, todos jogadores inveterados, e a nenhum deles contou o segredo, embora isto não fosse mau para eles, e até para mim também. Mas eis o que me contou o meu tio, o conde Ivan Ilitch, e cuja veracidade me afiançou pela sua honra. O falecido Tchaplítzki, aquele mesmo que morreu na miséria, depois de esbanjar milhões, certa vez, quando jovem ainda, perdeu cerca de trezentos mil rublos, se não me engano, a Zóritch. Estava desesperado. Vovó, que sempre fora severa com as traquinices dos jovens, teve pena de Tchaplítzki. Deu-lhe três cartas, para que apostasse nelas seguidamente, e obteve dele a palavra de honra de que nunca mais jogaria. Tchaplítzki foi à casa do seu vencedor, e sentaram-se para jogar. Ele apostou cinquenta mil na primeira carta e ganhou; dobrou a parada e ganhou de novo; de maneira idêntica, saiu-se com a terceira carta — e assim pôde ressarcir o prejuízo e ainda obter lucro... Mas está na hora de dormir: já são quinze para as seis. Com efeito, o dia começava a clarear: os rapazes tomaram os derradeiros cálices e separaram-se.

II

— *Il paraît que monsieur est décidément pour les suivantes!*[5]
— *Que voulez-vous, madame? Elles sont plus fraîches.*

Conversa em sociedade

A velha condessa... estava no seu quarto de vestir, sentada em frente de um espelho. Cercavam-na três criaturas. Uma tinha na mão um pote de carmim, a outra uma caixa de grampos, a terceira uma touca alta, com fitas cor de fogo. A condessa não tinha qualquer pretensão de beleza, que já murchara havia muito, mas conservava todos os hábitos da sua mocidade, seguia a rigor as modas da década de 1770 e dedicava a trajar-se o mesmo cuidado e tempo de sessenta anos atrás. Uma jovem, sua pupila, estava sentada junto a um bastidor, perto da janela.

— Bom dia, *grand'maman* — disse entrando um jovem

[5] Em francês arcaico, *suivante* significava criada ou dama de companhia.

A dama de espadas 155

oficial. — *Bonjour, mademoiselle Lise. Grand'maman*, tenho um pedido a fazer à senhora.
— O que é, Paul?
— Permita-me apresentar-lhe um dos meus amigos e trazê-lo para o baile de sexta-feira.
— Traze-o diretamente para o baile, e então farás a apresentação. Estiveste ontem em casa de...?
— Como não?! Estava muito divertido; dançamos até as cinco. Como a Ieliétzkaia estava bonita!
— Ih, meu caro! O que há nela de bonito? Bem diferente era a avó, a condessa Dária Pietrovna... E a propósito: está muito envelhecida a condessa Dária Pietrovna?
— Como: envelhecida? — respondeu Tômski, distraído.
— Faz sete anos já que ela morreu.

A moça levantou a cabeça e fez um sinal ao rapaz. Ele se lembrou então de que estavam escondendo da velha condessa a morte das suas contemporâneas, e mordeu o lábio. Mas a condessa ouviu aquela notícia com grande indiferença.
— Morreu! — disse ela. — E eu nem sabia! Fomos nomeadas juntas damas de honra, e, quando nos apresentamos, a imperatriz...

E, pela centésima vez, contou ao neto a mesma história.
— Bem, Paul — disse ela em seguida —, ajuda-me agora a levantar-me. Lísanka,[6] onde está a minha tabaqueira?

E, acompanhada das suas criadas, a condessa foi para trás dos biombos a fim de terminar a toalete. Tômski ficou a sós com a moça.
— Quem é que o senhor quer apresentar? — perguntou baixo Lisavieta[7] Ivânovna.
— Narumov. Conhece-o?
— Não. É militar ou civil?
— Militar.

[6] Diminutivo de Ielisavieta (Elisabete).
[7] Outra forma de Ielisavieta.

— Da engenharia?
— Não! Da cavalaria. Mas, por que pensou que ele fosse da engenharia?

A moça riu e não respondeu.

— Paul! — gritou a condessa de trás dos biombos. — Manda-me algum romance que ainda não li, mas, por favor, que não seja dos novos.

— Como assim, *grand'maman*?

— Quero dizer: um romance em que o herói não estrangule o pai, nem a mãe, e em que não haja afogados. Eu tenho um medo terrível de afogados.

— Tais romances não existem mais. Não quer algum russo?

— Mas existem romances russos?... Manda-me um, meu caro, manda-me, por favor!

— Perdoe-me, *grand'maman*, estou com pressa... Perdoe-me, Lisavieta Ivânovna! Mas por que pensou que Narumov fosse da engenharia?

E Tômski saiu do quarto de vestir.

Lisavieta Ivânovna ficou sozinha; ela deixou o trabalho e pôs-se a olhar pela janela. Pouco depois, um jovem oficial apareceu, dobrando a casa da esquina. Um rubor cobriu as faces da moça; ela retomou o trabalho, quase encostando a cabeça à talagarça. Nesse ínterim, apareceu a condessa, que acabara de se vestir.

— Mande, Lísanka — disse ela —, atrelar a carruagem, e vamos passear.

Lísanka ergueu-se de junto do bastidor e começou a arrumar os petrechos.

— Que é isso? Minha mãe! Estás surda? — gritou a condessa. — Mande o quanto antes atrelar a carruagem.

— Já vou! — respondeu baixo a moça e correu para o vestíbulo.

Entrou um criado e entregou à condessa livros enviados pelo príncipe Páviel Aleksândrovitch.

— Está bem! Agradeça — disse a condessa. — Lísanka, Lísanka! Mas para onde estás correndo?
— Vestir-me.
— Ainda é cedo, meu bem. Senta-te aqui. Abre o primeiro volume; lê alto...
A moça apanhou o livro e leu algumas linhas.
— Mais alto! — disse a condessa. — O que te está acontecendo? Minha mãe! Estás rouca?... Espera um pouco: empurra o banquinho, mais perto de mim... vamos!
Lisavieta Ivânovna leu mais duas páginas. A condessa bocejou.
— Larga este livro — disse ela —, que tolices! Envia isto de volta ao príncipe Páviel e manda agradecer... Mas, onde está a carruagem?
— A carruagem está pronta — disse Lisavieta Ivânovna, depois de lançar um olhar para a rua.
— E por que não estás vestida? — disse a condessa. — Sempre tenho que te esperar! Isto é insuportável, meu bem.
Lisa[8] correu para o quarto. Não passaram nem dois minutos, e a condessa começou a tocar a campainha com toda a força. Três empregadas entraram correndo por uma porta, um lacaio por outra.
— Por que não se consegue fazer com que vocês apareçam? — perguntou-lhes a condessa. — Digam a Lisavieta Ivânovna que eu a estou esperando.
Lisavieta Ivânovna entrou de roupão e de chapéu pequeno.
— Finalmente, minha mãe! — disse a condessa. — Mas que trajes são esses?! Para que isto?... Para seduzir a quem?... E como está o tempo? Parece que há vento.
— Não, Vossa Alteza! O tempo está muito quieto! — respondeu o lacaio.
— Vocês sempre falam ao acaso! Abra um postigo. É

[8] Outro diminutivo de Ielisavieta.

isso mesmo: vento! E muito frio! Desatrelem a carruagem! Lísanka, nós não vamos mais: não precisava enfeitar-se.
"Eis a minha vida!" — pensou Lisavieta Ivânovna.

De fato, Lisavieta Ivânovna era uma criatura extremamente infeliz. É amargo o pão alheio, diz Dante, e penosos os degraus da porta de outrem,[9] e quem melhor pode conhecer a amargura da dependência que a pobre pupila de uma velha da alta nobreza? A condessa..., naturalmente, não tinha alma perversa; mas era voluntariosa, como uma mulher mimada pela sociedade, avarenta, e vivia imersa num frio egoísmo como todas as pessoas idosas que amaram muito em seu tempo e são estranhas à época presente. Ela participava de todos os divertimentos frívolos da alta sociedade, arrastava-se para os bailes, onde ficava sentada num canto, pintada de carmim e vestida à moda antiga, como um enfeite monstruoso e indispensável do salão de baile; os convidados que chegavam, aproximavam-se dela com profundas mesuras, como que seguindo um cerimonial preestabelecido, e depois ninguém mais se ocupava dela. Recebia em casa a cidade inteira, observando uma etiqueta severa e não reconhecendo nenhum dos visitantes. A sua numerosa criadagem, que engordara e envelhecera no seu vestíbulo e nos quartos dos fundos, fazia o que bem entendia porfiando em roubar a velha moribunda. Lisavieta Ivânovna era a mártir da casa. Ela servia o chá e era censurada pelos gastos excessivos de açúcar; lia alto romances, sendo culpada de todos os erros do autor; acompanhava a condessa nos passeios, e era responsável pelo tempo que fazia e pelo estado de conservação das ruas. Foi-lhe estabelecido um ordenado, que nunca se pagava na íntegra; e no entanto, exigia-se dela que se vestisse como todos, isto é, co-

---

[9] Alusão à *Divina comédia* — "Paradiso", XVII, 58-60:

Tu poverai sí come sa di sale
Il pane altrui e come è duro calle
Lo scendere e'l salir per l'altrui scale.

mo bem poucos. Na sociedade, ela desempenhava o mais lastimável dos papéis. Todos conheciam-na e ninguém a notava; nos bailes, dançava unicamente quando faltava um par, e as senhoras pegavam-na pelo braço, sempre que precisavam ir à toalete a fim de consertar algo no traje. Ela possuía amor-próprio, sentia vivamente a sua condição e sempre olhava em volta, esperando com impaciência o seu libertador; mas os rapazes, calculistas em sua vaidade de ventoinhas, não se dignavam a dispensar-lhe atenção, embora Lisavieta Ivânovna fosse cem vezes mais simpática do que as casadouras frias e impertinentes junto às quais eles borboleteavam. Quantas vezes, deixando sem ruído uma sala de visitas imponente e tediosa, ela ia chorar em seu pobre quarto, onde havia biombos forrados de papel de parede, uma cômoda, um pequeno espelho e uma cama pintada, e onde uma vela de sebo ardia sem muita luz num castiçal de cobre!

De uma feita — isto aconteceu dois dias depois da noite descrita no início desta novela, e uma semana antes da cena em que nos detivemos —, de uma feita, Lisavieta Ivânovna, sentada ao bastidor, sob a janela pequena, olhou sem querer para a rua e viu um jovem engenheiro, imóvel, os olhos dirigidos para a sua janela. Ela baixou a cabeça e ocupou-se novamente do seu trabalho; cinco minutos depois, tornou a olhar: o jovem oficial permanecia no mesmo ponto. Não tendo o hábito do coquetismo com oficiais transeuntes, ela deixou de olhar para a rua e ficou bordando perto de duas horas, sem levantar a cabeça. Serviram o jantar. Ela se levantou, começou a arrumar o seu bastidor e, olhando sem querer para a rua, viu novamente o oficial. Isto lhe pareceu bastante estranho. Depois do jantar, acercou-se da janela, com certo sentimento de inquietação, mas o oficial não estava mais ali, e ela o esqueceu...

Passados dois dias, saindo com a condessa para tomar a carruagem, ela tornou a vê-lo. Estava parado junto à própria entrada da casa, o rosto escondido na gola de castor: os seus olhos negros cintilavam sob o chapéu. Lisavieta Ivânovna assustou-se, sem saber por quê, e sentou-se na carruagem, presa de inexplicável palpitação.

Voltando para casa, correu para a janelinha — o oficial estava parado no lugar de sempre, os olhos fixos nela; a moça afastou-se, torturando-se de curiosidade e perturbada por um sentimento que lhe era completamente novo.

A partir de então, não passava dia sem que, numa hora determinada, o rapaz aparecesse sob as janelas da casa. Estabeleceram-se entre eles relações não combinadas previamente. Sentada com o seu trabalho, ela sentia a aproximação dele; erguia então a cabeça e olhava-o, cada dia mais prolongadamente. O rapaz parecia estar-lhe agradecido por isto: ela percebia com o olhar agudo da mocidade que um rubor cobria-lhe rapidamente as faces pálidas, toda vez que os seus olhares se encontravam. Depois de uma semana, ela sorriu-lhe...

Quando Tômski pediu à condessa autorização para apresentar-lhe um amigo, o coração da pobre moça pôs-se a bater. Mas, ao inteirar-se de que Narumov servia na cavalaria e não na engenharia, lamentou ter confessado, com aquela pergunta indiscreta, o seu segredo ao ventoinha Tômski.

Hermann era filho de um alemão russificado, que lhe deixara uma pequena herança. Estando firmemente convencido da necessidade de firmar a sua independência, não tocava nem nos juros daquele capital, vivia unicamente com o seu ordenado e não se permitia a menor extravagância. Aliás, era reservado e ambicioso, e os seus companheiros raramente tinham oportunidade de rir da sua excessiva economia. Possuía fortes paixões e imaginação esfogueada, mas a sua firmeza salvou-o dos habituais erros da mocidade. Assim, por exemplo, sendo um jogador inato, nunca pegava em cartas, pois calculara que os seus meios (conforme dizia) não lhe permitiam *sacrificar o indispensável, na esperança de obter o supérfluo*, e, no entanto, passava noites a fio junto às mesas de jogo e seguia com uma perturbação febril os diferentes lances.

A história das três cartas atuou-lhe fortemente sobre a imaginação, e não lhe saiu da cabeça a noite inteira. "E que tal — pensou à noitinha do dia seguinte, vagando por Petersburgo —, e que tal se a velha condessa me revelasse o seu segredo?! Que tal se me indicasse essas três cartas seguras?! Por que não tentar a minha felicidade?... Apresentar-me a ela, obter a sua benevolência, tornar-me talvez seu amante, mas, para tudo isto, se requer tempo, e ela tem oitenta e sete anos, pode morrer dentro de uma semana, dentro de dois dias!... E quanto à própria história, será digna de crédito?... Não! Cálculo, moderação e operosidade, eis as minhas três cartas seguras, eis o que há de triplicar, multiplicar por sete o meu capital, e o que me trará independência e tranquilidade!"

Raciocinando assim, foi parar numa das ruas principais de Petersburgo, diante de um prédio de construção antiga. A rua estava cheia de carruagens, que, uma após outra, dirigiam-se para a entrada iluminada do prédio. A cada instante, estendiam-se para fora das carruagens ora a perna esbelta de uma jovem linda, ora uma polaina barulhenta, ora uma meia listada e um sapato diplomático. Capas e peliças passavam rapidamente junto ao porteiro imponente. Hermann deteve-se.

— De quem é esta casa? — perguntou ele ao vigia que ficava na guarita da esquina.

— Da condessa... — respondeu o vigia.

Hermann ficou perturbado. A surpreendente história apresentou-se-lhe mais uma vez à imaginação. Pôs-se a caminhar junto à casa, pensando na dona e na sua extraordinária capacidade. Regressou tarde ao seu pacato cantinho; ficou muito tempo sem conseguir adormecer, e, quando o sono se apossou dele, sonhou com cartas, uma mesa verde, maços de cédulas e pilhas de moedas de ouro. Jogava uma carta após outra, dobrava decididamente as paradas, ganhava sem cessar, puxava para si o ouro e punha as cédulas no bolso. Acordando tarde, lamentou com um suspiro a perda da sua riqueza fantástica, foi novamente vaguear pela cidade e achou-se mais uma vez em frente da casa da condessa... Uma força ignota parecia atraí-lo para essa casa. Deteve-se e começou a olhar as janelas. Numa delas, viu uma cabecinha de cabelos pretos, inclinada provavelmente sobre um livro ou um trabalho manual. A cabeça levantou-se um pouco. Hermann viu um rostinho viçoso e olhos negros. Esse instante decidiu o seu destino.

III

> *Vous m'écrivez, mon ange, des lettres de quatre pages plus vite que je ne puis les lire.*
>
> De uma carta

Lisavieta Ivânovna mal teve tempo de tirar o roupão e o chapéu, quando a condessa mandou chamá-la e ordenou mais uma vez preparar a carruagem. Elas dirigiram-se para o carro. No mesmo instante em que dois lacaios suspendiam a velha e faziam-na passar pela portinhola, Lisavieta Ivânovna viu o seu engenheiro bem junto à roda; ele agarrou-lhe a mão; ela ainda não voltara a si do susto, quando o rapaz desapareceu, e a moça ficou com uma carta na mão. Escondeu-a dentro da luva e, no decorrer de todo o percurso, não viu nem ouviu nada. Na carruagem, a condessa costumava fazer a todo instante perguntas: quem foi que passou perto do nosso carro? Como se chama esta ponte? O que está escrito naquela placa? Desta vez, Lisavieta Ivânovna respondia sem nexo e fora de propósito, e deixou a condessa irritada.

— O que foi que te aconteceu? Minha mãe! É um estado de estupor? Tu não me ouves ou não me compreendes?... Graças a Deus, não deixo de rolar os meus erres e ainda não fiquei caduca!

Lisavieta Ivânovna não a ouvia. Ao voltarem para casa, correu para o quarto e tirou a carta de dentro da luva: o envelope não estava colado. Lisavieta Ivânovna leu a carta. Continha uma declaração de amor: era terna, respeitosa e tirada palavra por palavra de um romance alemão. Mas Lisavieta Ivânovna não sabia alemão e ficou muito contente.

No entanto, a carta inquietava-a ao extremo. Pela primeira vez, ela iniciava relações secretas e íntimas com um jovem. O atrevimento dele causava-lhe horror. Ela censurava-se a conduta irrefletida e não sabia o que fazer: deixar de sentar-se à janela e, com a sua desatenção, esfriar no jovem oficial o gosto por novas perseguições? Mandar-lhe de volta a carta? Responder-lhe fria e decididamente? Não tinha com quem se aconselhar, não possuía amiga nem conselheira. E Lisavieta Ivânovna resolveu responder à carta.

Sentou-se à escrivaninha, apanhou a pena, o papel, e ficou pensativa. Começou a carta algumas vezes, rasgando-a sempre: ora as expressões usadas pareciam-lhe demasiado condescendentes, ora muito cruéis. Finalmente, conseguiu escrever algumas linhas que a deixaram bem satisfeita. "Estou certa — escreveu ela — de que o senhor tem intenções sérias e que não pretendeu ofender-me com o seu ato impensado; mas as nossas relações não deveriam começar deste modo. Devolvo-lhe a sua carta e espero não ter no futuro motivos de queixa, devido a desrespeito imerecido."

No dia seguinte, vendo Hermann que caminhava na rua, Lisavieta Ivânovna ergueu-se de junto do seu bastidor, foi para a sala, abriu o postigo da janela e jogou a carta sobre a calçada, confiando na agilidade do jovem oficial. Hermann correu um pouco, levantou o envelope e entrou numa confeitaria. Arrancando o lacre, encontrou a sua carta e a resposta de Lisavieta Ivânovna. Era o que esperava, e voltou para casa, achando muito divertida a sua aventura.

Três dias depois, uma costureirinha jovem, de olhos vivos, trouxe para Lisavieta Ivânovna um bilhete da casa de modas. Lisavieta Ivânovna abriu-o sobressaltada, prevendo exigências de dinheiro, mas de repente reconheceu a letra de Hermann.

— Está enganada, benzinho — disse ela —, este bilhete não é para mim.

— Não, é para a senhora mesmo! — respondeu a desembaraçada moça, não escondendo um sorriso brejeiro. — Queira ler!

Lisavieta Ivânovna passou os olhos no bilhete. Hermann exigia uma entrevista.

— Não pode ser! — disse Lisavieta Ivânovna, assustada tanto com a premência do que se exigia dela quanto com o meio empregado. — Esta carta não deve ser para mim! — E rasgou-a em pedacinhos.

— Se a carta não era para a senhora, por que a rasgou? — disse a costureirinha. — Eu a devolveria a quem a enviou.

— Por favor, benzinho! — disse Lisavieta Ivânovna, abrasando-se após essa observação — Não me traga mais bilhetes. E diga àquele que lhe mandou fazer isto que ele deveria ter vergonha...

Mas Hermann não sossegou. Lisavieta Ivânovna recebia dele cartas diárias, ora desta ora daquela maneira. Elas não eram mais traduzidas do alemão. Hermann escrevia-as inspirado na paixão, e expressava-se na linguagem que lhe era própria; manifestava-se nelas tanto o incoercível dos seus desejos como a desordem de uma imaginação desenfreada. Lisavieta Ivânovna não pensava mais em mandá-las de volta; inebriava-se com elas; passou a responder-lhe, e os seus bilhetes tornavam-se cada vez mais longos e carinhosos. Finalmente, atirou-lhe pela janela a seguinte carta:

"*Hoje, há um baile na embaixada da... A condessa estará lá. Ficaremos no baile até umas duas horas. Eis a sua oportunidade de me encontrar a sós. Logo que a condessa partir, os criados provavelmente vão se dispersar, no vestíbulo ficará apenas o porteiro, mas também ele costuma ir depois para o seu cubículo. Venha às onze e meia. Vá di-*

retamente para a escada. Se encontrar alguém na antessala, pergunte se a condessa está em casa. Vão dizer-lhe que não — e então não haverá remédio. Terá que ir embora. Mas provavelmente não encontrará ninguém. As criadas costumam reunir-se todas no mesmo quarto. Da antessala, vá para a esquerda, sempre em frente, até o quarto da condessa. Neste, verá atrás de uns biombos duas portas pequenas: a da direita dá para o escritório, onde a condessa nunca entra; a da esquerda, para um corredor, e ali mesmo há uma escada estreita em caracol: ela leva ao meu quarto."

Esperando a hora marcada, Hermann fremia como um tigre. Às dez da noite, já estava diante da casa da condessa. Fazia um tempo horrível: o vento uivava, a neve molhada caía em grandes flocos, os lampiões espalhavam uma luz débil; as ruas estavam desertas. De raro em raro, um cocheiro arrastava-se com o seu esquálido rocim, procurando encontrar algum passageiro retardatário. Hermann estava de sobrecasaca, sem outro agasalho, não sentindo o vento nem a neve. Finalmente, trouxeram a carruagem da condessa. Hermann viu a velha encurvada sair amparada por uns lacaios, envolta numa peliça de zibelina, e depois aparecer furtivamente a sua pupila, de capa leve e com a cabeça enfeitada de flores naturais. A portinhola bateu. A carruagem rolou pesadamente sobre a neve fofa. O porteiro fechou a portinhola. As janelas se escureceram. Hermann pôs-se a caminhar junto à casa deserta; acercou-se do lampião e consultou o relógio — eram onze e vinte. Ficou sob o lampião, os olhos fixos no ponteiro, à espera dos minutos que faltavam. Às onze e meia em ponto, subiu para o patamar à entrada da casa e entrou no vestíbulo fortemente iluminado. O porteiro não estava ali. Hermann subiu correndo a escada, abriu a porta para a antessala e viu um criado que dormia sob uma lâmpada, numa poltrona antiga e suja. O rapaz passou por ele, com passo leve e firme. O salão e a sala de visitas estavam às escuras. A lâmpada da antessala iluminava-os fracamente. Hermann entrou no quarto de dormir. Uma lâmpada votiva de ouro brilhava fracamente diante de um oratório cheio de velhos ícones. Poltronas de damasco desbotado e divãs com travesseiros de penas e com dourados descascados estavam dispostos em triste simetria junto às paredes, forradas de papel chinês. Numa parede, havia dois retratos, pintados em Paris por Mme. Lebrun. Um deles representava um homem quarentão, corado e corpulento, de uniforme verde-claro e com uma condecoração; o outro, uma bela jovem, de nariz aquilino e com uma rosa nos cabelos empoados, levantados sobre as têmporas. Por todos os cantos, viam-se pastoras de porcelana, relógios de mesa fabricados pelo glorioso Leroy, caixinhas, carretéis de fitas e toda sorte de brinquedos de senhora, inventados no fim do século passado, a par do balão de Montgolfier e do magnetismo de Mesmer. Hermann foi para trás dos biombos. Havia ali uma pequena cama de ferro; à direita, ficava uma porta, que dava para o escritório; à esquerda, outra para o corredor. Hermann abriu-a, viu uma escada estreita em caracol, dando para o quarto da pobre pupila... Mas ele voltou e entrou no escritório escuro.

O tempo passava lentamente. Tudo estava em silêncio. Na sala de visitas, bateram as doze; em todos os quartos, os relógios bateram as doze, um após outro, e tudo tornou a silenciar. De pé, Hermann encostava-se à estufa fria. Estava tranquilo; o coração batia-lhe regularmente, como o de um homem que se decidiu a algo perigoso, mas indispensável. Os relógios bateram uma e duas da madrugada, e ele ouviu o som distante de uma carruagem. Apossou-se dele uma perturbação involuntária. A carruagem aproximou-se e parou. Ele ouviu o ruído do estribo que baixava. Houve agitação na casa. Uns criados correram, ressoaram vozes e a casa se iluminou. Três velhas criadas irromperam no quarto, e a condessa, mais morta do que viva, entrou e deixou-se cair numa poltrona Voltaire. Hermann espiava por uma fenda: Lisavieta Ivânovna passou junto a ele. Ouviu os seus passos apressados, nos degraus da escada de caracol. No coração dele, ressoou algo parecido com remorso, mas tornou a calar-se. Fez-se de pedra.

A condessa começou a despir-se em frente do espelho. Despregaram-lhe a touca, ornada de rosas; tiraram-lhe a peruca empoada da cabeça de cabelos brancos aparados rente. Os alfinetes choviam à sua volta. O vestido amarelo, bordado a prata, caiu aos seus pés inchados. Hermann foi testemunha dos mistérios repugnantes de sua toalete; finalmente, a condessa ficou de penteador e touca de dormir: nesse traje mais adequado à sua idade, ela parecia menos horrível e disforme.

A exemplo de todas as pessoas idosas, a condessa sofria de insônia. Depois de se despir, sentou-se à janela, em sua poltrona Voltaire, e mandou embora as criadas. Levaram dali as velas e o quarto ficou novamente iluminado apenas com a lâmpada votiva. A condessa estava sentada, toda amarela, movendo os lábios pendidos e balançando-se para direita e para esquerda. Os seus olhos baços expressavam absoluta ausência de pensamento; olhando-a, podia-se pensar que o movimento da horrenda anciã provinha não da sua vontade, mas da ação de uma corrente galvânica secreta.

De repente, aquele rosto de cadáver transformou-se inexplicavelmente. Os lábios deixaram de se mover, os olhos ficaram mais vivos: um homem desconhecido estava em frente da condessa.

— Não se assuste, pelo amor de Deus, não se assuste! — disse ele, em voz baixa, mas bem distinta. — Não pretendo fazer-lhe mal: venho implorar-lhe um favor.

A velha olhava-o em silêncio, e parecia não ouvir. Hermann imaginou que ela estivesse surda e, inclinando-se bem ao seu ouvido, repetiu-lhe o mesmo. A velha ainda se manteve calada.

— A senhora pode — prosseguiu Hermann — fazer a felicidade da minha vida, e isto não lhe custará nada: eu sei que a senhora pode adivinhar três cartas em seguida... Hermann calou-se. A condessa pareceu compreender o que se exigia dela; aparentemente, procurava palavras para responder.
— Isto foi uma brincadeira — disse ela afinal —, eu lhe juro! Uma simples brincadeira!
— Não se deve brincar com isto — replicou zangado Hermann. — Lembre-se de Tchaplítzki, a quem a senhora ajudou a recuperar o que perdera.
A condessa pareceu perturbada. Os seus traços expressaram uma viva emoção, mas logo ela recaiu em seu estado de insensibilidade.
— A senhora pode — prosseguiu Hermann — indicar-me essas três cartas seguras?
A condessa continuava calada; Hermann prosseguiu:
— Para quem vai guardar o seu segredo? Para os netos? Eles são ricos mesmo sem isto, e não conhecem o valor do dinheiro. Estas suas três cartas de nada adiantarão a um perdulário. Quem não sabe guardar a herança paterna, sempre acabará morrendo na miséria, apesar de quaisquer empenhos demoníacos. Eu não sou perdulário; conheço o valor do dinheiro. As suas três cartas não estarão perdidas comigo. Vamos!...
Esperou fremindo a sua resposta. A condessa calava-se sempre; Hermann ajoelhou-se.
— Se algum dia — disse ele — o seu coração conheceu o sentimento do amor, se a senhora lembra-se desses enlevos, se já sorriu ao menos uma vez ouvindo o choro do filho recém-nascido, se algo humano já pulsou em seu peito, eu lhe imploro, pelo amor de esposa, de amante, de mãe, por tudo o que existe de sagrado, não recuse o meu pedido! Desvende-me o seu segredo! De que lhe adianta?... Talvez ele esteja ligado a um pecado horrível, à perda da salvação eterna, a um pacto demoníaco... Pense um pouco: a senhora é velha: res-

ta-lhe pouco para viver — e eu estou disposto a tomar o seu pecado sobre a minha alma. Desvende-me apenas o seu segredo. Pense que a felicidade de um homem está nas suas mãos; que não somente eu, mas também os meus filhos, netos e bisnetos hão de abençoar a sua memória e venerá-la como um sacrário...
A velha não respondeu palavra.
Hermann levantou-se.
— Velha bruxa! — disse ele, cerrando os dentes. — Vou obrigá-la a responder...
Dito isto, tirou do bolso uma pistola.
Vendo a arma, a condessa manifestou pela segunda vez forte emoção. Balançou a cabeça e levantou o braço, como que se protegendo do tiro... Em seguida, caiu de costas... e ficou imóvel.
— Deixe de criançada — disse Hermann, tomando-lhe a mão. — Pergunto-lhe pela última vez: quer indicar-me as suas três cartas? Sim ou não?
A condessa não respondeu. Hermann percebeu que estava morta.

IV

7 Mai 18...
Homme sans moeurs et sans religion!
De uma carta

Lisavieta Ivânovna, ainda em traje de baile, estava sentada em seu quarto, imersa em profunda meditação. Assim que chegara, apressara-se a dispensar a criada sonolenta que lhe oferecera de má vontade os seus préstimos; disse-lhe que ia despir-se sozinha, e entrou trêmula no quarto, esperando encontrar ali Hermann, e não querendo encontrá-lo. Certificou-se, ao primeiro olhar, da sua ausência e agradeceu ao destino o obstáculo que impedira aquela entrevista. Sentou-se sem se despir, e começou a lembrar todas as circunstâncias que a arrastaram tão longe em tão pouco tempo. Não passaram ainda três semanas desde que ela vira da sua janelinha, pela primeira vez, aquele jovem, e já mantinha correspondência e ele conseguira dela uma entrevista noturna! Ela conhecia o nome dele unicamente pelo fato de que algumas das suas cartas estavam assinadas; nunca falara com ele, não lhe ouvira a voz, jamais soubera algo a seu respeito... até aquela noite. Coisa estranha! Naquela mesma noite, no baile, Tômski, despeitado com a jovem princesa Polina..., que, contrariando os seus hábitos, usava de coquetismo com outro em lugar dele, quisera vingar-se dela, manifestando-lhe indiferença; ele chamara Lisavieta Ivânovna e dançara com ela uma infindável mazurca. O tempo todo, gracejou sobre o seu fraco pelos oficiais de engenharia, assegurou-lhe que sabia muito mais do que ela podia supor, e alguns dos seus gracejos eram tão acertados que Lisavieta Ivânovna pensou algumas vezes que o seu segredo lhe era conhecido.

— Por intermédio de quem sabe tudo isto? — perguntou ela, rindo.

— De um amigo do rapaz que a senhorita conhece — respondeu Tômski —, uma pessoa muito notável!

— E quem é essa pessoa notável?

— Chama-se Hermann.

Lisavieta Ivânovna não respondeu, mas as suas pernas e braços ficaram gelados...

— Esse Hermann — prosseguiu Tômski — é uma pessoa realmente romântica: tem perfil de Napoleão e alma de Mefistófeles. Penso que lhe pesam pelo menos três crimes na consciência. Mas como ficou pálida!...

— Estou com dor de cabeça... Mas o que lhe disse esse Hermann... ou, como se chama?...

— Hermann está muito descontente com o seu amigo, e afirma que, em seu lugar, procederia de modo bem diferente... Eu suponho até que o próprio Hermann tem certas intenções em relação à senhorita, pelo menos é de modo nenhum com indiferença que ele ouve os transportes amorosos do amigo.

— Mas onde foi que ele me viu?

— Na igreja, talvez em algum passeio!... Deus sabe! Talvez no seu quarto, enquanto a senhorita dormia; é capaz de tudo...

Três senhoras que se acercaram deles com a pergunta: *oubli ou regret?*[10] interromperam aquela conversa, que se estava tornando dolorosamente interessante para Lisavieta Ivânovna.

A senhora escolhida por Tômski era a própria princesa. Ela conseguiu explicar-se com ele, dando uma corrida a mais em volta do salão e girando uma vez a mais diante da cadeira, antes de se sentar. Voltando para o seu lugar, Tômski não pensava mais em Hermann, nem em Lisavieta Ivânovna. Ela queria sem falta recomeçar a conversa interrompida; mas a mazurca terminou e, pouco depois, a velha condessa voltou para casa.

As palavras de Tômski não eram mais que tagarelice de baile, mas elas penetraram fundo na alma da jovem sonhadora. O retrato esboçado por Tômski assemelhava-se à imagem que ela mesma formara, e, graças aos romances recentíssimos, este semblante, tornado vulgar, assustava e seduzia-lhe a imaginação. Ficou sentada, cruzados os braços nus, a cabeça inclinada sobre o peito descoberto, ainda ornado de flores... De repente, a porta se abriu e Hermann entrou. A moça estremeceu...

— Onde esteve? — perguntou ela, num murmúrio assustado.

---

[10] Adivinhação de salão, em moda na época, e pela qual se escolhiam os pares para dançar. Duas damas combinavam a palavra que pertencia a cada uma, e a resposta do cavalheiro indicava qual delas devia dançar.

— No quarto da velha condessa — respondeu Hermann —, venho agora de lá. A condessa morreu.

— Meu Deus!... O que me diz?...

— E ao que parece — prosseguiu Hermann —, fui a causa da sua morte.

Lisavieta Ivânovna olhou para ele e ressoaram-lhe na alma as palavras de Tômski: *este homem tem pelo menos três crimes na consciência*! Hermann sentou-se ao seu lado, no rebordo da janela, e contou-lhe tudo.

Lisavieta Ivânovna ouviu-o horrorizada. Então, todas aquelas cartas apaixonadas, aquelas exigências inflamadas, aquela perseguição atrevida, persistente, tudo aquilo não era amor! Dinheiro, eis o que ambicionava a sua alma! Não era ela quem podia aplacar os seus desejos e torná-lo feliz! A pobre pupila não fora mais que a cega cúmplice de um bandido, do assassino da sua velha benfeitora!... E ela chorou amargamente, num arrependimento tardio, torturante. Hermann olhava-a calado; o coração dele sofria também, mas nem as lágrimas da pobre moça, nem o surpreendente encanto da sua aflição perturbaram-lhe a alma rude. Ele não sentia remorso, ao lembrar-se da velha morta. Horrorizava-o apenas a perda irreparável do mistério, com que ele esperava enriquecer.

— O senhor é um monstro! — disse-lhe finalmente Lisavieta Ivânovna.

— Eu não queria a sua morte — respondeu Hermann —, a minha pistola não estava armada.

Calaram-se.

Amanhecia. Lisavieta Ivânovna apagou a vela que estava chegando ao fim; uma luz pálida espalhou-se pelo quarto. Enxugou os olhos chorosos e levantou-os para Hermann; ele estava sentado no rebordo da janela, os braços cruzados, o sobrecenho ameaçadoramente franzido. Lembrava surpreendentemente o retrato de Napoleão. Esta semelhança surpreendeu a própria Lisavieta Ivânovna.

— Como vai sair da casa? — disse ela finalmente. —

Pensei em levá-lo por uma escada secreta, mas é preciso passar pelo quarto dela, e eu tenho medo.

— Diga-me como encontrar essa escada secreta e eu vou sair.

Lisavieta Ivânovna levantou-se, tirou da cômoda uma chave, entregou-a a Hermann e deu-lhe uma explicação minuciosa. O rapaz apertou-lhe a mão fria, inerte, beijou-lhe a cabeça inclinada e saiu.

Desceu a escada em caracol e tornou a entrar no quarto da condessa. A velha morta estava sentada, com uma rigidez de pedra; o seu rosto expressava uma profunda tranquilidade. Hermann deteve-se diante dela e passou muito tempo olhando-a, como que desejando certificar-se da terrível verdade; finalmente, entrou no escritório, apalpou atrás do forro da parede uma porta e começou a descer uma escada escura, agitado por estranhos sentimentos. Por esta mesma escada, pensou ele, uns sessenta anos atrás, avançava talvez, para este mesmo quarto, a essa mesma hora, num cafetã bordado, penteado à *l'oiseu royal*, apertando ao coração o seu tricórnio, um jovem felizardo, que há muito apodreceu em seu túmulo, e o coração da sua velha amante deixou hoje de bater...

Sob a escada, Hermann encontrou uma porta, que ele abriu com a mesma chave, e foi dar num corredor que o levou a rua.

V

> *Esta noite, apareceu-me a finada baronesa von W. Estava toda de branco e disse-me: "Boa-noite, senhor conselheiro!"*
>
> Swedenborg

Três dias depois da noite fatal, Hermann foi às nove da manhã ao mosteiro de..., onde deviam realizar-se os funerais da condessa. Não sentindo arrependimento, ele não conseguia, no entanto, abafar totalmente a voz da consciência, que lhe repetia: és o assassino da velha! Possuindo pouca fé autêntica, tinha, porém, muitos preconceitos. Acreditava que a condessa defunta podia exercer uma ação maléfica sobre a sua existência, e decidiu aparecer no seu enterro, a fim de pedir-lhe perdão. A igreja estava cheia. A muito custo Hermann conseguiu romper a multidão. O ataúde fora colocado sobre um suntuoso catafalco sob um dossel de veludo. A morta jazia nele, as mãos cruzadas sobre o peito, com touca de renda e um vestido de cetim branco. Cercavam-na a família e a criadagem; os criados de cafetã negro, guarnecidos nos ombros com listões brasonados, e segurando velas; os parentes — filhos, netos e bisnetos — todos de luto profundo. Ninguém chorava: as lágrimas seriam *une affectation*. A condessa era tão velha que a sua morte não poderia surpreender ninguém, e os seus parentes olhavam-na havia muito como uma pessoa que já vivera o devido. O jovem arcebispo proferiu a alocução fúnebre. Com palavras singelas e tocantes, representou ele o passamento tranquilo daquela mulher justa, cujos longos anos constituíram uma preparação quieta e comovedora para a morte cristã. "O anjo da morte encontrou-a — disse o orador — vigilante em suas meditações piedosas à espera do Noivo da Meia-Noite."[11] O ofício divino foi executado com uma compostura dolente. Os parentes foram os primeiros a despedir-se da morta. Seguiram-se os numerosos convidados, vindo para inclinar-se perante aquela que desde tanto tempo participara dos seus frívolos divertimentos. E, depois deles, todos os da casa. Finalmente, aproximou-se uma velha grã--senhora, a favorita da morta, da mesma idade que esta. Duas jovens criadas sustinham-na. Não conseguia inclinar-se até o chão, e foi a única a derramar algumas lágrimas, depois de

---

[11] Alusão à parábola narrada em *Mateus*, 25, referente a cinco virgens loucas e cinco prudentes que esperavam de noite a vinda do noivo.

beijar a mão fria de sua ama. Hermann decidiu-se a aproximar-se do ataúde logo depois. Inclinou-se até o chão e passou algum tempo deitado sobre as lajes frias, juncadas de ramos de pinheiro. Finalmente, soergueu-se, pálido como a própria defunta, subiu os degraus para o catafalco e inclinou-se... Nesse momento, teve a impressão de que a morta dirigia-lhe um olhar de mofa, entrecerrando um olho. Hermann recuou apressadamente, deu um passo em falso e caiu de costas. Ergueram-no. Ao mesmo tempo, Lisavieta Ivânovna era carregada sem sentidos para o adro. Este incidente perturbou por alguns instantes a solenidade do sombrio ritual. Ergueu-se entre os presentes um murmúrio abafado, e um camarista esquálido, parente próximo da morta, segredou no ouvido de um inglês ao seu lado que o jovem oficial era filho ilegítimo da velha, ao que o inglês respondeu friamente: "Oh?".

Hermann esteve muito acabrunhado o dia todo. Jantando numa taverna pouco frequentada, contrariou os seus hábitos e bebeu em grande abundância, na esperança de abafar a perturbação interior. Mas o álcool inflamava-lhe ainda mais a imaginação. Voltando para casa, atirou-se no leito sem se despir e adormeceu profundamente.

Quando acordou, já era noite: o luar iluminava-lhe o quarto. Consultou o relógio: faltavam quinze para as três. Passara-lhe o sono; sentou-se, pois, no leito e pensou nas exéquias da velha condessa.

Nesse ínterim, alguém espiou da rua pela sua janela pequena, e imediatamente se afastou. Hermann não deu a menor importância ao fato. Um instante depois, ouviu que abriam a porta do vestíbulo. Pensou que fosse o seu ordenança que estivesse voltando do passeio noturno, bêbado como de costume. Mas ele ouviu passos desconhecidos: alguém caminhava, arrastando suavemente os chinelos no chão.

A porta se abriu e entrou uma mulher de branco. Hermann tomou-a pela sua velha ama de leite e admirou-se do que podia tê-la trazido em tal hora. Mas, deslizando, a mu-

lher branca achou-se de súbito diante dele, e Hermann reconheceu a condessa!
— Vim à tua casa contra a minha vontade — disse ela, a voz firme —, mas tenho ordem de cumprir o teu pedido. Um três, um sete e um ás vão ganhar seguidamente para ti, mas com a condição de que não apostes mais de uma carta por dia e que nunca mais jogues, a vida toda. Perdoo-te a minha morte, contanto que te cases com a minha pupila Lisavieta Ivânovna.
Dito isso, virou-se suavemente, caminhou para a porta e desapareceu, sempre arrastando os chinelos. Hermann ouviu a porta bater na antessala, e viu que alguém tornara a espiar pela janela do quarto.
Durante muito tempo, não conseguiu voltar a si. Saiu para outro quarto. O seu ordenança dormia no chão; o rapaz conseguiu acordá-lo a muito custo. O ordenança estava bêbado, como de costume: não se podia obter dele nada. A porta para o vestíbulo estava trancada. Hermann voltou para o quarto, acendeu uma vela e tomou nota da sua visão.

VI

— *Atandé!*[12]
— *Como se atreve a me dizer: atandé?!*
— *Vossa Excelência, eu disse: "queira atandé!"*

Duas ideias fixas não podem coexistir no mundo moral assim como, no mundo físico, dois corpos não podem ocupar ao mesmo tempo o mesmo espaço. O três, o sete e o ás logo esconderam na imaginação de Hermann o vulto da velha defunta. O três, o sete e o ás não lhe saíam da cabeça e moviam-

---

[12] Forma russificada do francês *attendez*. Empregava-se na gíria dos jogadores, com o sentido de: "Não aposte".

-se sobre os seus lábios. Vendo uma jovem, ele dizia: "Como é esbelta!... Um verdadeiro três de copas". Perguntavam-lhe: "Que horas são?" — e ele respondia: "Faltam cinco para o sete". Todo homem barrigudo lembrava-lhe um ás. O três, o sete e o ás perseguiam-no em sonhos, assumindo as mais diversas formas: o três floria diante dele qual esplêndida magnólia, o sete aparecia-lhe como um portão gótico, o ás, como uma aranha enorme. Todos os seus pensamentos fundiram-se num só: utilizar o segredo, que lhe custara tão caro. Começou a pensar na reforma e numa viagem. Era nas casas de jogo de Paris que ele queria obter da fortuna enfeitiçada aquele tesouro. O acaso livrou-o de maiores trabalhos.

Formara-se em Moscou uma sociedade de ricos jogadores, presidida pelo famoso Tchekálinski, que passara a vida toda no carteado e obtivera milhões, ganhando no jogo notas promissórias e perdendo dinheiro sonante. A experiência de muitos anos assegurara-lhe a confiança dos companheiros, e a hospitalidade, um cozinheiro célebre, e a sua afabilidade e gênio alegre conseguiram o respeito da sociedade. Veio a Petersburgo. Os jovens acorreram em massa ao seu estabelecimento, esquecendo os bailes pelas cartas e preferindo os encantos do faraó à sedução da galanteria. Narumov levou Hermann à sua casa.

Atravessaram uma série de salas magníficas, cheias de criados corteses. Alguns generais e conselheiros privados[13] jogavam uíste; havia jovens refestelados em divãs de damasco, tomando sorvete e fumando cachimbo. O dono da casa ficava na sala de visitas, bancando diante de uma mesa comprida, junto à qual apertavam-se uns vinte jogadores. Ele tinha uns sessenta anos, e a mais respeitável das aparências; os seus cabelos eram cor de prata, o rosto cheio e fresco expressava bonacheirice; os olhos brilhavam-lhe, avivados por um

---

[13] Posto hierárquico do funcionalismo, no regime tsarista.

eterno sorriso. Narumov apresentou-lhe Hermann, Tchekálinski apertou-lhe amistosamente a mão, pediu-lhe que não fizesse cerimônia e continuou a bancar.

A rodada durou muito. Havia sobre a mesa mais de trinta cartas. Tchekálinski fazia uma pausa depois de cada lance, a fim de dar tempo aos jogadores de providenciar tudo, anotava as quantias perdidas, ouvia cortesmente as reclamações, e ainda mais cortesmente endireitava o canto de uma carta, dobrado por mão distraída. Finalmente, acabou a rodada. Tchekálinski baralhou as cartas e preparou-se para bancar novamente.

— Permita-me apostar uma carta — disse Hermann, estendendo o braço, por trás de um cavalheiro gordo. Tchekálinski sorriu e inclinou-se calado, em sinal de pleno assentimento. Rindo, Narumov cumprimentou Hermann pelo rompimento de um longo jejum e desejou-lhe um feliz começo.

— Pronto! — disse Hermann, escrevendo a giz, acima da sua carta, o montante da aposta.

— Quanto? — perguntou o banqueiro, entrecerrando os olhos. — Perdão, não estou vendo.

— Quarenta e sete mil — respondeu Hermann.

Dito isso, todas as cabeças se voltaram no mesmo instante e todos os olhos se fixaram em Hermann. "Ele perdeu a cabeça!" — pensou Narumov.

— Permita observar-lhe — disse Tchekálinski, com o seu sorriso invariável — que o seu jogo é forte: aqui, nunca se apostou mais de duzentos e setenta e cinco numa carta.

— E então? — retrucou Hermann. — Aceita a minha aposta ou não?

Tchekálinski inclinou-se com o mesmo ar de humilde assentimento.

— Eu só queria comunicar-lhe — disse ele — que, tendo merecido a confiança dos meus sócios, não posso bancar a não ser com dinheiro sobre a mesa. Da minha parte, naturalmente, estou certo de que a sua palavra é suficiente, mas,

A dama de espadas 179

para a boa ordem do jogo e da contabilidade, peço-lhe que deposite o dinheiro sobre a carta.

O rapaz tirou do bolso uma cédula e estendeu-a a Tchekálinski, que, depois de lançar-lhe um rápido olhar, depositou-a sobre a carta de Hermann. Começou a bancar. À direita, caiu um nove, à esquerda um três.

— Ganhei! — disse Hermann, mostrando a sua carta.

Um murmúrio elevou-se entre os jogadores; Tchekálinski franziu o cenho, mas o sorriso voltou-lhe no mesmo instante ao rosto.

— Quer receber? — perguntou ele a Hermann.

— Sim, faça-me o favor.

Tchekálinski tirou do bolso algumas cédulas e logo fez as contas. Hermann recebeu o dinheiro e afastou-se da mesa. Narumov não conseguia voltar a si. Hermann tomou um copo de limonada e foi para casa.

Na noite seguinte, apareceu novamente na casa de Tchekálinski. Era este ainda quem bancava. Hermann acercou-se da mesa; os jogadores abriram no mesmo instante espaço para ele. Tchekálinski cumprimentou-o afavelmente.

Hermann esperou nova rodada e apostou numa carta, cobrindo-a com quarenta e sete mil rublos e mais o lucro da véspera.

Tchekálinski bancou. Saiu um valete à direita, um sete à esquerda.

Hermann descobriu o seu sete.

Todos soltaram um "ah!". Tchekálinski ficou evidentemente confuso. Contou noventa e quatro mil rublos e passou-os a Hermann. Este recebeu-os com sangue frio e afastou-se no mesmo instante.

Na noite seguinte, ele apareceu mais uma vez à mesa. Todos o esperavam. Os generais e conselheiros privados deixaram o seu uíste, a fim de apreciar um jogo tão extraordinário. Os jovens oficiais pularam dos seus divãs; os criados reu-

niram-se na sala de visitas. Todos rodearam Hermann. Os demais não fizeram as suas apostas, esperando impacientes que ele terminasse o seu jogo. Hermann estava em pé junto à mesa, preparando-se para jogar sozinho, contra o pálido, mas sempre sorridente Tchekálinski. Cada um abriu um novo baralho, Tchekálinski baralhou as cartas. Hermann retirou a sua e fez a aposta, cobrindo a carta com um maço de cédulas. Parecia um duelo. Um profundo silêncio reinava ao redor. Tchekálinski pôs-se a bancar, as mãos trêmulas. À direita, saiu uma dama, à esquerda, um ás.
— O ás ganhou! — disse Hermann e descobriu a sua carta.
— A sua dama está morta — disse afavelmente Tchekálinski.
Hermann estremeceu: realmente, em lugar do ás, tinha na frente uma dama de espadas. Não acreditava no que via, não compreendendo como pudera se enganar.
Nesse momento, teve a impressão de que a dama de espadas entrecerrava um olho e sorria com mofa. Espantou-o aquela semelhança extraordinária...
— A velha! — gritou horrorizado.
Tchekálinski puxou para si as cédulas que ele perdera. Hermann permanecia imóvel. Quando se afastou da mesa, teve início uma conversa animada. — Bonita aposta! — comentavam os jogadores. Tchekálinski tornou a baralhar, e o jogo prosseguiu como de costume.

Conclusão

Hermann enlouqueceu. Está no hospital de Obúkhov, no número 17, não responde a nenhuma pergunta e murmura com extraordinária rapidez: "Três, sete, ás! Três, sete, dama!...".
Lisavieta Ivânovna casou-se com um jovem muito amá-

vel; ele trabalha em alguma repartição e tem uma fortuna considerável; é filho do antigo administrador da velha condessa. Lisavieta Ivânovna mantém uma pobre parenta, que se educa em sua casa.

Tômski foi promovido a capitão e vai casar com a princesa Polina.

O CHEFE DA ESTAÇÃO

O registrador colegial,[1]
Ditador da estação de posta.

Príncipe Viázemski[2]

Quem não maldisse um dia os chefes de estação, quem não brigou com eles? Quem, num momento de furor, não lhes exigiu o livro fatal, para inscrever nele a sua inútil queixa contra a prepotência, a brutalidade e a incúria? Quem não os considera monstros da espécie humana, idênticos aos falecidos subamanuenses[3] ou pelo menos aos bandoleiros de Múrom? Sejamos, todavia, justos e procuremos colocar-nos na sua posição, e talvez os consideremos então com muito maior condescendência. O que é um chefe de estação? Um verdadeiro mártir de décima-quarta classe, defendido pelo seu título unicamente contra agressões corporais, e assim mesmo nem sempre[4] (confio-me a consciência dos meus leitores). Em que consiste o emprego desse ditador, como o chama em tom de mofa o príncipe Viázemski? Não é um verdadeiro trabalho forçado? Não há sossego de dia nem de noite. O viajante descarrega sobre o chefe de estação toda a irritação acumulada

---

[1] Um dos postos da hierarquia burocrática da época.

[2] P. A. Viázemski (1792-1878). Na epígrafe, Púchkin modificou ligeiramente os seus versos.

[3] Categoria inferior de funcionários (*pod'iátchi*) que existiu na Rússia nos séculos XVI e XVII.

[4] Conforme nota à edição russa editada pela Academia de Ciências da U.R.S.S., um regulamento de 1808 proibia ofensas aos chefes de estação (definidos como funcionários de décima-quarta classe), quando no exercício do cargo.

durante a viagem aborrecida. O tempo esteve insuportável, a estrada ruim, o cocheiro teimoso, os cavalos recusaram-se a puxar o carro, e a culpa é do chefe de estação. Entrando na sua pobre morada, o itinerante olha para ele como para um inimigo; ainda bem se o chefe consegue livrar-se logo do hóspede não convidado, mas, se acontece não haver cavalos?... Meu Deus! Que insultos, que ameaças se descarregam sobre a sua cabeça! Com chuva e umidade, é forçado a correr ao relento; em plena tempestade, com o frio de fim de ano, vai para a saleta de entrada, a fim de descansar ao menos por um instante dos gritos e empurrões do passageiro irritado. Chega um general; o trêmulo chefe de estação entrega-lhe as duas últimas troicas entre as quais a da posta. O general parte sem dizer obrigado. Cinco minutos depois: tilintar de guizos!... e um estafeta oficial lhe atira sobre a mesa o seu salvo-conduto!... Compenetremo-nos bem disso tudo, e em lugar de indignação, o nosso coração ficará repleto de uma compaixão sincera. Mais algumas palavras: durante vinte anos seguidos, percorri a Rússia em todos os sentidos; conheço quase todas as estradas e algumas gerações de cocheiros; são raros os chefes de estação que eu não conheça de vista ou com quem não tivesse relações; espero editar em breve este acervo curioso das minhas observações de estrada; por enquanto, direi somente que a classe dos chefes de estação foi apresentada à opinião pública sob o aspecto mais falso. Esses tão caluniados funcionários são, de modo geral, gente pacífica, serviçal por natureza, propensa à sociabilidade, modesta em suas pretensões e honrarias e não demasiado gananciosa. Das suas conversas (que são indevidamente desdenhadas pelos senhores viajantes), pode-se extrair muito de curioso e instrutivo. Quanto a mim, confesso que prefiro a sua palestra às falas de algum funcionário de sexta classe, viajando a serviço.

    Pode-se adivinhar facilmente que tenho amigos entre a digna categoria dos chefes de estação. Com efeito, a memória de um deles me é preciosa. As circunstâncias nos aproximaram um dia, e é sobre ele que pretendo cavaquear agora com os meus amáveis leitores.

Aconteceu-me, em maio de 1816, atravessar a província de... por uma estrada atualmente abandonada. Tinha então um posto modesto, estava viajando em carro de posta e pagava o aluguel de dois cavalos.[5] Em virtude disso, os chefes de estação não faziam cerimônia comigo, e frequentemente eu tomava à viva força aquilo que a meu ver cabia-me de direito. Sendo jovem e impulsivo, indignava-me com a baixeza e covardia do chefe, se este entregava a troica que fora preparada para mim, a fim de ser atrelada à carruagem de algum funcionário de categoria. Por muito tempo, igualmente, não pude habituar-me a que o servo criterioso passasse por mim sem me servir, num banquete em casa do governador. Atualmente, ambos estes fatos me parecem enquadrados na ordem das coisas. Realmente, o que seria de nós, se em vez da regra cômoda para todos: *o título respeita o título*, se introduzisse em uso uma outra, por exemplo: *a inteligência respeita a inteligência*? Que discussões não surgiriam! E por quem começariam os criados a servir a comida? Mas eu volto à minha história.

Fazia calor. A três verstas da estação de..., começou a chuviscar, e logo depois uma chuva torrencial me encharcou até o último fio de roupa. Chegando à estação, o meu primeiro cuidado foi mudar as vestes o quanto antes, e o segundo pedir chá. "Eh, Dúnia[6] — gritou o chefe da estação. — Põe o samovar e vai buscar nata." A essas palavras, uma menina de uns quatorze anos saiu de trás de um tabique e correu para o vestíbulo. A sua beleza me surpreendeu. "É tua filha?" — perguntei ao chefe. "Sim, filha — respondeu ele, com um ar de amor-próprio satisfeito —, e tão sensata, tão esperta, igual-

---

[5] Viajando a serviço, os funcionários eram autorizados a alugar um número de cavalos correspondente à importância do cargo.

[6] Diminutivo de Avdótia.

O chefe da estação

zinha à falecida mãe." Nesse ponto, ele se pôs a copiar o meu salvo-conduto, enquanto eu me ocupava em examinar os quadrinhos que enfeitavam a sua modesta, mas asseada habitação. Eles representavam a história do filho pródigo. No primeiro, um velho respeitável, de gorro e roupão, deixa partir um jovem inquieto, que aceita apressadamente a sua bênção e um saco de dinheiro. No seguinte, representa-se com traços vivos o comportamento dissoluto do jovem: está sentado à mesa, rodeado de falsos amigos e mulheres desavergonhadas. Adiante, o jovem que malbaratou todo o seu dinheiro, está esfarrapado e de tricórnio, pastando porcos e repartindo com eles a refeição; em seu rosto, estão representados o arrependimento e profunda tristeza. Finalmente, representa-se o seu regresso à casa paterna; o bom velho corre ao seu encontro, usando o mesmo gorro e o mesmo roupão; o filho pródigo está ajoelhado, em perspectiva, vê-se um cozinheiro matando um vitelo gordo, enquanto o irmão mais velho interroga os criados sobre o motivo de tal alegria. Debaixo de cada quadrinho, li razoáveis versos alemães. Tudo isto se conservou até hoje em minha memória, juntamente com os vasos de balsamina, o leito com uma cortina vistosa e os demais objetos que me rodeavam então. Vejo como se fosse agora o próprio dono da casa, um cinquentão vigoroso e animado, e a sua longa sobrecasaca verde, com três medalhas sobre fitas desbotadas.

    Ainda não acabara de pagar o meu velho cocheiro, quando Dúnia voltou com o samovar. A pequena faceira notou ao segundo olhar a impressão que me causara; baixou os grandes olhos azuis; pus-me a conversar com ela, que me respondia sem qualquer timidez, como uma moça que já conhece a sociedade. Ofereci ao pai um copo de ponche; passei a Dúnia uma xícara de chá, e ficamos cavaqueando os três, como se nos conhecêssemos há séculos.

    Os cavalos já estavam há muito preparados, mas eu ainda não queria despedir-me do chefe da estação e de sua filha.

Finalmente me despedi; o pai desejou-me boa viagem, e a filha me acompanhou até a telega. Detive-me no vestíbulo e pedi licença de beijá-la; Dúnia concordou... Posso contar muitos beijos em minha vida

Desde que tenho tal ocupação,

porém nenhum outro me deixou lembrança tão duradoura e agradável.

Decorreram alguns anos, e as circunstâncias me levaram àquela mesma estrada, às mesmas paragens. Lembrei-me da filha do velho chefe de estação e me alegrei com o pensamento de que tornaria a vê-la. Mas, pensei, talvez o velho já tenha sido substituído; Dúnia já está provavelmente casada. A ideia da morte de um ou de outra também me passou pela mente, e eu me aproximava da estação de... com um triste pressentimento.

Os cavalos detiveram-se junto à casinha da posta. Entrando na sala, reconheci imediatamente os quadrinhos que representavam a história do filho pródigo; a mesa e a cama estavam nos primitivos lugares, mas não havia mais flores nas janelas, e tudo em volta denotava decrepitude e relaxamento. O chefe da estação dormia debaixo de um *tulup*; acordou com a minha chegada, soergueu-se... Era de fato Samson Vírin. Mas, como estava envelhecido! Enquanto se preparava para copiar o meu salvo-conduto, fiquei olhando para as suas cãs, para as fundas rugas do rosto há muito não barbeado, para as costas arqueadas, e não podia deixar de me surpreender como três ou quatro anos puderam transformar um homem bem disposto num velho débil. "Não me reconheces? — perguntei-lhe. — Somos velhos conhecidos." "É possível — respondeu com ar carrancudo —, a estrada é grande e muitos passageiros já passaram por aqui." — "A tua Dúnia vai bem de saúde?" — prossegui. O velho franziu o sobrecenho. "Deus sabe" — respondeu. — "Quer dizer que está casada?" — perguntei. O velho fingiu não ter ouvido a pergunta, e con-

O chefe da estação 187

tinuou a ler em murmúrio o meu salvo-conduto. Parei com as indagações e mandei preparar o chá. A curiosidade começava a incomodar-me, e eu tinha esperança de que o ponche desatasse a língua do meu velho conhecido.

Não me enganara: o velho não recusou o copo que lhe ofereci. Notei que o rum atenuava o seu ar sombrio. Com o segundo copo, tornou-se loquaz; lembrou-se, ou fingiu lembrar-se de mim, e eu ouvi dele um relato que me interessou e comoveu profundamente.

"Então o senhor conheceu a minha Dúnia? — começou ele. — Mas quem não a conheceu? Ah, Dúnia, Dúnia! Que moça que ela era! Cada um que passasse, sempre a elogiava, ninguém lhe fazia uma censura. As senhoras a presenteavam, esta com um lencinho, aquela com uns brincos. Os senhores de passagem paravam de propósito, como se fosse para jantar ou cear, mas na realidade somente para olhá-la por mais tempo. Muitas vezes, um senhor importante, por mais zangado que estivesse, calava-se diante dela e passava a falar bondosamente comigo. Acredita, senhor? Portadores de mensagens e estafetas oficiais conversavam com ela meia hora. A casa mantinha-se graças aos seus cuidados: arrumar, cozinhar, dava conta de tudo. E eu, velho tonto, não cessava de olhá-la e de me alegrar. Não amava eu a minha Dúnia? Não mimava a minha filha? Não tinha ela vida boa? Mas não se evita o que está predestinado." Nesse ponto, começou a contar-me pormenores do infortúnio. Três anos atrás, numa noite de inverno, quando ele estava marcando as pautas de um livro novo e a filha costurando um vestido atrás do tabique, chegou uma troica e entrou na sala, exigindo cavalos, um viajante enrolado num xale, de chapéu circassiano e capote militar. Os cavalos estavam todos fora. Ouvindo esta notícia, o viajante levantou a voz e a chibata, mas Dúnia, que estava habituada a tais cenas, veio correndo de trás do tabique e dirigiu-se afavelmente ao recém-chegado, perguntando-lhe se queria comer alguma coisa. O aparecimento de Dúnia produziu o efeito habitual. Passou a fúria do viajante; ele concordou em esperar os cavalos e encomendou a ceia. Tirando o chapéu molhado e felpudo, desemaranhando o xale e arrancando fora o capote, o viajante apareceu como um jovem e esbelto hussardo, de bigodinho negro. Instalou-se em casa do chefe e pôs-se a conversar alegremente com ele e com a filha, serviram a ceia. Nesse ínterim, chegaram os cavalos e o chefe ordenou que fossem imediatamente atrelados, mesmo sem ração, à *kibitka*[7] do militar; mas, entrando novamente em casa, encontrou o jovem estendido sobre um banco, quase desmaiado; sentira-se mal, doía-lhe a cabeça, era impossível partir... O que fazer?! O chefe da estação cedeu-lhe a cama e combinou-se que, se o doente não se sentisse melhor, mandar-se-ia chamar, na manhã seguinte, um médico em S...

No dia seguinte, o hussardo sentiu-se pior. O seu criado foi a cavalo à cidade, para trazer o médico. Dúnia amarrou-lhe à cabeça um lenço molhado em vinagre e sentou-se com a costura junto ao seu leito. Em presença do chefe da estação, o doente gemia e quase não dizia palavra, mas tomou duas xícaras de café e, gemendo sempre, encomendou o jantar. Dúnia não se afastava dele. A cada instante, ele pedia de beber e a moça dava-lhe uma caneca de limonada preparada por ela. O doente molhava os lábios e cada vez, ao devolver a caneca, apertava com a sua mão fraca, em sinal de gratidão, a mão de Dúnia. O médico chegou à hora do jantar. Segurou o pulso do doente, conversou com ele em alemão, e declarou em russo que o enfermo precisava unicamente de sossego e que uns dois dias depois poderia prosseguir viagem. O hussardo pagou-lhe vinte e cinco rublos pela consulta e convidou-o para jantar; o outro concordou; ambos comeram com muito apetite, tomaram uma garrafa de vinho e despediram-se muito satisfeitos um com o outro.

[7] Espécie de carro coberto.

Passado mais um dia, o hussardo se reanimou de todo. Estava extraordinariamente alegre e gracejava sem cessar, ora com Dúnia, ora com o chefe da estação; assobiava canções, conversava com os viajantes, copiava os seus salvo-condutos no livro da posta, e fez com que o bondoso chefe se afeiçoasse a ele a tal ponto que na manhã do terceiro dia lamentava precisar despedir-se do seu amável inquilino. Era domingo; Dúnia preparava-se para a missa. Trouxeram a *kibitka* do hussardo. Ele despediu-se do chefe da estação, depois de recompensá-lo generosamente pela casa e pela comida, despediu-se também de Dúnia, e se propôs a levá-la até a igreja, que ficava na extremidade da aldeia. Dúnia permanecia perplexa... "Do que é que tens medo? — disse-lhe o pai. — Sua Alta Nobreza não é um lobo e não vai te devorar. Vai com ele até a igreja." Dúnia sentou-se na *kibitka* ao lado do hussardo, o criado pulou para a boleia, o cocheiro assobiou e os cavalos partiram a galope.

O pobre chefe não compreendia como pudera ele mesmo permitir à sua Dúnia ir com o hussardo, como ficara cego a tal ponto, e o que se fizera naquele instante da sua razão. Não passara nem meia hora, e o coração começou a molestá-lo e a inquietação apoderou-se dele com tal intensidade que não se conteve e foi à missa. Aproximando-se da igreja, viu que o povo já se espalhava, mas Dúnia não estava nas proximidades do muro exterior, nem no adro. Entrou apressadamente na igreja: o sacerdote estava saindo do altar; o sacristão apagava as velas, duas velhinhas ainda permaneciam rezando num canto; mas Dúnia não estava na igreja. O pobre pai a muito custo se decidiu a perguntar ao sacristão se ela estivera na missa. O outro respondeu-lhe negativamente. O chefe da estação foi para casa, nem morto nem vivo. Ficara-lhe uma única esperança: talvez Dúnia, com a leviandade própria da idade, tivesse resolvido dar um passeio até a estação seguinte, onde vivia a sua madrinha. Esperava com inquietação torturante o regresso da troica em que a deixara ir.

O cocheiro não voltava. Finalmente, chegou ao anoitecer, sozinho e embriagado, com a notícia terrível: "Dúnia partiu daquela estação com o hussardo, para mais longe".

O velho não pôde suportar o infortúnio; no mesmo instante, deitou-se em sua cama, que fora ocupada na véspera pelo jovem embusteiro. Agora, analisando todas as circunstâncias, adivinhava que a doença fora fingida. O coitado caiu com uma febre alta; levaram-no para S..., e, em seu lugar, designaram temporariamente um outro. Foi tratado pelo mesmo médico que fora visitar o hussardo. Ele afiançou ao chefe de estação que o jovem estivera com perfeita saúde, e que ainda naquele dia ele suspeitara da malévola intenção do rapaz, mas que se calara por temor à sua chibata. Quer o alemão dissesse a verdade, quer apenas pretendesse vangloriar-se da sua sagacidade, não consolou um pouco sequer, com isto, o pobre doente. Mal se restabeleceu, este pediu ao chefe dos Correios de S... uma licença de dois meses, e sem comunicar a pessoa alguma a sua intenção, partiu a pé, à procura da filha. Pelo salvo-conduto que ele copiara, sabia que o Capitão Mínski estava viajando de Smolénsk para Petersburgo. O cocheiro que o levara disse que Dúnia chorava em todo o percurso, embora parecesse viajar por sua livre vontade. "Talvez — pensava o chefe de estação — eu traga para casa a minha ovelhinha desgarrada." Com este pensamento, chegou a Petersburgo, onde se alojou no regimento Ismáilovski, em casa de um subtenente reformado, seu velho companheiro de serviço, e começou as buscas. Em breve, soube que o Capitão Mínski estava em Petersburgo e que morava na hospedaria de Diemutov. Decidiu-se a procurá-lo.

De manhã cedo, chegou ao vestíbulo do seu apartamento, e pediu comunicar a Sua Alta Nobreza que um velho soldado queria vê-lo. O lacaio militar, engraxando uma bota sobre uma forma, declarou-lhe que o patrão estava dormindo, e que antes das onze não recebia ninguém. O chefe de estação retirou-se e voltou na hora marcada. Mínski em pes-

O chefe da estação   191

soa apareceu diante dele, de roupão e quepe vermelho. "O que queres, irmão?" — perguntou ele. O coração do velho estremeceu, lágrimas marejaram-lhe os olhos, e, com voz trêmula, disse apenas: "Vossa Alta Nobreza!... Faça-me uma graça divina!...". Mínski lançou-lhe um rápido olhar, ficou vermelho, tomou-o pelo braço, levou-o para o escritório, fechando a porta atrás de si. "Vossa Alta Nobreza! — prosseguiu o velho. — Águas passadas não movem moinhos: devolva-me ao menos a minha pobre Dúnia. O senhor já se divertiu bastante com ela; não a desgrace sem motivo." — "O que está feito, não se volta atrás — disse o jovem, extremamente confuso. — Sou culpado diante de ti, e estou satisfeito de te pedir perdão, mas não penses que eu possa abandonar Dúnia; ela será feliz, dou-te a minha palavra de honra. Para que precisas dela? Dúnia gosta de mim e está desacostumada da sua primitiva condição. Nem tu nem ela poderá esquecer o que aconteceu." Em seguida, enfiou-lhe algo na manga, abriu a porta e o chefe de estação se viu na rua, sem saber como.

Permaneceu muito tempo imóvel, finalmente viu sob a aba da manga um rolo de papéis; retirou-os e desenrolou diante de si algumas notas amassadas de cinco e dez rublos. Lágrimas novamente lhe apareceram nos olhos — lágrimas de indignação! Comprimiu os papéis numa bolinha, jogou-os ao chão, amassou-os com o tacão e caminhou... Depois de alguns passos, parou, pensou um pouco... e voltou... mas as notas não estavam mais ali. Vendo-o, um jovem bem-vestido correu para um carro de praça, sentou-se apressadamente e gritou: "Corre!". O chefe de estação não o perseguiu. Resolveu ir para casa, para a sua estação de posta, mas antes disso queria ver ao menos uma vez mais a sua pobre Dúnia. Por isso, voltou uns dois dias depois à casa de Mínski; mas o lacaio militar disse-lhe severo que o patrão não recebia ninguém, empurrou-o com o peito para fora do vestíbulo e bateu-lhe com a porta no nariz. O chefe de estação permaneceu algum tempo ali e se retirou.

No mesmo dia, à noitinha, caminhava ele pela Litiéinaia, depois de ouvir missa na Igreja de Todos os Aflitos. De repente, passou na sua frente uma caleça elegante, a toda velocidade, e ele reconheceu Mínski. A caleça parou diante de uma casa de três andares, junto à escadaria de pedra, e o hussardo subiu correndo para o patamar. Um pensamento oportuno acudiu à mente do chefe de estação. Voltou e, chegando perto do cocheiro, perguntou: "De quem é esse cavalo, irmão? Não será de Mínski?". — "Exatamente — respondeu o cocheiro. — Mas o que tens com isso?" — "O seguinte: o teu patrão mandou-me levar um bilhetinho à casa da sua Dúnia, mas eu esqueci onde ela mora." "É aqui, no segundo andar. Chegaste tarde com o teu bilhete, irmão; agora, ele mesmo está lá." — "Não faz mal — replicou o chefe de estação, o coração num movimento indefinível. — Obrigado pela informação, saberei fazer o que se deve." Dito isso, subiu a escada.

A porta estava fechada; tocou a campainha; decorreram alguns segundos de uma espera angustiosa para ele. A chave reboou na fechadura, e abriu-se a porta. "É aqui que mora Avdótia Samsônovna?" — perguntou ele. "Aqui — respondeu a jovem criada. — Mas para que precisas dela?" Ele entrou na sala sem responder. "Não pode, não pode! — gritou-lhe a criada. — Avdótia Samsônovna está com visitas." Mas ele caminhou em frente, sem a ouvir. Os dois primeiros quartos estavam às escuras, o terceiro iluminado. Acercou-se da porta aberta e se deteve. No quarto admiravelmente decorado, Mínski estava sentado, pensativo. Trajada com todo o luxo da moda, Dúnia sentava-se no braço da sua poltrona, como uma amazona em sua sela inglesa. Olhava para Mínski enternecida, enrolando os negros cachos dele nos seus dedos faiscantes. Pobre chefe de estação! Nunca a filha lhe parecera tão linda; extasiava-se com ela sem querer. "Quem está aí?" — perguntou ela sem erguer a cabeça. Ele permanecia calado. Não recebendo resposta, Dúnia levantou a cabeça... e caiu com um grito sobre o tapete. Mínski correu assustado

O chefe da estação

para levantá-la, e de repente, vendo no umbral o velho, deixou Dúnia e acercou-se dele trêmulo de raiva. "O que queres? — disse, apertando com força os dentes. — Por que te esgueiras sempre atrás de mim, como um salteador? Será que me queres apunhalar? Vai embora!" — e agarrando com mão forte o velho pela gola, empurrou-o para a escada.

Este foi para a casa em que se hospedara. O amigo aconselhou-o a apresentar queixa às autoridades; mas ele pensou um pouco e resolveu desistir de tudo. Dois dias depois, voltava de Petersburgo para a estação de posta, onde retomou o serviço. "Já é o terceiro ano — concluiu ele — que eu vivo sem Dúnia, e não ouço dela qualquer notícia. Deus sabe se está viva ou se morreu. Tudo acontece. Não é a primeira nem a última a ser seduzida por um maroto de passagem, e abandonada pouco depois. Em Petersburgo, há muitas dessas mocinhas tolas, que hoje andam de cetim e veludo, e amanhã, quando menos se espera, vão varrer a rua com a ralé dos botequins. Quando penso, às vezes, que Dúnia pode ter caído assim, incorro em pecado sem querer e desejo a sua morte..."

Tal foi o relato do meu amigo, o velho chefe de estação, relato frequentemente interrompido por lágrimas, que ele enxugava de modo pitoresco, com a aba da sobrecasaca, a exemplo do esforçado Tieriêntitch, na linda balada de Dmítriev.[8] Essas lágrimas foram em parte provocadas pelo ponche, do qual ele ingerira cinco copos, no decorrer da narração; mas, de qualquer modo, elas me comoveram profundamente. Despedindo-me dele, durante muito tempo não pude esquecer o velho, nem deixar de pensar na pobre Dúnia...

Passando recentemente pelo lugarejo de..., lembrei-me do meu amigo; soube que a estação de posta chefiada por ele já fora extinta. Ninguém pôde dar-me resposta satisfatória à pergunta se estava vivo o velho chefe. Decidi visitar os lugares meus conhecidos, aluguei uns cavalos e dirigi-me à vila de N.

[8] "Caricatura", de I. I. Dmítriev (1760-1837).

Foi no outono. Nuvens cinzentas cobriam o céu; um vento frio soprava dos campos ceifados, carregando folhas vermelhas e amarelas das árvores. Cheguei à vila ao pôr do sol, e parei junto à casa da antiga estação de posta. Uma mulher gorda saiu para o vestíbulo (onde outrora a pobre Dúnia me beijara) e respondeu às minhas perguntas que o velho chefe da estação morrera um ano atrás, que em sua casa instalara-se um cervejeiro, e que ela era a esposa deste. Lamentei aquela viagem inútil e o gasto vão de sete rublos. "Do que foi que ele morreu?" — perguntei à mulher. "De tanto beber, paizinho" — respondeu-me. "E onde foi enterrado?" — "Fora da vila, junto à patroa dele." — "Alguém me poderia levar até o seu túmulo?" — "Como não? Eh, Vanka![9] Chega de amolar o gato. Leva o patrão ao cemitério e mostra a ele o túmulo do chefe."

A essas palavras um menino esfarrapado, ruivo e zarolho, correu ao meu encontro e me conduziu imediatamente para fora da vila.

— Você conheceu o defunto? — perguntei-lhe pelo caminho.

— Como não? Foi ele que me ensinou a recortar flautinhas. Às vezes (que a terra lhe seja leve!), vinha do botequim e nós atrás dele: "Vovozinho, vovozinho, avelãs!" — e ele nos dava avelãs. Gastava muito tempo com a gente.

— E os viajantes que passam, lembram-se dele?

—Agora, pouca gente passa por aqui; às vezes, vem o delegado, mas ele não se preocupa muito com defuntos. No verão, esteve por aqui uma senhora, que perguntou pelo velho e foi ao túmulo dele.

— Que senhora? — perguntei curioso.

— Uma senhora linda — respondeu o moleque. — Veio numa carruagem de seis cavalos, com três pequenos senhorezinhos e mais a ama de leite, e ainda um cachorro preto; e

---

[9] Diminutivo de Ivan.

O chefe da estação

quando disseram a ela que o velho morreu, chorou e disse às crianças: "Fiquem quietos, que eu vou ao cemitério". Eu me ofereci para levá-la. Mas a senhora disse: "Eu conheço o caminho". E me deu cinco copeques de prata... que senhora bondosa!...

Chegamos ao cemitério, um lugar nu, sem muro ou cerca, coberto de cruzes de madeira, sem nenhuma árvore de sombra. Em toda a minha vida, nunca vi um cemitério tão triste.

— Aqui é o túmulo do velho chefe da estação — disse-me o menino, pulando para um monte de areia, em que estava cravada uma cruz negra, com uma imagem de cobre.

— E a senhora veio cá? — perguntei.

— Veio — respondeu Vanka. — Fiquei olhando para ela de longe. Ela se deitou aqui e passou muito tempo assim. Depois a senhora foi para a aldeia, chamou o pope, deu dinheiro a ele, e me deixou cinco copeques de prata... que senhora simpática!

Dei também cinco copeques ao menino e não lamentei mais a viagem, nem os sete rublos que eu gastara.

O TIRO

> *E atiramos um no outro.*
>
> Baratínski[1]
>
> *Jurei abatê-lo segundo as leis do duelo (ele ainda me deve esse tiro).*
>
> Noite no bivaque[2]

I

Estacionávamos no lugarejo de... É sabido o modo de vida de um oficial de linha. De manhã, instrução geral, equitação; janta-se em casa do comandante do regimento ou na taverna do judeu; de noite, ponche e cartas. Em... não havia uma casa em que se recebessem oficiais, ou sequer uma moça casadoura — reuníamo-nos em casa um do outro, onde não víamos nada além dos nossos próprios uniformes.

Um único civil pertencia ao nosso grupo. Tinha perto de trinta e cinco anos e, por isso, nós o considerávamos um velho. A experiência da vida proporcionava-lhe muitas vantagens sobre nós outros; e além disso, o seu habitual ar carrancudo, o gênio difícil e a linguagem violenta exerciam forte influência sobre os nossos jovens espíritos. Algo de misterioso cercava o seu destino; parecia russo, mas usava nome estrangeiro. Servira outrora como hussardo, e até com êxito; ninguém sabia o que o obrigara a reformar-se e vir residir no lugarejo pobre, onde vivia ao mesmo tempo modestamente e com dissipação; andava invariavelmente a pé e usava uma sobrecasaca negra, puída, mas tinha sempre a mesa posta para todos os oficiais do nosso regimento. É verdade que o jan-

---

[1] E. A. Baratínski (1800-1844).
[2] Novela de A. Biestujev (1797-1837).

O tiro 197

tar consistia em dois ou três pratos, preparados por um ex--soldado, mas, ao mesmo tempo, o champanhe se vertia a jorros. Ninguém conhecia as suas posses ou rendimentos, e ninguém se atrevia a perguntar-lhe isto. Tinha livros, na maioria sobre temas de guerra e romances. Emprestava-os de bom grado, sem jamais os pedir de volta; em compensação, nunca devolvia ao dono um livro tomado de empréstimo. O seu principal exercício consistia em tiro de pistola. As paredes do seu quarto estavam crivadas de balas, cobertas de furos como favos de mel. Uma preciosa coleção de pistolas constituía o único luxo da pobre casinha de taipa que habitava. Era incrível a perfeição que atingira, e se ele se tivesse proposto derrubar com um tiro uma pera colocada sobre o quepe de qualquer de nós, ninguém do nosso regimento trepidaria em oferecer a cabeça para tal demonstração. Frequentemente se falava de duelos; Sílvio (vou chamá-lo assim) nunca se intrometia na conversa. Quando alguém lhe perguntava se tomara parte em algum encontro, respondia secamente que sim, mas não entrava em pormenores, e era evidente que tais perguntas lhe eram desagradáveis. Supúnhamos que lhe pesasse na consciência alguma vítima infeliz da sua terrível arte. Aliás, não nos ocorria sequer suspeitar nele algo semelhante a temor. Há pessoas cujo simples aspecto afasta suspeitas dessa ordem. Uma ocorrência casual deixou-nos, porém, a todos estupefatos.

De uma feita, jantávamos uns dez oficiais, em casa de Sílvio. Bebíamos como de costume, isto é, muitíssimo; depois do jantar, começamos a pedir-lhe que bancasse numa partida. Ficou muito tempo se recusando, pois não jogava quase nunca; finalmente, mandou trazer o baralho, espalhou sobre a mesa meio cento de *tchervôntzi*[3] e sentou-se para bancar. Rodeamo-lo e o jogo começou. Sílvio tinha o hábito de man-

---

[3] De *tchervônietz*, moeda de dez rublos.

ter absoluto silêncio durante as partidas, nunca discutia nem se explicava. Se acontecia a um jogador enganar-se na conta, ele imediatamente pagava o excesso ou anotava a diferença a favor de si mesmo. Já conhecíamos este seu costume, e não o impedíamos de agir à sua maneira; mas estava conosco um oficial transferido recentemente para a unidade. Jogando distraidamente, este declarou um ponto a mais para o oponente. Sílvio apanhou o giz e alterou a conta, como de costume. Pensando que o dono da casa se tivesse enganado, o oficial lançou-se em explicações. Sílvio continuou a dar cartas em silêncio. Perdendo a paciência, o oficial tomou o apagador e anulou o que lhe parecia anotado sem razão. Sílvio pegou o giz e tornou a anotar o número. Excitado pelo vinho, pelo jogo e pelo riso dos companheiros, o outro considerou-se profundamente ofendido, e agarrando, num acesso de furor, um castiçal de cobre que estava sobre a mesa, atirou-o contra Sílvio, que mal teve tempo de se desviar do golpe. Ficamos perplexos. Sílvio ergueu-se, pálido de raiva, e disse, os olhos cintilando: "Queira sair, meu senhor, e agradeça a Deus que isso tenha acontecido em minha casa".

Não duvidamos das consequências, e já considerávamos o nosso novo colega um cadáver. O oficial saiu, dizendo que estava disposto a responder à ofensa da maneira que aprouvesse ao senhor banqueiro. O jogo continuou mais alguns minutos; sentindo, porém, que o dono da casa tinha mais em que pensar, fomos saindo um a um, e nos dirigimos para os nossos alojamentos, comentando a próxima baixa.

No dia seguinte, no picadeiro, perguntávamos um ao outro se o pobre tenente ainda estava vivo, quando ele apareceu em pessoa; fizemos-lhe a mesma pergunta. Respondeu-nos que ainda não tivera qualquer notícia de Sílvio. Isto nos surpreendeu. Fomos à casa de Sílvio e encontramo-lo no pátio, acertando uma bala em cima da outra, num ás pregado ao portão. Recebeu-nos como de costume, sem dizer palavra sobre a ocorrência da véspera. Passaram-se três dias, e o tenente ainda vivia. Perguntávamos surpreendidos: será possível que Sílvio não lute? Mas Sílvio realmente não provocou um duelo. Contentou-se com uma explicação muito ligeira e fez as pazes. Isto chegou a prejudicá-lo extraordinariamente na opinião dos moços. Gente moça desculpa menos que tudo a falta de coragem e vê geralmente nesta última o suprassumo da dignidade humana, bem como a escusa para os vícios mais diversos. No entanto, aos poucos, tudo foi esquecido, e Sílvio tornou a exercer a primitiva influência.

Somente eu não conseguia reaproximar-me dele. Dotado de uma imaginação romântica, estivera antes disso, num grau maior que os demais, ligado a esse homem, cuja vida era um enigma e que me parecia herói de alguma novela misteriosa. Ele gostava de mim; pelo menos, eu era o único em cuja companhia ele deixava a habitual linguagem ríspida e sarcástica, para falar sobre diferentes assuntos, de modo simples e extremamente agradável. Mas, depois daquela infeliz noitada, a ideia de que a sua honra tinha sido manchada e, por sua própria vontade, não fora desagravada, essa ideia não me deixava e impedia-me de tratá-lo como antes, envergonhava-me de olhar para ele. Sílvio era muito inteligente e experimentado para não o perceber e não adivinhar o motivo da minha atitude. Parece que isto o entristecia; pelo menos, notei nele umas duas vezes um desejo de se explicar comigo; mas eu evitava essas oportunidades, e Sílvio afastou-se de mim. Depois disso, eu só me encontrava com ele na presença de colegas, e as nossas conversas francas tiveram fim.

Os distraídos habitantes da capital não têm a menor ideia sobre muitas emoções tão conhecidas dos habitantes de aldeias ou cidadezinhas do interior, como por exemplo, a espera do dia do correio: às terças e sextas, a casa das ordens do regimento ficava repleta de oficiais. Uns esperavam dinheiro, outros cartas ou jornais. Geralmente, os envelopes eram abertos ali mesmo, as notícias comunicavam-se aos companheiros, e a casa das ordens apresentava o mais animado dos quadros. Sílvio recebia cartas endereçadas para o nosso regimento e costumava estar ali nessas ocasiões. Certa vez, entregaram-lhe um envelope, cujo lacre ele arrancou, com uma expressão de impaciência extrema. Enquanto lia rapidamente a carta, os seus olhos faiscavam. Os oficiais, ocupados com as suas próprias cartas, não perceberam nada. "Senhores — disse-lhes Sílvio —, as circunstâncias obrigam-me a ausentar-me imediatamente; partirei esta noite mesmo; espero que não se recusem a jantar comigo pela última vez. Espero o senhor também — prosseguiu, dirigindo-se a mim —, espero-o sem falta." Dito isso, saiu precipitadamente; quanto a nós, combinada a reunião em casa de Sílvio, dispersamo-nos.

Cheguei à sua casa à hora marcada, e encontrei lá quase todo o regimento. As suas coisas já estavam prontas para a mudança, restavam apenas as paredes nuas, picotadas de balas. Sentamo-nos à mesa; o dono da casa estava muito bem-humorado e, em pouco tempo, a sua alegre disposição comunicou-se a todos; rolhas espoucavam a cada momento, a bebida espumava sem cessar, e nós nos aplicávamos em desejar ao que partia uma boa viagem e todas as felicidades possíveis. Era noite alta quando nos erguemos da mesa. Na hora de apanhar os quepes, Sílvio, ao despedir-se de todos, tomou-me o braço e me deteve no momento em que me preparava para sair. "Preciso falar contigo" — disse em voz baixa. Fiquei.

Os convidados se foram; ficamos a sós, sentamo-nos frente a frente e acendemos em silêncio os nossos cachimbos. Sílvio estava preocupado; não lhe ficara um vestígio sequer da sua alegria convulsiva. Uma palidez soturna, os olhos cintilantes e a fumaça densa, que lhe saía da boca, davam-lhe um ar verdadeiramente diabólico. Decorreram alguns instantes, e Sílvio rompeu o silêncio.

— É possível que não nos vejamos nunca mais — disse-me ele. — Antes da separação, quero explicar-me contigo.

O tiro 201

Podes ter notado que eu respeito pouco a opinião alheia. Mas eu gosto de ti e sinto que seria aflitivo para mim deixar em teu espírito uma impressão injusta.

Fez uma pausa e começou a encher o cachimbo; eu me mantinha calado, os olhos baixos.

— Estranhaste — prosseguiu ele — que eu não tivesse exigido satisfações desse bêbado estouvado que é R... Deve convir comigo que, tendo eu o direito de escolher a arma, a vida dele estava em minhas mãos e a minha quase segura; poderia atribuir a minha moderação exclusivamente à generosidade, mas não quero mentir. Se eu pudesse castigar R... sem arriscar a vida, não lhe teria perdoado aquilo de modo algum.

Olhei estupefato para Sílvio. Tal confissão deixou-me completamente confuso. Ele prosseguiu.

— Exatamente: eu não tenho o direito de me arriscar a morrer. Seis anos atrás, recebi uma bofetada, e meu inimigo ainda está vivo.

Minha curiosidade ficou fortemente espicaçada.

— Não lutaste com ele? — perguntei. — As circunstâncias naturalmente os separaram.

— Lutei com ele — respondeu Sílvio — e eis a relíquia do nosso duelo.

Levantou-se e tirou de uma caixa de papelão um chapéu vermelho, com um pompom dourado e um galão (aquilo que os franceses chamam *bonnet de police*); colocou sobre a cabeça: estava traspassado a um *vierchók*[4] da testa.

— Sabes — prosseguiu Sílvio — que eu servi no regimento hussardo de... Já conheces o meu gênio: estou acostumado a ser o primeiro em tudo, e, quando moço, isso constituía verdadeira paixão. No nosso tempo, a turbulência estava em moda, e eu era o maior turbulento do exército. Nós nos vangloriávamos da bebedeira, e eu bebia mais que o glo-

[4] Medida russa correspondente a 4,4 cm.

rioso Burtzóv, cantado por Denís Davidov.⁵ Os duelos sucediam-se em nosso regimento; em todos eles, eu era testemunha ou participante. Os companheiros adoravam-me, e os comandantes do regimento, frequentemente substituídos, consideravam-me um mal necessário. Eu me deliciava calma (ou, melhor, inquietamente) com a minha glória, quando veio para a nossa unidade um jovem de uma família rica e ilustre (não quero dizer o seu nome). Eu nunca encontrara tamanho felizardo! Imagine a mocidade, a inteligência, a beleza, a mais desenfreada alegria, o maior desprendimento e coragem, um nome famoso, o dinheiro, cuja conta não conhecia, e que nunca acabava, e imagine que papel devia desempenhar em nosso meio. A minha primazia perigou. Encantado com a minha fama, começou a procurar a minha amizade; mas eu o recebi com frieza, e ele afastou-se de mim, sem lamentá-lo nem um pouco. Passei a odiá-lo. Os seus êxitos no regimento e com as mulheres deixavam-me completamente desesperado. Comecei a procurar um pretexto de briga; ele respondia aos meus epigramas com outros, que me pareciam sempre mais originais e espirituosos que os meus, e que eram naturalmente muito mais alegres; ele estava gracejando, enquanto eu expressava o meu rancor. Afinal, certa vez, num baile em casa de um senhor de terras polaco, vendo-o objeto da atenção de todas as senhoras e, sobretudo, da própria dona da casa, com quem eu mantinha ligação amorosa, disse-lhe ao ouvido alguma grosseria baixa. Ele ficou vermelho e me deu uma bofetada. Corremos a apanhar os sabres; havia senhoras desmaiando; fomos apartados e, naquela madrugada mesmo, dirigimo-nos para o local do duelo.

Isto foi ao amanhecer. Fiquei no lugar marcado, com os meus três padrinhos. Esperava o meu opositor com uma impaciência indescritível. Um sol de primavera já se levantara, e começava a fazer calor. Eu o vi de longe. Vinha a pé, a tú-

⁵ D. V. Davidov (1784-1839).

nica pendurada no sabre, acompanhado de um padrinho. Fomos ao seu encontro. Ele se aproximava, segurando o quepe cheio de cerejas. Os padrinhos mediram doze passos. Eu devia atirar primeiro; mas o rancor tumultuava em mim com tal intensidade que eu não confiava mais na firmeza da minha mão, e, para me dar tempo de esfriar, cedi o primeiro tiro; o meu adversário não concordou. Resolveu-se tirar a sorte: o primeiro tiro coube a ele, eterno favorito da fortuna. Fez pontaria e traspassou o meu quepe. Era a minha vez. A vida dele finalmente em minhas mãos; olhei-o com avidez, procurando surpreender uma sombra de inquietação ao menos... Ele estava sob a mira da minha pistola, escolhendo dentro do quepe cerejas maduras e cuspindo fora os caroços, que chegavam até onde eu estava. A sua indiferença me enfureceu. O que adianta, pensei, privá-lo da vida, se ele não lhe dá nenhum valor? Um pensamento perverso perpassou-me na mente. Baixei a pistola.

"Ao que parece, o senhor tem agora mais que fazer do que pensar na morte — disse eu. — Está fazendo uma refeição e não quero estorvá-lo." — "O senhor não me estorva em nada — replicou ele. — Queira atirar, ou, melhor, faça como quiser; tem direito a um tiro, e eu estarei sempre à sua disposição." Dirigi-me aos padrinhos, declarando que não pretendia mais atirar naquele dia, e assim terminou o duelo.

Fui reformado e vim para este lugarejo. Desde então, não passou um dia sequer em que eu não pensasse na vingança. E eis que chegou a minha hora...

Tirou do bolso e deu-me para ler a carta que recebera naquela manhã. Alguém (devia ser o seu procurador) escrevia-lhe de Moscou que *determinado indivíduo* estava para contrair matrimônio legítimo com uma jovem encantadora.

— O senhor adivinha naturalmente — disse Sílvio — quem é esse *determinado indivíduo*. Vou a Moscou. Veremos se ele aceitará a morte antes do casamento com a mesma indiferença com que a esperou com as suas cerejas!

Dito isso, Sílvio levantou-se, atirou ao chão o quepe e pôs-se a andar pelo quarto, como um tigre na jaula. Eu o escutava imóvel, inquietavam-me sentimentos estranhos e contraditórios. O criado entrou, dizendo que os cavalos estavam prontos. Sílvio apertou-me com força a mão; beijamo-nos. Sentou-se na pequena telega onde estavam duas malas, uma das quais com as pistolas, a outra com a bagagem. Despedimo-nos mais uma vez, e os cavalos partiram a galope.

II

Passaram alguns anos e certas circunstâncias de família obrigaram-me a instalar-me numa pobre aldeola do distrito de N... Ocupando-me com as coisas domésticas, eu não cessava de suspirar baixinho pela minha vida anterior, bulhenta e sem cuidados. O mais difícil para mim era passar as noites de primavera e inverno em absoluta solidão. Até o jantar, eu ainda conseguia gastar o tempo, conversando com o estároste da aldeola, percorrendo os campos ou visitando estabelecimentos novos; mas, apenas começava a escurecer, eu não sabia o que fazer de mim. Decorei os poucos livros que encontrei debaixo dos armários e na despensa. A despenseira Kirílovna repetiu para mim todos os contos que podia lembrar; as canções das mulheres da aldeia deixavam-me angustiado. Ataquei a *nalivka*,[6] ainda sem açúcar, mas ela me dava dor de cabeça; e ainda confesso que tive medo de me tornar borracho por desgosto, isto é, o borracho mais borracho, conforme inúmeros exemplos que vi em nosso distrito. Não tinha vizinhos próximos, a não ser dois ou três desses bêbados, cuja palestra consistia principalmente em soluços e suspiros. A solidão era mais suportável.

[6] Licor caseiro, geralmente de ginja.

A quatro verstas, ficava a rica propriedade da condessa B..., mas nela vivia somente o administrador; a condessa visitara a propriedade apenas uma vez, no primeiro ano de casada, e assim mesmo passara ali um mês, não mais. No entanto, na segunda primavera de meu isolamento, espalhou-se o boato de que a condessa e o marido viriam passar o verão em sua aldeia. E realmente chegaram nos primeiros dias de junho. A chegada de um vizinho rico marca época na vida dos habitantes de uma aldeia. Os proprietários e os seus servos comentam a notícia uns dois meses antes e até três anos depois. Quanto a mim, confesso que a vinda de uma vizinha jovem e encantadora causou-me grande emoção; eu ardia em impaciência de vê-la e, por isto, no primeiro domingo da sua chegada, fui depois do jantar à aldeia de..., a fim de me recomendar a Suas Altezas, como vizinho próximo e servidor fidelíssimo.

O lacaio fez-me entrar no gabinete do conde e foi anunciar a minha chegada. O amplo gabinete estava mobiliado com muito luxo; junto às paredes, havia armários de livros, com um busto de bronze em cima de cada; um largo espelho estava suspenso sobre a lareira de mármore; o chão era forrado com pano verde e coberto de tapetes. Tendo perdido em meu pobre vilarejo o hábito do luxo, e havendo passado muito tempo sem ver riquezas alheias, fiquei intimidado e esperei o conde com certo tremor, como um solicitante provinciano espera a saída do ministro. Abriu-se a porta e entrou um homem de uns trinta e dois anos, com uma bela aparência. O conde aproximou-se de mim, com ar franco e amistoso; esforçava-me por criar ânimo, e comecei a recomendar-me, porém ele me deteve. Sentamo-nos. A conversa, fluente e amável, dissipou logo a minha timidez, que se tornara selvagem; eu já estava começando a voltar à disposição de ânimo habitual, quando de repente entrou a condessa, e a timidez tomou conta de mim, ainda mais intensa. Realmente, era uma linda mulher. O conde me apresentou; eu queria parecer desembaraçado, mas quanto mais me esforçava por adquirir um ar de naturalidade, mais encabulado me sentia. Para me dar tempo de voltar a mim e habituar-me aos novos conhecidos, eles começaram a conversar entre si, tratando-me como um bom vizinho e sem qualquer cerimônia. No entretanto, pus-me a andar pelo gabinete, examinando livros e quadros. Não sou entendedor de quadros, mas um deles atraiu-me a atenção. Representava uma vista da Suíça; o que me surpreendeu, no entanto, não foi a beleza da pintura, e sim o fato de ter sido o quadro traspassado com duas balas, cravadas uma em cima da outra.

— Eis um bom tiro — disse eu, dirigindo-me ao conde.

— Sim — respondeu ele —, um tiro admirável. E o senhor, atira bem?

— Regular — respondi, alegrando-me com o fato de que a conversa tinha finalmente por objeto um assunto que eu conhecia. — A trinta passos, não deixarei de acertar numa carta de baralho, isto com uma pistola conhecida, é claro.

— Realmente? — disse a condessa, com uma expressão de grande interesse. — E tu, meu bem, acertarias numa carta, a trinta passos?

— Algum dia — respondeu o conde — vamos experimentar. Em meu tempo, atirava regularmente; mas há quatro anos não seguro uma pistola.

— Oh! — observei. — Neste caso, aposto a cabeça em como Vossa Alteza não vai acertar numa carta, nem a vinte passos: o tiro de pistola requer exercícios diários. Isto eu sei por experiência própria. Em nosso regimento, eu era considerado um dos primeiros atiradores. Certa vez, aconteceu-me passar um mês inteiro sem segurar uma pistola, pois as minhas estavam em conserto; pois bem, o que pensa Vossa Alteza? Na primeira vez em que atirei falhei quatro vezes seguidas, fazendo pontaria sobre uma garrafa, a vinte e cinco passos. Tínhamos um capitão espirituoso e brincalhão; ele

me disse: "É que, irmão, não te atreves a maltratar a garrafa". Não, Vossa Alteza, não se pode desprezar o exercício, senão se acaba perdendo de uma vez o hábito. O melhor atirador que me aconteceu encontrar, dava pelo menos três tiros antes do jantar. Era um hábito consagrado, como um cálice de vodca.
O conde e a condessa estavam satisfeitos porque eu me desembaraçara.
— E como atirava ele? — perguntou-me o conde.
— Eis como, Vossa Alteza: via às vezes uma mosca pousada na parede... A senhora está rindo, condessa? Juro por Deus que é verdade. Acontecia-lhe ver a mosca, e logo gritava: "Kuzka,[7] minha pistola!". Kuzka levava para ele a pistola armada. E — bumba — a mosca ficava pregada na parede!
— É espantoso! — disse o conde. — E como se chamava ele?
— Sílvio, Vossa Alteza.
— Sílvio! — exclamou o conde, erguendo-se de um pulo.
— O senhor conheceu Sílvio?
— Como não o conhecer, Alteza? Fomos amigos, ele era recebido em nosso regimento como irmão e companheiro; mas há cinco anos já que não tenho dele qualquer notícia. Quer dizer que Vossa Alteza o conheceu também?
— Conheci, e muito bem. Ele não lhe contou acaso... mas não; não creio; não lhe contou uma ocorrência muito estranha?
— Não será, Alteza, aquela bofetada que ele recebeu no baile, de não sei que maroto?
— E ele não disse ao senhor o nome desse maroto?
— Não, Vossa Alteza, não disse... Ah, Vossa Alteza! — prossegui, adivinhando a verdade. — Perdão... eu não sabia... Não foi o senhor?...

---

[7] Diminutivo de Kozmá.

— Eu mesmo — respondeu o conde, com expressão muito aborrecida —, e o quadro traspassado com bala é uma relíquia do nosso último encontro...

— Ah, querido — disse a condessa —, pelo amor de Deus, não contes a história, que eu me assusto só de ouvi-la.

— Não — replicou o conde —, vou contar tudo; ele sabe como eu ofendi o seu amigo, que saiba também de que modo Sílvio se vingou de mim.

O conde me ofereceu uma poltrona e eu ouvi com o mais vivo interesse o seguinte relato.

"Casei-me há cinco anos. Passei o primeiro mês, *the honeymoon*, aqui nesta aldeia. Devo a esta casa os melhores momentos da minha vida e uma das recordações mais penosas.

Uma vez, passeávamos os dois a cavalo, à noitinha; o animal em que ia minha mulher começou a mostrar-se caprichoso; ela se assustou, deu-me as rédeas e caminhou para casa; fui na frente. No pátio, vi uma telega de estrada; disseram-me que em meu gabinete estava um homem que não quisera dar o nome e dissera apenas que precisava falar comigo. Entrei nesta mesma sala e vi no escuro um homem coberto de poeira e de barba crescida; estava aqui, em pé junto à lareira. Aproximei-me dele, procurando lembrar-me das suas feições. 'Não me reconheces, conde?' — perguntou ele, a voz trêmula. 'Sílvio!' — gritei, e confesso que senti os meus cabelos de repente se eriçarem. 'Exatamente — prosseguiu ele —, tenho direito a um tiro; vim para descarregar a minha pistola; estás pronto?' A pistola saía-lhe de um bolso lateral. Medi doze passos, e me coloquei naquele canto, pedindo-lhe que atirasse o mais depressa possível, enquanto minha mulher não voltava. Ele se demorou. Pediu luz. Trouxeram velas. Tranquei a porta, disse que ninguém entrasse e lhe pedi novamente para atirar. Ele tirou a pistola e fez pontaria... Eu contava os segundos... pensava nela... Decorreram uns instantes terríveis! Sílvio baixou o braço. 'Lamento — disse ele — que a pistola não esteja carregada com caroços de cereja... a

O tiro 209

bala é pesada. Tenho a impressão de que isso não é um duelo, mas um homicídio; não estou acostumado a fazer pontaria sobre um homem inerme. Vamos começar de novo; tiremos a sorte, para ver quem deve atirar primeiro.' A cabeça ia-me em roda... Parece que protestei... Finalmente, armamos mais uma pistola; enrolamos dois papeizinhos. Ele os colocou no quepe atravessado outrora pela minha bala; tirei mais uma vez o primeiro número. 'Tens uma sorte infernal, conde' — disse-me com um sorriso que nunca hei de esquecer. 'Não compreendo o que se passava comigo, e de que modo ele me forçou a isso... mas eu atirei e acertei nesse quadro.' (O conde apontou com o dedo o quadro traspassado a bala; tinha o rosto em fogo; a condessa estava mais pálida que seu lenço. Não pude evitar uma exclamação.)

Atirei — prosseguiu o conde — e, graças a Deus, falhei; então Sílvio... (nesse momento, ele tinha um aspecto realmente terrível) começou a fazer pontaria em mim. De repente, a porta se abriu. Macha entrou correndo e se atirou chorando ao meu pescoço. A presença dela me devolveu o ânimo. 'Querida — disse-lhe eu —, não estás vendo que é uma brincadeira? Como te assustaste! Vai tomar um copo d'água e volta para cá; vou apresentar-te um velho amigo e companheiro.'

Macha não se convencia. 'Diga-me se o meu marido está contando a verdade — perguntou, dirigindo-se ao terrível Sílvio. — É verdade que estão brincando?' — 'Ele está sempre brincando, condessa — respondeu ele. — Certa vez, ele me deu uma bofetada por brincadeira, atravessou-me com uma bala este quepe, também por brincadeira, atirou ainda agora e não acertou em mim, sempre por brincadeira; agora me deu também na telha de brincar um pouco...' Dito isso, quis fazer pontaria em mim... na presença dela! Macha atirou-se aos seus pés. 'Levanta-te, Macha, que vergonha! — gritei furioso. — E o senhor não vai deixar de escarnecer essa pobre mulher? Atira ou não?' — 'Não atiro — respondeu Sílvio. — Estou satisfeito; vi o teu estado de confusão, o teu me-

do; obriguei-te a atirar em mim, isso me basta. Vais lembrar-
-te de mim. Entrego-te à tua consciência.' Ia já saindo, mas
de repente parou no umbral da porta, olhou para o quadro
que eu traspassara com uma bala, atirou nele quase sem mi-
rar e sumiu. Minha mulher estava desmaiada; os meus homens não se atreveram a detê-lo, e olhavam-no horrorizados;
saiu para o patamar da escada, chamou o cocheiro e foi-se,
antes que eu tivesse tempo de vir a mim."
O conde se calou. Desse modo, conheci o final do romance, cujo princípio me deixara outrora tão impressionado.
Nunca mais me encontrei com o seu herói. Dizem que, durante a revolta de Alexandre Ipsilânti, Sílvio chefiava um destacamento de heteristas[8] e que perto de Skuliâni[9] foi morto em
combate.

[8] De *Hetairia*, sociedade que visava a Independência grega. Ver à p. 221 a nota 3.
[9] Batalha entre gregos e turcos em 17 de junho de 1821.

O FAZEDOR DE CAIXÕES

> *Não vemos diariamente os ataúdes,*
> *Cãs do universo que envelhece?*
>
> Dierjávin[1]

Os últimos trastes do fazedor de caixões Adrian Prokhorov foram amontoados no coche fúnebre, e a esquálida parelha arrastou-se pela quarta vez da Basmánaia para a Nikítskaia, para onde ele se mudava com tudo o que era seu. Fechada a loja, pregou no portão um anúncio dizendo que a casa estava à venda ou para alugar, e foi para o novo domicílio a pé. Aproximando-se da casinha amarela, que havia tanto tempo lhe seduzia a imaginação e fora comprada finalmente por uma soma considerável, o velho percebeu surpreendido que o seu coração não se alegrava. Transpondo o umbral desconhecido e encontrando confusão em sua nova morada, suspirou pela velha lojinha, onde durante dezoito anos tudo decorrera na mais estrita ordem; começou a deblaterar contra as duas filhas e a empregada, por causa da sua lentidão, e pôs-se a ajudá-las. A ordem foi instaurada em pouco tempo; o oratório com os ícones, o armário de louça, a mesa, o divã e a cama ocuparam os lugares designados por ele no quarto dos fundos; na cozinha e na sala de visitas, dispuseram-se as obras do dono da casa: caixões de todas as cores e tamanhos, bem como armários com chapéus de luto, capotes negros e archotes. Por cima do portão, pregou-se uma tabuleta com um Cupido corpulento, tendo na mão um facho virado, com a inscrição: "Aqui se vendem e se forram caixões simples e pintados, e também se alugam ou se consertam caixões usados". As moças foram para o seu quarto. Adrian per-

---

[1] Do poema "A cachoeira", de G. R. Dierjávin.

correu a habitação, sentou-se à janela pequena e mandou preparar o samovar.

O leitor culto sabe que tanto Shakespeare como Walter Scott representaram os seus coveiros como homens alegres e brincalhões, a fim de impressionar mais fortemente com o contraste a nossa imaginação. Em respeito à verdade, não podemos seguir o seu exemplo e somos obrigados a confessar que o gênio do nosso fazedor de caixões condizia de modo absoluto com o seu lúgubre ofício. Adrian Prokhorov era habitualmente sombrio e calado. Rompia o mutismo quase exclusivamente para gritar com as filhas, quando as encontrava inativas, espiando os transeuntes da janela, ou para pedir pelas suas obras um preço exagerado àqueles que tinham a infelicidade (e às vezes, o prazer) de precisar delas. Pois bem, sentado à janela e tomando a sétima xícara de chá, Adrian estava imerso como de costume em tristes divagações. Pensava na chuva torrencial que, uma semana atrás, caíra no momento em que chegava no cemitério o enterro de um brigadeiro reformado. Muitos capotes negros encolheram, muitos chapéus se estragaram. Previa despesas inevitáveis, pois o seu velho estoque de trajes fúnebres reduzia-se a um triste estado. Esperava cobrir o prejuízo com a velha comerciante Triúkhina, que se achava à morte fazia quase um ano. Mas ela estava à morte no bairro de Razguliai, e Prokhorov temia que os herdeiros, apesar da promessa feita, ficassem com preguiça de mandá-lo chamar tão longe, e acabassem combinando tudo com a empresa mais próxima.

Essas reflexões foram interrompidas involuntariamente por três pancadas franco-maçônicas na porta. "Quem é?" — perguntou Adrian. Abriu-se a porta, e um homem, em quem a um simples relance se poderia reconhecer um artífice alemão, entrou no quarto e se aproximou, com ar alegre, do dono da casa. "Desculpe-me, amável vizinho — disse ele, nesse dialeto russo que nós até hoje não podemos ouvir sem dar risada —, desculpe se o incomodo... eu queria travar relações com o senhor, o quanto antes. Sou sapateiro, meu nome é Gottlieb Schulz, e moro do outro lado da rua, naquela casinha em frente das suas janelas. Festejo amanhã as minhas bodas de prata, e peço ao senhor e às suas filhas que venham jantar em minha casa como amigos." O convite foi aceito com afabilidade. Adrian convidou o sapateiro a sentar-se e tomar uma xícara de chá, e, graças ao gênio franco de Gottlieb Schulz, não demoraram a travar amistosa conversa. "Como vão os negócios de Vossa Mercê?" — perguntou Adrian. "Eh--he-he — respondeu Schulz —, assim e assado. Não posso me queixar. Mas, naturalmente, a minha mercadoria não é como a sua: um vivo pode passar sem bota, mas um morto não vive sem caixão." — "A pura verdade — observou Adrian —, mas se um vivo não tem com que comprar um par de botas, então (não te zangues) ele anda descalço, mas um mendigo defunto leva o seu caixão de graça." Desse modo, a palestra deles prosseguiu mais algum tempo; finalmente, o sapateiro se levantou e despediu-se de Adrian, reiterando o convite.

No dia seguinte, ao meio-dia em ponto, Adrian e as filhas saíram do portão da casa recém-comprada e dirigiram-se à residência do vizinho. Afastando-me da norma aceita pelos romancistas atuais, não descreverei o cafetã russo de Adrian Prokhorov, nem os trajes europeus de Akúlina e Dária. Suponho, entretanto, que não será supérfluo observar que ambas as moças puseram chapeuzinhos amarelos e sapatos vermelhos, o que lhes sucedia somente nas ocasiões solenes.

A casinha acanhada do sapateiro estava repleta de convidados, na maioria artífices alemães, com suas esposas e aprendizes. Quanto a funcionários russos, estava lá um vigia, o finlandês Iurko, que soubera merecer, apesar da sua modesta condição, uma benevolência especial do dono da casa. Durante uns vinte e cinco anos, prestara com fidelidade serviços nesse posto, a exemplo do carteiro de Pogoriélski.[2] O incên-

---

[2] Alusão a um personagem de O sósia, de A. Pogoriélski (1825).

dio de 1812, ao destruir a capital do Império, aniquilara também a sua guarita amarela. Mas imediatamente após a expulsão do inimigo, em seu lugar apareceu uma guarita nova, cinzenta, de colunas brancas, da ordem dórica, e Iurko passou novamente a caminhar junto a ela, *de couraça e acha de armas*. Era conhecido da maioria dos alemães que habitavam próximo ao arco de Nikita: a alguns deles acontecera até pernoitar na guarita de Iurko de domingo para segunda-feira. Adrian logo travou relações com ele, pois era um homem de quem cedo ou tarde se podia vir a precisar, e, quando os convivas se dirigiram à mesa, eles sentaram-se lado a lado. O senhor e a senhora Schulz e a filha deles, Lotchen, de dezessete anos, jantando com os convidados, ajudavam ao mesmo tempo a cozinheira a servir a mesa. A cerveja corria aos borbotões. Iurko estava comendo por quatro; Adrian não lhe ficava atrás; as filhas mantinham a linha; a conversa em alemão tornava-se hora a hora mais ruidosa. De repente, o dono da casa exigiu atenção e, desarrolhando uma garrafa coberta de breu, proferiu em voz alta, em russo: "À saúde de minha boa Luísa!". O vinho espumou. O dono da casa beijou ternamente o rosto fresco da sua quarentona companheira, e os convivas beberam ruidosamente à saúde da boa Luísa. "À saúde dos meus queridos convidados!" — proclamou o dono da casa, abrindo a segunda garrafa, e os convidados agradeceram, esvaziando novamente as taças. Então, os brindes foram-se seguindo um ao outro: bebeu-se à saúde de cada convidado em particular, de Moscou e de uma dúzia inteira de cidadezinhas germânicas, das corporações em geral e de cada uma em particular, e à saúde de artesãos e aprendizes. Adrian bebia com afinco e pôs-se tão alegre que sugeriu um brinde brincalhão. De repente, um dos convivas, um padeiro gordo, ergueu a taça e exclamou: "À saúde daqueles para quem trabalhamos, *unserer Kundleute!*". A proposta, como todas as demais, foi aceita alegremente e por unanimidade. Os convivas começaram a saudar-se, o alfaiate inclinou-se para o sapateiro, o sapateiro para o alfaiate; o padeiro para ambos, todos os três para o padeiro, e assim por diante. Em meio dessas mútuas saudações, Iurko gritou, dirigindo-se ao seu vizinho: "E então? Bebe, paizinho, à saúde dos teus defuntos". Os presentes caíram na gargalhada, mas Adrian se considerou ofendido e adquiriu uma expressão sombria. Ninguém o percebeu, todos continuaram a beber e se ergueram da mesa quando já se tocava as vésperas.

Os convivas separaram-se tarde, na maioria um pouco tocados. O gordo padeiro e o encadernador, cujo rosto parecia encadernado com marroquim vermelho, levaram Iurko, amparado pelas axilas, para a sua guarita, seguindo desse modo o provérbio russo "A dívida se embeleza com o pagamento". O fazedor de caixões chegou em casa bêbado e zangado. "E na verdade — argumentava ele alto —, em que é que o meu ofício não é tão honesto como os demais? Será que o fazedor de caixões é irmão do carrasco? Por que é que riem dele aqueles infiéis? Um fazedor de caixões será algum saltimbanco? Eu gostaria de chamá-los para comemorar a mudança e dar-lhes uma festa de verdade. Agora não pode ser! Mas vou chamar aqueles para quem trabalho, os defuntos ortodoxos." — "Que é isso, paizinho? — perguntou a criada, que lhe estava tirando os sapatos. — Que absurdos são esses? Persigna-te! Convidar defuntos para a festa da mudança! Cruz-credo!" — "Juro por Deus que os chamarei — prosseguiu Adrian — e amanhã mesmo. Peço-lhes, meus benfeitores, que venham amanhã à noite para uma festa em minha casa: vou servir-lhes o que Deus me deu." Dito isso, o empresário fúnebre foi para a cama e pouco depois roncava.

Ainda estava escuro quando acordaram Adrian. A negociante Triúkhina falecera naquela mesma noite, e um empregado enviado pelo seu administrador viera a galope trazer a notícia a Adrian. O fazedor de caixões deu-lhe dez copeques para a vodca, vestiu-se às pressas, alugou um carro e foi para o bairro de Razguliai. Havia polícias junto ao portão da casa da defunta, e alguns comerciantes caminhavam pela calçada como corvos que sentem carniça. A defunta estava sobre a mesa, amarela como cera, mas ainda não deformada pela decomposição. Junto a ela, aglomeravam-se parentes, vizinhos e criados. Todas as janelas estavam abertas; ardiam velas; sacerdotes proferiam orações. Adrian acercou-se do sobrinho de Triúkhina, um jovem comerciante de sobrecasaca da última moda, e lhe disse que o caixão, as velas, a mortalha e os demais objetos funerários lhe seriam imediatamente entregues em perfeito estado. O herdeiro agradeceu-lhe distraído, dizendo que não regatearia e que se fiava em tudo na consciência de Adrian. O fazedor de caixões jurou por Deus, como era seu costume, que não cobraria mais que o devido; em seguida, trocou um olhar significativo com o administrador e foi providenciar o necessário. Passou o dia todo indo e vindo entre o arco de Nikita e Razguliai; à noitinha, estava tudo resolvido, e ele foi para casa a pé, depois de dispensar o cocheiro. Era noite de luar. Adrian chegou sem incidentes ao arco de Nikita. Perto da igreja da Assunção, interpelou-o o nosso conhecido Iurko e, reconhecendo o fazedor de caixões, desejou-lhe boa noite. Era tarde. Já estava perto de casa, quando lhe pareceu de repente que alguém se aproximara do seu portão, abrindo-o e escondendo-se atrás dele. "O que significa isto? — pensou Adrian. — Quem é que precisa de mim novamente? Não será um ladrão? Ou as minhas tontas estão recebendo amantes? Em todo caso, coisa boa não é!" E Adrian já pensava chamar em seu auxílio o amigo Iurko. Naquele instante, alguém mais aproximou-se do portão e preparava-se para entrar, mas, vendo o dono da casa, que corria, parou, tirando o tricórnio. Adrian teve a impressão de conhecer aquele rosto, mas com a pressa não pôde examiná-lo direito. "O senhor se dignou visitar-me — disse Adrian ofegante —, pois faça o favor de entrar." — "Nada de cerimônia, paizinho — replicou o outro, com voz abafada —, vá na frente e mostre o caminho aos convidados!" Adrian nem teve tempo de fazer cerimônia. O portão estava aberto, e ele foi para a escada, seguido pelo outro. Pareceu-lhe que havia gente caminhando pelos quartos de sua casa. "Com mil diabos!" — pensou, apressando-se a entrar... mas, nesse momento, as suas pernas dobraram-se. O quarto estava repleto de defuntos. A lua iluminava pelas janelas os seus rostos amarelos e azuis, as bocas encovadas, os olhos turvos, entrecerrados, e os narizes pendidos... Adrian reconheceu neles horrorizado as pessoas enterradas graças aos seus cuidados, e no hóspede que entrara com ele, um brigadeiro sepultado durante uma chuva torrencial. Todos eles, damas e cavalheiros, rodearam o fazedor de caixões em saudações e mesuras, com exceção de um pobretão, enterrado recentemente de graça, e que, envergonhado dos seus farrapos, não se aproximava, permanecendo humildemente num canto. Os demais estavam trajados com decência: as defuntas com toucas e fitas, os mortos funcionários de uniforme, mas de barba por fazer, os comerciantes de cafetã de dia feriado. "Sabes, Prokhorov? — disse o brigadeiro, em nome de toda a honesta confraria. — Levantamo-nos todos para atender ao teu convite: ficaram em casa apenas aqueles que já não podem andar, os que estão completamente derruídos, e aqueles que só têm ossos sem pele, mas até entre esses houve um que não se conteve, tamanha era a vontade de vir à tua casa..." Naquele instante, um pequeno esqueleto esgueirou-se através da multidão e aproximou-se de Adrian. A sua caveira sorria afavelmente. Frangalhos de casimira verde-clara e vermelha e de um brim vetusto pendiam dele aqui e ali, como num espeto, e os ossos das suas pernas debatiam-se dentro de grandes polainas, como um pilão num almofariz. "Não me reconheceste, Prokhorov? — disse o esqueleto. — Estás lembrado do sargento da guarda reformado, Piotr Pietróvitch Kurílkin, aquele mesmo a quem vendeste, em 1799, o teu primeiro caixão, e forneceste pinho em lugar de carvalho?" Dito isso, o defunto alongou na sua direção os ossos, para um abraço. Mas, reunindo todas as forças, Adrian soltou um grito e repeliu-o. Piotr Pietróvitch cambaleou, caiu e desfez-se em pó. Um murmúrio de indignação levantou-se entre os defuntos; todos se empenharam em defender a honra do companheiro, assediaram Adrian com censuras e ameaças, e o pobre dono da casa, ensurdecido pelos seus gritos, quase esmagado, perdeu a presença de espírito, caiu sobre os ossos do sargento da guarda reformado e desmaiou.

O sol havia muito iluminava a cama em que estava deitado o fazedor de caixões. Finalmente, ele abriu os olhos e viu diante de si a criada que soprava no samovar. Adrian recordou horrorizado todos os acontecimentos da véspera. Triúkhina, o brigadeiro e o sargento Kurílkin apresentaram-se confusamente à sua imaginação. Esperou em silêncio que a criada puxasse conversa e lhe falasse sobre as consequências daquelas aventuras noturnas.

— Como dormiste, paizinho Adrian Prokhórovitch — disse Aksínia, passando-lhe o roupão. — O vizinho alfaiate veio te ver, e o guarda passou para dizer que hoje ele faz anos em particular, mas tu estavas dormindo e não quisemos acordar-te.

— E veio alguém da casa da falecida Triúkhina?

— Falecida? Mas ela morreu?

— Que boba! Não foste tu que me avisaste ontem para providenciar o enterro dela?

— Que é isso, paizinho? Perdeste o juízo, ou ainda não te passou a bebedeira de ontem? Que enterro houve ontem? Passaste o dia todo na festança do alemão, voltaste bêbado, caíste na cama e dormiste até agora, quando já tocaram para a missa.

— Será possível?! — disse com alegria o fazedor de caixões.

— É isso mesmo — respondeu a criada.

— Se é assim, serve depressa o chá e vai chamar as filhas.

KIRDJALI

Kirdjali era búlgaro de nascimento. Kirdjali, em turco, significa paladino, valente.[1] Não sei o seu verdadeiro nome. Kirdjali aterrorizava toda a Moldávia com os seus atos de banditismo. Para dar uma ideia sobre a sua pessoa, vou descrever um dos seus feitos. Certa noite, ele e o arnaúta[2] Mikhailáki atacaram juntos um povoado búlgaro. Incendiaram-no em duas extremidades opostas e foram passando de cabana em cabana. Kirdjali apunhalava gente, enquanto Mikhailáki carregava as presas. Ambos gritavam: "Kirdjali! Kirdjali!". Todos os habitantes trataram de fugir.

Quando Alexandre Ipsilânti deflagrou a revolta popular e começou a formar um exército,[3] Kirdjali levou para ele alguns dos seus velhos companheiros. Não conhecia bem a verdadeira finalidade do movimento, mas a guerra apresentava

---

[1] Segundo nota à edição da Academia de Ciências da U.R.S.S., a palavra turca *kirdjali*, originária da região de Adrianópolis, provém do nome Kirdja Ali, guerreiro turco do século XIV. No século XVIII, apareceram na região bandos de salteadores, que o povo chamava de *kirdjali*. A ação desses bandos assumia frequentemente um caráter político.

[2] Nome atribuído então aos montanheses da Albânia e das regiões vizinhas, sobretudo aos que serviam no exército turco.

[3] Trata-se de acontecimentos anteriores à guerra de libertação da Grécia. O grego Alexandre Ipsilânti foi oficial do exército russo e amigo do tsar Alexandre I. Tornou-se presidente da *Philiké Hetairia*, sociedade secreta dos patriotas gregos, e conseguiu em 1821 sublevar a Valáquia e a Moldávia contra o domínio turco, mas o movimento acabou resultando num fracasso completo.

uma oportunidade de enriquecer à custa dos turcos, e talvez dos moldavos também, isso lhes parecia evidente.

Alexandre Ipsilânti era pessoalmente corajoso, mas não possuía as qualidades necessárias para o papel que assumira com tanto ardor e tamanha imprudência. Não sabia lidar com os homens que era forçado a chefiar, e que não tinham por ele consideração nem confiança. Depois de um combate desastroso, em que pereceu a flor da juventude grega, Iordáki Olimbióti aconselhou-o a afastar-se e tomou o seu lugar. Ipsilânti partiu a cavalo para a fronteira da Áustria e de lá mandou a sua maldição aos homens que chamava de desobedientes, covardes e canalhas. Esses covardes e canalhas, na maioria, pereceram entre os muros do mosteiro de Seku ou nas margens do Prut, defendendo-se desesperadamente contra um inimigo dez vezes mais forte.

Kirdjali se achava no destacamento de Jorge Kantakuzeno, de quem se pode repetir tudo o que foi dito a respeito de Ipsilânti. Na véspera do combate de Skuliâni, Kantakuzeno pediu ao comando russo permissão para entrar na nossa área de quarentena. O destacamento ficou sem chefe; mas Kirdjali, Safianos, Kantagôni e outros não viam necessidade alguma de um chefe.

Ao que parece, o combate de Skuliâni ainda não foi descrito em toda a sua comovente verdade. Imaginem 700 homens, arnaútas, albaneses, gregos, búlgaros e todo um rebotalho, sem qualquer noção de arte militar, retirando-se diante de 15 mil cavaleiros turcos. Esse destacamento aproximava-se da margem do Prut, tendo na frente dois pequenos canhões achados em Iássi, no pátio do palácio do hospodar, e com os quais se costumava atirar por ocasião de jantares de aniversário. Os turcos gostariam de usar metralha, mas não ousavam fazê-lo sem a permissão do comando russo, pois a metralha, sem dúvida alguma, cairia em nossa margem também. O chefe da área de quarentena (atualmente já falecido), que passara quarenta anos nas fileiras, nunca tinha ouvido assobio de balas. Mas nessa ocasião Deus lhe concedeu isto. Algumas delas passaram zunindo junto aos seus ouvidos. O velhinho zangou-se terrivelmente, e encarniçou-se por tal motivo contra o major do regimento de caçadores de Okhotsk, que estava junto à área de quarentena. Não sabendo o que fazer, o major correu para o rio, na margem oposta do qual alguns cavaleiros faziam evoluções, e ameaçou-os com o dedo. Vendo isso, os cavaleiros deram meia-volta e partiram a galope, seguidos por todo o destacamento turco. O major que fizera aquele gesto com o dedo chamava-se Khortchévski. Não sei o que é feito dele.

No entanto, no dia seguinte, os turcos atacaram os heteristas. Não ousando empregar metralha ou granadas, eles decidiram, contrariamente aos seus hábitos, agir com armas brancas. Foi um combate cruento. Os iatagãs[4] entraram em ação. Do lado turco, observavam-se lanças, que até então eles não possuíam; essas lanças eram russas; havia *niekrassovianos*[5] nas suas fileiras. Os heteristas tiveram permissão do nosso soberano para atravessar o Prut e refugiar-se em nossa quarentena. Começaram a atravessar o rio. Kantagôni e Safianos foram os últimos a permanecer na margem turca. Kirdjali, ferido na véspera, já estava na quarentena. Safianos foi morto. Kantagôni, um homem muito gordo, foi ferido por lança na barriga. Com uma das mãos, ergueu o sabre, com a outra se agarrou à lança inimiga, meteu-a com mais força em seu próprio corpo, e desse modo pôde alcançar com o sabre o seu assassino, junto com quem ele caiu.

Estava tudo terminado. Os turcos saíram vencedores. A Moldávia foi limpa dos rebeldes. Perto de seiscentos arnaútas

---

[4] Grande punhal curvo, afiado de um lado só, usado antigamente pelos turcos.

[5] Cossacos perseguidos pelo governo tsarista, seguidores do Rito Antigo, isto é, anterior à reforma introduzida na Igreja russa no século XVII, e que se estabeleceram na Turquia, chefiados por Ignát Niekrassa.

Kirdjali 223

espalharam-se pela Bessarábia; não sabendo como alimentar-se, eram, no entanto, gratos à Rússia, pela sua proteção. Levavam vida indolente, mas não devassa. Podiam ser vistos sempre nos cafés da meio turca Bessarábia, com longos cachimbos na boca, sorvendo borra de café de umas xícaras pequenas. Os seus paletós bordados e os sapatos vermelhos, de bicos alongados, já começavam a ficar gastos, mas ainda usavam de lado o chapéu com penas, e os iatagãs e pistolas continuavam pendendo-lhes dos cintos largos. Ninguém tinha queixa deles. Não se podia sequer supor que aqueles pacíficos pobretões fossem os mais conhecidos *cleftas* da Moldávia, companheiros do temível Kirdjali, e que o chefe em pessoa se encontrasse entre eles.

O paxá que exercia o comando em Iássi soube do fato e, baseando-se nos tratados de paz, exigiu que o comando russo lhe entregasse o bandido.

A polícia começou a procurá-lo. Soube-se que Kirdjali se encontrava realmente em Kichinióv. Foi apanhado em casa de um monge fugitivo, à noitinha, quando ceava, sentado no escuro, com sete companheiros.

Encarceraram-no. Não negou a verdade e confessou que era Kirdjali. "Mas — acrescentou ele — depois que atravessei o Prut, não toquei sequer um fio de cabelo alheio, não ofendi o último dos ciganos. Para os turcos, os moldavos e valáquios, eu sou naturalmente um bandido, mas para os russos sou um hóspede. Quando Safianos, depois de gastar toda a sua metralha, chegou à quarentena, tirando dos feridos, para os últimos tiros de metralha, botões, pregos, correntinhas e punhos de iatagã, dei-lhe vinte *beshlikes* e fiquei sem dinheiro. Deus é testemunha de que eu, Kirdjali, vivi de esmola! Por que é que os russos me entregam agora aos meus inimigos?" Em seguida, calou-se e ficou esperando calmamente a decisão da sua sorte.

Não esperou muito. O comando não era obrigado a encarar os bandidos pelo seu aspecto romântico, e, convencido da justeza da exigência, ordenou a transferência de Kirdjali para Iássi.

Um homem de coração e inteligência, que naquele tempo era um ignorado e jovem funcionário, e que atualmente ocupa um alto cargo,[6] descreveu-me em cores vivas a partida de Kirdjali. Junto ao portão da prisão, estava parada uma *karutza* postal... (Talvez os senhores não saibam o que é uma *karutza*. É um carro baixo, pequeno, de coberta trançada, ao qual se costumava atrelar, ainda recentemente, de seis a oito rocins. Um moldavo de bigode e chapéu de carneiro, montado num deles, gritava a todo momento e fazia estalar o chicote, e os rocins corriam num trote bastante largo. Se um deles começava a atrasar-se, ele o desatrelava com maldições terríveis, e largava-o na estrada, sem se incomodar com o seu destino. Tinha certeza de encontrá-lo na volta, no mesmo lugar, pastando calmamente na estepe verde. Não raro, um viajante, saído de uma estação com oito cavalos, chegava à seguinte com dois apenas. Isto acontecia uns quinze anos atrás. Atualmente, na Bessarábia russificada,[7] já se adotaram a telega e os arreios russos.)

Uma dessas *karutzas* estava junto ao portão da prisão, num dos últimos dias de setembro de 1821. Rodeavam a *karutza* judias de mangas descidas e sapatos que se arrastavam, arnaútas, em seus trajes esfarrapados e pitorescos, e esbeltas moldavas, com meninos de olhos negros nos braços. Os homens conservavam-se em silêncio, as mulheres esperavam algo com ardor.

Abriu-se o portão, e alguns oficiais de polícia saíram à

---

[6] Segundo nota à edição russa da Academia, trata-se de M. I. Leks (1793-1856).

[7] A Bessarábia foi ocupada várias vezes pelos russos, em consequência de guerras com a Turquia, e seria incorporada ao Império russo após o tratado de Berlim, em 1878.

rua atrás deles, dois soldados fizeram sair Kirdjali acorrentado.

Parecia ter uns trinta anos. As feições do seu rosto moreno eram regulares e severas. Tinha estatura elevada, ombros largos e, de modo geral, nele se refletia extraordinária força física. Um turbante de cores vivas, posto de lado, cobria-lhe a cabeça, e um cinto largo envolvia-lhe a cintura estreita; completavam-lhe o traje um dólmã de grossa fazenda azul, largas dobras da camisa, que lhe caíam acima dos joelhos, e sapatos bonitos. Aparentava orgulho e calma.

Um dos funcionários, velhinho de carantonha rubicunda, que usava um uniforme desbotado, sobre o qual balançavam três botões, comprimiu com os óculos de aros de estanho a bolota rubra que substituía nele o nariz, desdobrou um papel, e, emitindo sons nasalados, começou a ler em moldavo. De quando em quando, lançava um olhar altivo para o acorrentado Kirdjali, a quem provavelmente o documento se referia. Kirdjali ouvia-o com atenção. O funcionário terminou a leitura, dobrou o papel, gritou ameaçadoramente para o povo, ordenando-lhe que se dispersasse, e mandou trazer a *karutza*. Então Kirdjali se dirigiu a ele e disse-lhe algumas palavras em moldavo; tremia-lhe a voz e tinha o rosto alterado; começou a chorar e caiu aos pés do funcionário policial, fazendo tilintar as correntes. O funcionário, assustado, deu um pulo para trás; os soldados iam soerguer Kirdjali, mas ele se levantou sozinho, segurou as correntes, deu um passo para dentro da *karutza* e gritou: "Vamos!". Um gendarme sentou-se ao seu lado, o moldavo fez estalar o chicote, e a *karutza* se pôs a caminho.

— O que foi que lhe disse Kirdjali? — perguntou ao policial o jovem funcionário.

— Ele me pediu — respondeu rindo o policial — que eu cuidasse da sua mulher e do seu filho, que vivem não longe de Kilia, numa aldeia búlgara: tem medo de que também sofram por causa dele. Gente estúpida.

O relato do jovem funcionário comoveu-me profundamente. Tive pena do pobre Kirdjali. Por muito tempo, não soube nada sobre o seu destino. Alguns anos depois, tornei a encontrar o jovem funcionário. Lembramos o passado.

— E o seu amigo Kirdjali? — perguntei. — Sabe que fim levou?

— Como não?! — replicou ele e contou-me o seguinte: Kirdjali foi levado para Iássi e apresentado ao paxá, que o condenou à morte por empalação. A execução foi adiada até certo feriado. E até lá, encerraram-no em uma prisão.

O prisioneiro estava sob a guarda de sete turcos (gente simples e, no fundo, bandidos em tudo semelhantes a Kirdjali); eles respeitavam-no e ouviam, com uma avidez comum a todo o Oriente, as suas fantásticas histórias.

Entabulou-se estreita ligação entre os guardas e o prisioneiro. De uma feita, Kirdjali disse-lhes: "Irmãos! A minha hora se aproxima. Ninguém escapa ao seu destino. Em breve, eu me despedirei de vocês. Por isso, gostaria de lhes deixar algo como lembrança".

Os turcos ficaram de orelhas alvoroçadas.

— Irmãos — prosseguiu Kirdjali —, há três anos, quando eu ainda praticava assaltos com o falecido Mikhailáki, enterramos na estepe, próximo a Iássi, um caldeirão com *galbins*. Pelo visto, nem eu nem ele estávamos destinados a possuir esse tesouro. Seja: tomem-no e repartam-no fraternalmente.

Os turcos quase enlouqueceram. Começaram a discutir: como encontrar o sítio secreto? Depois de pensar, decidiram que o próprio Kirdjali os levasse até lá.

Chegou a noite. Os turcos tiraram as correntes que prendiam os pés do prisioneiro, amarraram-lhe as mãos com uma corda e foram com ele para a estepe.

Kirdjali conduziu-os sempre na mesma direção, de um outeiro a outro. Caminharam muito tempo. Finalmente, Kirdjali deteve-se perto de uma grande pedra, mediu doze passos na direção sul, bateu o pé e disse: "Aqui".

Os turcos tomaram providências. Quatro deles depuseram os iatagãs e começaram a cavar a terra. Três ficaram de guarda. Kirdjali sentou-se sobre a pedra e pôs-se a olhar o trabalho deles.

— E então? É para breve? — perguntava. — Já chegaram ao tesouro?

— Ainda não — respondiam os turcos, e trabalhavam com tal afinco que o suor lhes caía aos borbotões.

Kirdjali começou a impacientar-se.

— Que gente! — dizia ele. — Nem sabem cavar direito a terra. Se fosse comigo, acabaria tudo em dois tempos. Meus filhos! Desamarrem-me as mãos e me deem um iatagã.

Os turcos ficaram pensativos e puseram-se a conferenciar.

— E então? — decidiram eles. — Vamos desamarrar-lhe as mãos e dar-lhe um iatagã. Que mal há nisso? Ele é um só e nós somos sete.

Desamarraram-lhe, pois, as mãos e deram-lhe um iatagã.

Finalmente, Kirdjali estava livre e armado. O que não sentiu naquele momento!... Começou a cavar agilmente, ajudado pelos guardas... De repente, enterrou o iatagã num deles e, deixando a lâmina em seu peito, arrancou-lhe do cinto duas pistolas.

Vendo Kirdjali armado, os outros seis se dispersaram.

Kirdjali continua atualmente os seus atos de banditismo nas proximidades de Iássi. Recentemente, escreveu ao hospodar, exigindo-lhe cinco mil *lei* e ameaçando-o, em caso de não ser satisfeito, com o incêndio de Iássi e o ajuste de contas com o príncipe em pessoa. Foram-lhe entregues os cinco mil *lei*.

Que tal esse Kirdjali?

POEMAS

*Tradução de
Nelson Ascher e Boris Schnaiderman*

O DEMÔNIO

Quando não me era ainda insossa
cada impressão da vida outrora
— rumor de bosque, olhar de moça,
canção de rouxinol na aurora —
e quando a liberdade, o amor,
a glória, as artes, o melhor
da inspiração e altas ideias
turvavam-me o sangue nas veias,
um certo espírito nefando,
trazendo angústia e me anuviando
horas confiantes de prazer,
passou, em sigilo, a me ver.
O nosso encontro era sombrio
e ele sorria com o olhar
cheio de escárnio ao me instilar
dentro da alma um veneno frio.
Pois caluniava sem receio
e desafiava a Providência,
julgava o Belo — um devaneio,
a Inspiração — tolice imensa,
o amor e a liberdade — vis.
E, olhando altivo, com profundo
desprezo, a vida, ele não quis
abençoar nada em todo o mundo.

(1823)

O SEMEADOR

O semeador saiu para semear

Eu semeador, deserto afora,
da liberdade, fui com mão
pura lançar, antes que a aurora
nascesse, o grão que revigora
nos sulcos vis da escravidão.
Mas todo o esforço foi em vão:
joguei vontade e tempo fora.

Pasce, pois eu te repudio,
ralé submissa e surda ao brio.
Libertar gado é faina ingrata,
pois gado se tosquia e mata.
Herda, por gerações a fio,
canga, chocalhos e chibata.

(1823)

A UVA

Não choro, finda a primavera
ligeira, a rosa que definha,
pois, maturando numa vinha
ao pé do monte, a uva me espera:
primor do vale viridente,
deleite do dourado outono,
tão diáfana e tão longa como
os dedos de uma adolescente.

(1824)

O PROSADOR E O POETA

Por que te inquietas, prosador?
Escolhe os temas e, ao que for,
eu darei gume, alada rima,
e farei dele flecha exímia
que, após deixar a corda tesa
do arco dobrado servilmente,
voará certeira até que a presa,
nosso inimigo, se lamente!

(1825)

PARA ***

Recordo o luminoso instante
quando eu, tomado de surpresa,
te vi: súbita imagem, diante
de mim, da essência da beleza.

Desenganado e triste, a sós
no caos do mundo, ouvi durante
anos, em mim, a tua voz,
vi, no meu sonho, teu semblante.

Passou o tempo; um vento atroz
varreu meu sonho ao seu talante,
e não ouvi mais tua voz,
deixei de ver o teu semblante.

Minha existência se esvaía
no exílio inóspito e incolor,
sem vida, lágrimas, poesia,
sem divindade nem amor.

Reapareceste e nesse instante
minha alma despertou surpresa;
revi, súbita imagem diante
de mim, a essência da beleza.

Meu peito, cheio de alegria,
bate de novo; há no interior
dele outra vez vida, poesia,
lágrimas, divindade, amor.

(1825)

ALEXANDRE I

Junto aos tambores, nosso tsar
criou-se e, capitão sem par,
em Austerlitz debandou cedo,
no ano de doze teve medo,
mas como, até cansar-se, foi
Sumo Instrutor de marcha, o herói
tornou-se enfim vice-assessor
no Ministério do Exterior.

(1825)

NICOLAU I

Há pouco é tsar e opera
milagres com afinco:
mandou já cento e vinte homens à Sibéria
e, ao cadafalso, cinco.

(1826?)

PARA VIÁZEMSKI

O mar, terror antigo, inflama
num tempo infame a tua mente?
Louvas com lira de ouro a fama
do atroz Netuno e seu tridente.

Desiste: o deus se fez parceiro
da terra e o homem no momento
é, tanto faz em que elemento,
traidor, tirano ou prisioneiro.

(1826)

O PROFETA

Num ermo, eu de âmago sedento
já me arrastava e, frente a mim,
surgiu com seis asas ao vento,
na encruzilhada, um serafim;
ele me abriu, com dedos vagos
qual sono, os olhos que, pressagos,
tudo abarcaram com presteza
que nem olhar de águia surpresa;
ele tocou-me cada ouvido
e ambos se encheram de alarido:
ouvi mover-se o firmamento,
anjos cruzando o céu, rasteiras
criaturas sob o mar e o lento
crescer, no vale, das videiras.
Junto a meus lábios, rasgou minha
língua arrogante, que não tinha,
salvo enganar, qualquer intuito,
da boca fria onde, depois,
com mão sangrenta ele me pôs
um aguilhão de ofídio arguto.
Vibrando o gládio com porfia,
tirou-me o coração do peito
e colocou carvão que ardia
dentro do meu tórax desfeito.
Jazendo eu hirto no deserto,
o Senhor disse-me: "Olho aberto,

de pé, profeta e, com teu verbo,
cruzando as terras, os oceanos,
cheio do meu afã soberbo,
inflama os corações humanos!"

(1826)

ÁRION

Muitos singrávamos: havia
quem retesasse a vela e quem
remasse enérgico também.
Calado em meio à calmaria,
o hábil piloto estava à frente,
firme ao timão, da nau pesada.
E eu lhes cantava sem de nada
cuidar quando a tormenta brada,
traga a equipagem de repente
e rasga as ondas sem repouso.
Só eu, cantor misterioso,
salvo que fui pela rajada,
estou na praia e canto um hino,
sob um rochedo, ao sol a pino,
secando a clâmide molhada.

(1827)

MENSAGEM À SIBÉRIA

Fundo nos veios da Sibéria,
tende paciência e brio: jamais
é vão sofrer pena severa
quando são altos os ideais.

Constante irmã da desventura,
logo a esperança propicia
júbilo e ardor na furna escura;
há de chegar o ansiado dia:

hão de alcançar-vos amizade
e amor, rompendo a tranca atroz,
como, através de muro ou grade,
chega-vos livre a minha voz.

Vereis, sem peso de correntes,
ante as masmorras arrasadas,
a liberdade — e irmãos contentes
devolverão vossas espadas.

(1827)

"DOM INÚTIL..."

Dom inútil, dom fortuito,
por que a vida me foi dada?
E o destino, com que intuito
a condena a um fim: o nada?

Que poder hostil, do pó,
suscitou minha alma ardente
e lhe deu paixão, mas só
dúvidas à minha mente?

Sigo a esmo de ermo peito,
mente ociosa e, sem saída,
pesaroso, eu me sujeito
ao maçante som da vida.

(1828)

CORVOS

Corvo junto a corvo pousa,
corvo e corvo puxam prosa:
"Onde encontraremos nosso
alimento para o almoço?"

Corvo a corvo então responde:
"Ei-lo, corvo, já sei onde —
lá debaixo do salgueiro,
jaz no prado um cavaleiro.

Quanto a quem, por que razão,
o matou, só seu falcão,
seu corcel e noiva têm
isso claro — mais ninguém.

O falcão sumiu no céu.
Quem fez mal monta o corcel.
E eis que a noiva aguarda o noivo,
não o morto, mas o novo".

(1828)

O ANTCHAR

> It is a poison-tree that pierced to the inmost
> Weeps only tears of poison.
>
> Coleridge

No solo em brasa do lugar
mais desolado, seco, adverso,
qual sentinela atroz, o antchar
se ergue sozinho no universo.

A sede elementar dos ermos,
que o fez num dia de ira, imbuiu,
tanto seus ramos verde-enfermos
quanto a raiz, de seiva hostil.

Sua casca, sob o sol, a exsuda
viscosa e, assim que ele declina,
essa peçonha se transmuda
em goma espessa e cristalina.

Nada o visita — ave nem tigre —
exceto, às vezes, a tormenta
que paira escura antes que migre
de lá veloz e pestilenta.

Se a nuvem ao vagar lhe molha
a densa copa, a chuva priva
com seu veneno em cada folha
e chega ao solo já nociva.

Um homem, com olhar de mando,
enviou, porém, outro ao antchar
e o homem servil se foi, voltando
com sua resina ao clarear.

Também trazia um ramo cheio
de folhas murchas, e um riacho
de suor gelado, quando veio,
jorrava por seu rosto abaixo.

Mal viera, o escravo esmoreceu,
caiu na tenda e sobre a esteira
jazeu, morrendo aos pés do seu
rei, que ninguém jamais vencera.

E este, com setas obedientes
que repassara na resina,
levou às terras de outras gentes
conflagração, morte e ruína.

(1828)

O CAVALEIRO POBRE

Noutros tempos existiu
certo cavaleiro pobre,
tinha ar pálido e sombrio,
porém alma audaz e nobre.

Ele amava uma visão
intangível para a mente,
mas que no seu coração
enraizou-se fundamente.

Pois rumo a Genebra havia
visto, junto de uma cruz
na estrada, a Virgem Maria,
a mãe santa de Jesus.

Depois, alma em chamas, não
olhou mais outra mulher,
nem falou mais, desde então,
com nenhuma até morrer.

Desde então jamais tirou
a viseira do seu rosto
e um rosário colocou
onde o cachecol é posto.

Aleksandr Púchkin

Pai, Filho e Espírito Santo
nunca ouviram rezas desse
paladino que, portanto,
só causava mesmo espécie.

Dirigindo, noite e dia,
tristes olhos ao semblante
da Santíssima, vertia
mudamente rios de pranto.

Fez do sonho a sua lei,
transbordava amor e, fiel,
gravou *Ave Mater Dei*
com sangue no seu broquel.

Quando os outros paladinos,
suas damas nomeando,
pelos prados palestinos,
confrontavam tíbios bandos,

Lumen Coelum, Sancta Rosa
ele proclamava ufano
e sua ameaça irosa
debandava o muçulmano.

De regresso ao seu castelo,
pôs-se em dura reclusão,
triste, amando ainda com zelo,
e morreu sem confissão.

Falecia o cavaleiro
quando o espírito maligno
veio e quis levar ligeiro
a alma dele ao seu domínio:

não jejuara nem rezara
ao Senhor nunca e, além disto,
arrastou a asa à preclara
mãe do próprio Jesus Cristo.

A Puríssima, contudo,
sem deixá-lo ir para o inferno,
fez seu paladino mudo
penetrar no Reino Eterno.

(1829)

"AMEI-TE..."

Amei-te — e pode ainda ser que parte
do amor esteja viva na minha alma.
Mas isto, pois em nada hei de magoar-te,
não deve mais tirar a tua calma.
Sem esperança e mudo em meu quebranto,
morto de ciúme e timidez também,
eu te amei tão sincero e terno quanto
permita Deus que te ame um outro alguém.

(1829)

NOTAS AOS POEMAS

Boris Schnaiderman

O SEMEADOR
Foi escrito em novembro de 1823, suscitado ao que parece pelo esmagamento da revolução na Espanha pelo exército francês. Numa carta a A. I. Turguêniev, datada de 1/12/1823, referia-se assim a esses versos: "... escrevi há dias uma imitação da fábula do democrata moderado Jesus Cristo". A epígrafe é do Evangelho: *Mateus*, 13, 3.

PARA ***
Foi escrito em Mikháilovskoie, propriedade rural do pai de Púchkin, que estava encarregado pelas autoridades de zelar pelo comportamento político do poeta e cumpria à risca essa função, inclusive com uma vigilância estrita sobre as suas amizades e leitura prévia das cartas que recebia.
  A única família que ele então costumava visitar na vizinhança era a de sua parenta distante P. A. Óssipova, que tinha duas filhas com quem manteve relações de amizade (e talvez um ligeiro namoro com a mais nova). No verão de 1825, hospedou-se ali a sobrinha de Óssipova, A. P. Kern, que era casada com um velho general. Púchkin a tinha conhecido cerca de seis anos antes e, depois de reencontrá-la, passou a escrever-lhe longas cartas, quase todas em francês. O poema em questão foi entregue em mãos quando eles se despediram.
  Na primeira carta, ele mantinha um tom bastante brincalhão e galante, mas usando também fórmulas tradicionais de respeito e contenção. Assim, ele pedia à jovem senhora que

transmitisse *mille tendresses* ao general seu marido, mas pouco depois perguntava se ela ia guardar a carta junto ao seio.

Percebendo o que ocorria, a parenta de Púchkin tratou de despachar de volta sua sobrinha, mas a correspondência entre a amada e o poeta continuou. Depois que eles tornaram a encontrar-se três anos mais tarde, agora em Petersburgo, ele escreveu a um amigo: "Você não me diz nada sobre os 2.100 rublos que lhe devo, mas escreve sobre Madame Kern, que eu, com a ajuda de Deus, comi há dias" (presume-se que este seja o verbo, mas ele foi substituído, na edição da Academia, por reticências pudicas).

Nos estudos literários russos, essa carta é citada como exemplo da diferença entre realidade poética e realidade empírica.

O poema foi apontado muitas vezes como uma das expressões máximas do romantismo russo. Musicado por M. I. Glinka, a canção é executada de modo sentimental num filme soviético sobre a biografia do compositor.

ALEXANDRE I
Evidentemente, o texto só pôde circular em cópias manuscritas.

Quando estava em Mikháilovskoie, praticamente em prisão domiciliar, o poeta fraquejou e procurou, por intermédio de amigos chegados ao tsar, conseguir que este o autorizasse a viajar ao exterior para tratamento de um aneurisma. Chegou mesmo a dirigir-se ao soberano, numa carta em francês, mas esta não foi encaminhada por eles. Em lugar disso, a mãe do poeta fez esse pedido ao tsar; a permissão foi negada, autorizando-se então Púchkin a fazer um tratamento na cidade de Pskov, onde, segundo ele mais tarde, em outra carta, seria operado por um hábil veterinário, famoso por seu livro sobre doenças de cavalos. Em vista disso, ele declinou o oferecimento. Conservou-se o rascunho de outra carta desesperada a Alexandre I, em francês, e que também não foi enviada.

NICOLAU I
A quadra foi escrita após o julgamento dos "dezembristas", amigos de Púchkin.

No entanto, no ano seguinte à revolta armada, o poeta enviou uma petição humilde a Nicolau I, na qual afirmava estar na propriedade paterna, sob vigilância policial, por haver escrito uma carta com "afirmação leviana sobre o ateísmo" e solicitava autorização de viajar a Moscou, Petersburgo ou o exterior. Além da petição, encaminhava também uma declaração no sentido de que jamais pertencera a qualquer associação secreta e obrigava-se a nunca filiar-se a alguma.

Mais tarde, ele ficaria agregado à corte, num cargo subalterno, enquanto a mulher com quem se casara brilhava nos salões — uma situação que teria desfecho na morte em duelo, provocado por ele por razões de ciúme.

PARA VIÁZEMSKI
Dedicado a seu amigo, o poeta P. A. Viázemski (1792-1878).

ÁRION
A marca da poesia neoclássica do século XVIII é bem forte em Púchkin, sobretudo na primeira fase de sua obra. Neste poema, entretanto, a referência ao poeta mítico, com quem se identifica, foi um meio que encontrou para burlar a censura e falar de sua condição de amigo de muitos dos "dezembristas".

Realmente, eram relações de amizade, mas, ao que tudo indica, ele não participou dos preparativos para o levante militar de dezembro de 1825, o primeiro movimento armado contra a autocracia dos tsares. Quando ele irrompeu e foi esmagado implacavelmente, Púchkin estava em residência forçada na propriedade rural de seu pai, em Mikháilovskoie.

Mensagem à Sibéria
O poema, que se dirigia a seus amigos "dezembristas", então em trabalhos forçados na Sibéria, evidentemente não pôde ser publicado e circulou em cópias manuscritas, que estavam se tornando verdadeira tradição na Rússia.

Corvos
Segundo foi apontado por Edwin Morgan, poeta escocês e tradutor, que transpôs poemas de Púchkin para o inglês e o escocês, este poema é paráfrase de uma balada escocesa. A balada vem transcrita a seguir, seguida de tradução por Nelson Ascher:

THE TWA CORBIES

As I was walking all alane,
I heard twa corbies making a mane:
The tane unto the tither did say,
"Whar shall we gang and dine the day?"

"In behint yon auld fail dyke
I wot there lies a new-slain knoght;
And naebody kens he lies there
But his hawk, his hound, and his lady fair.

"His hound is to the hunting gane,
His hawk to fetch the wild-fowl hame,
His lady's ta'en anither mate,
So we may mak' our dinner sweet.

"Ye'll sit on his white hause-bane,
And I'll pike out his bonny blue e'en:
Wi ae lock o' his gowden hair
We'll theek our nest when it grows bare.

"Mony a one for him maks mane,
But nane sall ken whar he is gane:
O'er his white banes, when they are bare,
The wind sall blaw for evermair."

OS DOIS CORVOS

Sozinho eu caminhava quando,
Ouvi dois corvos conversando:
Um disse ao outro "em que lugar
Havemos hoje de almoçar?"

"Vi um cavaleiro há pouco ao lado
Do velho açude — assassinado —
Mas sabem disso e onde repousa
Só seu falcão, seu cão e a esposa.

"Seu falcão voa atrás de um bando
De aves, seu cão está caçando,
A esposa tem outro em seu leito:
Podemos, pois, comer direito.

"Hás de pousar no seu pescoço;
Comerei olho azul no almoço;
Tomando-lhe uma mecha loira,
Forremos nosso ninho agora.

"Malgrado o unânime lamento,
Ninguém saberá dele — o vento
Vai soprar sobre a descarnada
E alva nudez de sua ossada."

Boris Schnaiderman

O ANTCHAR
Os versos de S. T. Coleridge foram aqui transcritos como eles aparecem no manuscrito de Púchkin.
 Na publicação em revista, ao final do poema, em lugar de "príncipe" (*kniaz*) estava "tsar", sendo pouco provável que se tratasse de um erro de imprensa, e isso provocou suspeitas da parte de A. K. Benkendorf, chefe da polícia política. Púchkin escreveu-lhe depois uma carta explicando que, embora Nicolau I tivesse feito a graça de censurar pessoalmente os textos do poeta, no entender deste isso não lhe tirava o direito de publicar poemas que tivessem sido aprovados pela censura comum. Evidentemente, porém, este episódio contribuiu para deixar Púchkin ainda mais tolhido em sua atividade, mais submetido aos rigores do sistema.
 Antchar é uma árvore do Arquipélago Malaio e, graças a este poema, o nome passou a ser corrente na linguagem culta dos russos. Segundo observação de Nelson Ascher, a tradução deste poema para o inglês, por Vladímir Nabókov, é acompanhada de uma nota que esclarece tratar-se de *Antiaris taxicaria*.

O CAVALEIRO POBRE
Púchkin tentou publicar este poema numa revista, com pseudônimo e bastante atenuado, mas ele não saiu por motivos de censura. Outra versão, igualmente atenuada, foi incluída pelo poeta numa peça que ficou inacabada e à qual o editor deu postumamente o título de "Cenas do tempo da cavalaria". Durante muito tempo, era este o texto que se conhecia. Uma passagem em que há leitura deste poema em voz alta, na versão atenuada, desempenha papel importante no desenrolar do romance *O idiota*, de Dostoiévski, que não teve acesso à versão mais completa.
 Além desta tradução, baseada no texto russo, houve pelo menos três outras no Brasil. A de Olavo Bilac se originou, pelo visto, numa tradução francesa (o nome do poeta está até

grafado como "Pouchkine"). Segundo já escrevi, ele "parece ter concentrado a altissonância parnasiana, as trombetas e clarins que reservava para alguns temas de eleição, e tudo isso apenas contribuiu para falsear o tom do original" (ver Olavo Bilac, *Poesias*, Rio de Janeiro, Livraria Francisco Alves, 1938, 17ª edição, pp. 163-4).

Há outra versão, em tom elevado, com decassílabos e *terza rima*, e que também se afasta da aparente singeleza de Púchkin, incluída na tradução de *O idiota* por José Geraldo Vieira (Rio de Janeiro, José Olympio, 1960, p. 259). Recentemente, saiu uma terceira, no livro de poemas de Púchkin, selecionados e traduzidos do russo por José Casado. Trata-se de um esforço notável, sendo as traduções acompanhadas de um aparato de notas e de um estudo minucioso sobre a tradução, ou melhor, a paráfrase de Bilac (Aleksandr Púchkin, *Poesias escolhidas*, Rio de Janeiro, Nova Fronteira, 1992, organização, tradução e notas de José Casado, pp. 134-7, 236-40). No caso deste poema, deve-se frisar que José Casado certamente não conhecia nossa tradução, que só tinha sido publicada no "Folhetim" da *Folha de S. Paulo* dedicado a Púchkin, em 2/2/1987.

Ver também meu ensaio "Vicissitudes de um poema", publicado em *Turbilhão e semente: ensaios sobre Dostoiévski e Bakhtin*, São Paulo, Duas Cidades, 1983, pp. 61-7.

AMEI-TE

Este poema é citado por Jakobson em seu conhecido estudo "Poesia da gramática e gramática da poesia" (tradução brasileira de Cláudia Guimarães de Lemos, *in* Roman Jakobson, *Linguística, poética, cinema*, São Paulo, Perspectiva, 1970, p. 74), como exemplo de "poema sem imagens", onde a "figura de gramática (...) domina e sobrepuja os tropos".

Nota

Agradeço a Aleksandar Jovanovic, Antonio Medina Rodrigues, Francisco Achcar, Elena Nikitina (minha professora de russo) e Haroldo de Campos, pelas críticas e sugestões feitas às traduções dos presentes poemas.

Nelson Ascher

SOBRE O AUTOR

Considerado o maior poeta russo de todos os tempos e o iniciador da literatura russa moderna, Aleksandr Serguêievitch Púchkin nasceu em Moscou, em 1799. Filho de aristocratas, recebeu a melhor educação que sua época podia lhe oferecer e aos treze anos escreveu seus primeiros versos. Em 1820 publicou o poema épico *Ruslan e Liudmila*, em que expressava seu nacionalismo, e nesse mesmo ano foi banido de Petersburgo — onde há algum tempo vivia intensamente a vida boêmia da cidade — em virtude de alguns escritos políticos de tendência liberal.

Exilado no Cáucaso, interessou-se pela realidade dos camponeses locais, bem como pelas formas de expressão populares. Foi nessa época que escreveu os primeiros capítulos de sua obra mais importante, o romance em versos *Ievguêni Oniéguin*, concluído em 1830 e publicado em 1833. A partir de 1826, o tsar Nicolau I permite que Púchkin volte a viver na capital. Uma nova fase tem início na vida e na obra do poeta. Casa-se com a bela Natália Gontcharova em 1831 e com ela passa a frequentar a corte, tornando-se amigo do tsar. Em relação à literatura, agora se dedica menos à poesia e mais à prosa, escrevendo obras-primas como os *Contos de Biélkin* (1831), a novela "A dama de espadas" (1834) e o romance *A filha do capitão* (1836). Nos seus últimos anos, assume posições políticas conservadoras, bastante diversas daquelas dos primeiros anos da juventude.

Púchkin dedicou-se a diversos gêneros literários e em todos eles promoveu transformações radicais. Com uma personalidade alegre, apaixonada e sarcástica, e um estilo vigoroso e transparente, influenciou decisivamente não apenas os seus contemporâneos, mas todas as gerações posteriores de literatos russos. Gógol, a quem Púchkin havia sugerido o tema de *Almas mortas*, diria, na ocasião de seu falecimento: "Não posso expressar a centésima parte da minha dor. Toda alegria de minha vida, minha alegria suprema desapareceu com ele". Púchkin morreu em 1837, dias após ser ferido em um duelo, aos 37 anos.

SOBRE OS TRADUTORES

Boris Schnaiderman nasceu em Úman, na Ucrânia, em 1917. Em 1925, aos oito anos de idade, veio com os pais para o Brasil, formando-se posteriormente na Escola Nacional de Agronomia do Rio de Janeiro. Naturalizou-se brasileiro nos anos 1940, tendo sido convocado a lutar na Segunda Guerra Mundial como sargento de artilharia da Força Expedicionária Brasileira — experiência que seria registrada em seu livro de ficção *Guerra em surdina* (escrito no calor da hora, mas finalizado somente em 1964) e no relato autobiográfico *Caderno italiano* (Perspectiva, 2015). Começou a publicar traduções de autores russos em 1944 e a colaborar na imprensa brasileira a partir de 1957. Mesmo sem ter feito formalmente um curso de Letras, foi escolhido para iniciar o curso de Língua e Literatura Russa da Universidade de São Paulo em 1960, instituição onde permaneceu até sua aposentadoria, em 1979, e na qual recebeu o título de Professor Emérito, em 2001.

É considerado um dos maiores tradutores do russo em nossa língua, tanto por suas versões de Dostoiévski — publicadas originalmente nas *Obras completas* do autor lançadas pela José Olympio nos anos 1940, 50 e 60 —, Tolstói, Tchekhov, Púchkin, Górki e outros, quanto pelas traduções de poesia realizadas em parceria com Augusto e Haroldo de Campos (*Maiakóvski: poemas*, 1967, *Poesia russa moderna*, 1968) e Nelson Ascher (*A dama de espadas: prosa e poesia*, de Púchkin, 1999, Prêmio Jabuti de tradução). Publicou também diversos livros de ensaios: *A poética de Maiakóvski através de sua prosa* (Perspectiva, 1971, originalmente sua tese de doutoramento), *Projeções: Rússia/Brasil/Itália* (Perspectiva, 1978), *Dostoiévski prosa poesia* (Perspectiva, 1982, Prêmio Jabuti de ensaio), *Turbilhão e semente: ensaios sobre Dostoiévski e Bakhtin* (Duas Cidades, 1983), *Tolstói: antiarte e rebeldia* (Brasiliense, 1983), *Os escombros e o mito: a cultura e o fim da União Soviética* (Companhia das Letras, 1997) e *Tradução, ato desmedido* (Perspectiva, 2011). Recebeu em 2003 o Prêmio de Tradução da Academia Brasileira de Letras, concedido então pela primeira vez, e em 2007 foi agraciado pelo governo da Rússia com a Medalha Púchkin, em reconhecimento por sua contribuição na divulgação da cultura russa no exterior. Faleceu em São Paulo, em 2016, aos 99 anos de idade.

Nelson Ascher nasceu em São Paulo em 1958. Estudou um ano de Medicina na USP, graduou-se pela Fundação Getúlio Vargas e fez pós-graduação em Comunicação e Semiótica na PUC-SP. Atuando desde o final da década de 1970 como crítico literário na grande imprensa, foi editor do "Folhetim", da *Folha de S. Paulo*, e elaborou o projeto editorial da *Revista USP*, publicação que dirigiu desde sua criação até 1994. Assinou até 2008 uma coluna semanal no caderno "Ilustrada", também da *Folha de S. Paulo*, sobre política internacional e cultura, e é hoje colaborador da revista *Veja*. Uma seleção de seus artigos publicados na imprensa entre 1992 e 1996 foi reunida no livro *Pomos da discórdia* (Editora 34, 1996).

Traduziu para o português Attila József, Dylan Thomas, Elizabeth Bishop, Paul Valéry, Apollinaire, Bertolt Brecht, Bashô e Catulo, entre outros, sendo parte desta produção editada nas coletâneas *Canção antes da ceifa* (Arte Pau Brasil, 1990), *O lado obscuro* (Fundação Memorial da América Latina, 1996) e *Poesia alheia: 124 poemas traduzidos* (Imago, 1998). Como poeta, publicou os livros *Ponta da língua* (edição do autor, 1983), *O sonho da razão* (Editora 34, 1993), *Algo de sol* (Editora 34, 1996) e *Parte alguma* (Companhia das Letras, 2005).

Este livro foi composto em Sabon,
pela Bracher & Malta, com CTP da
New Print e impressão da Graphium
em papel Pólen Soft 80 g/m² da Cia.
Suzano de Papel e Celulose para a
Editora 34, em fevereiro de 2018.